Gerente Editorial
Roger Conovalov

Diagramação
Juliana Blanco

Leitura analítica
Jessica Fiuza
Juliana Pellicer Ruza

Revisão
Gisela Judith Gonçales Galati
Regina Maria De Paiva Pellicer Facine
Mitiyo Murayama

Ilustrações Gráficas
Noah Jayme
Marcus F. G. Facine

Design de Capa
Bode

Lura Editorial – 2019
Rua Manoel Coelho, 500. Sala 710
São Caetano do Sul, SP – CEP 09510-111
Tel: (11) 4318-4605
Site: www.luraeditorial.com.br
E-mail: contato@luraeditorial.com.br

Catalogação na Fonte do Departamento Nacional do Livro
(Fundação Biblioteca Nacional, Brasil)

Facine, Marcus
O símbio: primícia / Marcus Facine. 1ª Edição, Lura Editorial - São Paulo - 2019.

ISBN: 978-85-921469-0-0

1. Ficção 2. Ficção científica I. Título.

CDD - B869.3

Índice para catálogo sistemático:
I. Ficção .B869.3

www.luraeditorial.com.br

O SIMBIO

SERIE UNIFICADO

PRIMICIA

MARCUS FACINE

lura

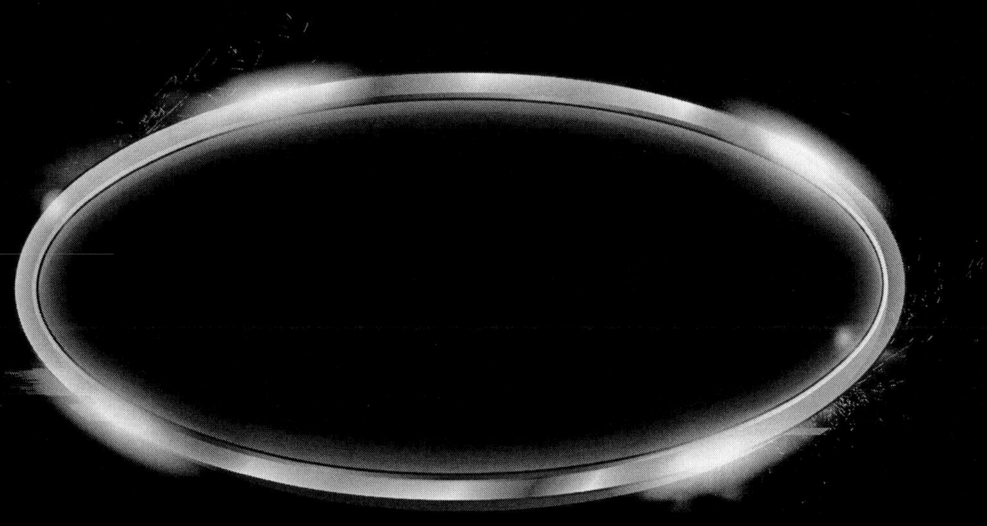

DEDICATÓRIA

À minha amada esposa, por inúmeras vezes me encorajar e me fortalecer com palavras assertivas, não brandas nem ásperas, mas na temperatura certa, lembrando-me que escrever é um dom prazeroso e agradável por si só. Obrigado Regina, meu amor.

Ao amigo especial, que por muitas vezes me auxiliou com seu amparo terno, com um rio de ideias, opiniões, palpites e sugestões, provendo momentos e situações inusitadas que ora levavam para uma grande guerra e outras vezes para um remanso de paz e esclarecimento. Obrigado Saulo, meu filho.

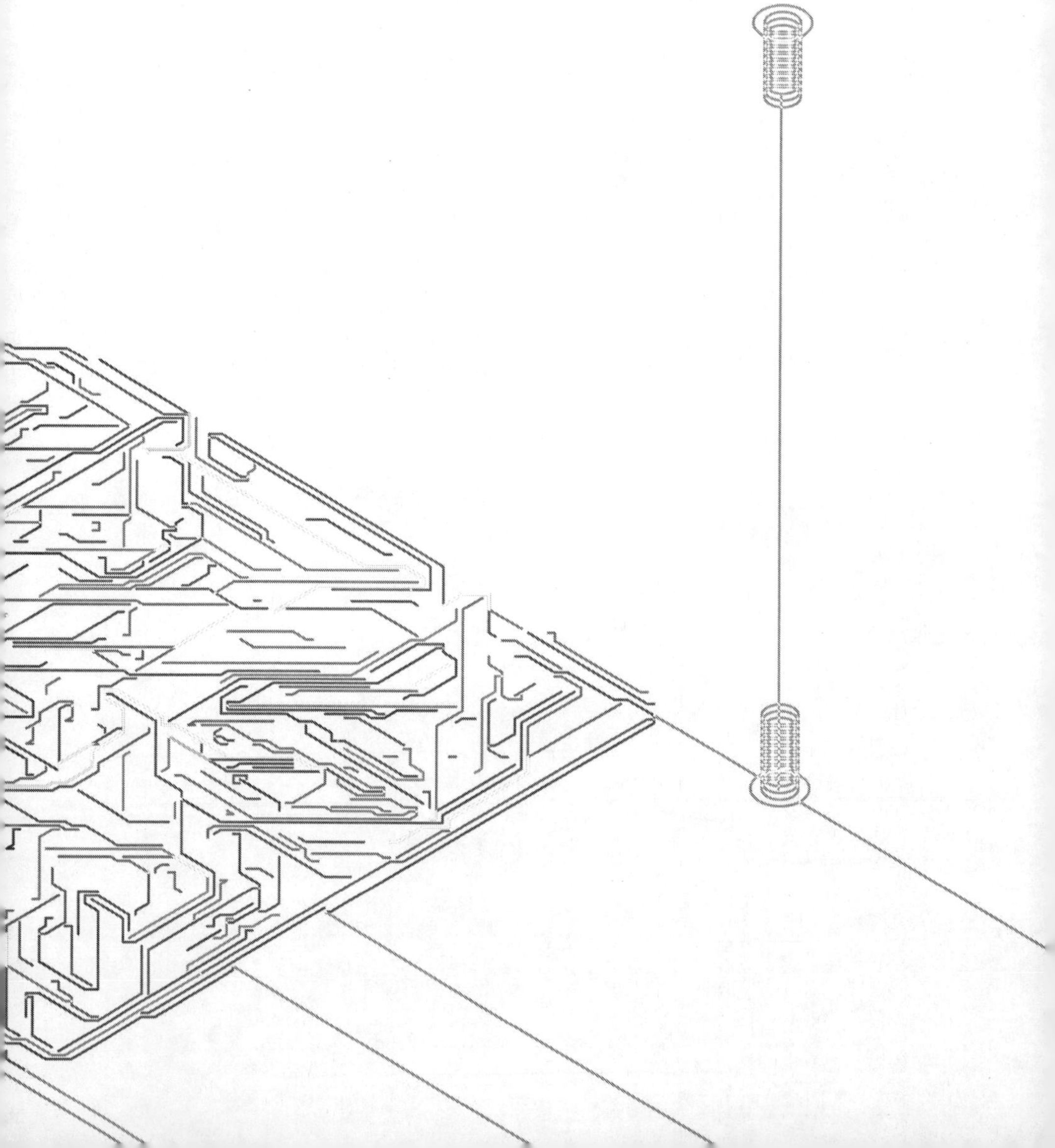

AGRADECIMENTOS

Agradecer a Deus, meu Pai e Criador de todos os multiversos possíveis, pela capacidade de expressão que me concedeu;

Agradeço ao João Paulo, amigo querido, por me ceder a imagem de seu rosto para personalizar o Símbio.

Agradeço aos amigos, Carlos, Cláudio, Humberto, Rodrigo, Mathias, Tadeu, Carla, Cabral e Luiza por emprestarem seus nomes a personagens tão ilustres e me incentivarem a não parar, me perguntando sempre sobre o andamento da obra.

Agradeço a Juliana Gimenes, Sheila Ozsvath, Adriele Oliveira, Helena Pellicer entre outros, meus beta leitores, por colocarem a prova esta obra, por cederem parte de seus tempos e por serem verdadeiros sempre.

SUMÁRIO

CAPÍTULO I

A SALA DE ESPERA

É A PRIMEIRA VEZ QUE ME SUBMETO A UM EXPERIMENTO COMO ESTE. Não me sinto à vontade, realmente não tenho desejo nenhum de dar continuidade a isto. Apenas a obrigação do cargo que agora ocupo me faz permanecer aqui.

Continuamente me pego em pensamentos com os quais não dou conta de desenvolver desde a morte de Thomas.

"Meu amigo, que falta sua presença me faz! Você foi o meu grande companheiro e agora me sinto só, vazio e marcado pela dor. Como sinto sua falta! Por diversas vezes me revolto com sua partida tão sem propósito. Não são raras as vezes que sinto você comigo, mas a dor da ausência me faz lembrar a dura realidade."

Ainda não me recuperei, então, esse certamente é o motivo para estar aqui no laboratório de pesquisas do Doutor Carlo Polaris, na sala de espera, bem em frente ao balcão de atendimento, reservado em meus pensamentos.

"Tibério, esta é a pessoa que me fez vir aqui. Thomas, este é o nome pelo qual estou aqui."

A sala é aconchegante, encontro-me recostado em uma poltrona térmica de cor avermelhada com extensor anatômico, que envolve minhas pernas e braços. Assim permaneço aguardando ser anunciado, observando o único quadro digital, com figuras geométricas em tons quentes, pendurado na parede branca, que se obriga a trazer vida a um lugar tão melancólico.

Não fui convidado para esta experiência, na verdade foi Tibério quem me convocou, dizendo que era para encarar como um tratamento benéfico. Tratamento nada! Tratamento só se for no ponto de vista deles! Encaro como uma imposição, talvez como minha primeira tarefa de Coletor. Sinceramente, foi uma ordem, o que não me deixa nada confortável, mas Tibério é o meu mentor e tem garantido recolocar-me no Sistema, então, temo não obedecê-lo.

Bem à minha frente encontra-se uma mesa comum, dessas sensíveis ao toque e com controle direcional por meio do olhar, e operando-a posso ver uma Símbio muito atarefada, controlando alternadamente duas telas de fresnel holográfico posicionadas de forma estratégica para manipulação de informações.

Por vezes seu acento se movimenta de forma inteligente, auxiliando-a na distância das telas e posicionando-a da forma mais adequada para rapidamente comparar, alterar ou tatear em seu teclado projetável.

Apoio à informação: Luiza Ruchbah — mostra o display sobre a mesa.

De onde a observo, parece-me acostumada com este ritmo de trabalho, mostrando exímia precisão, dedicação e controle em suas atividades.

Por vezes ela me olha e sorri de modo encorajador, como se a minha presença ali demonstrasse coragem e força, algo para me orgulhar.

Levanto as sobrancelhas em resposta à Símbio, que continua com o sorriso nos lábios.

É muito comum esta preocupação e dedicação a nós por parte dos Símbios. Luiza após receber meu olhar de aceitação, trabalha mais satisfeita, como se tivesse feito algo realmente notável para me encorajar. Mas logo volta sua atenção para as informações que cintilam nas telas à sua frente.

Pode ser significativo para ela, mas não vejo muita relevância nisso.

Sou um Coletor novato, não faz muito tempo que aceitei o convite de Tibério. Na verdade, estou me preparando para ser um membro do CCS (Centro de Coleta de Símbios). E para me sair bem, fui obrigado a aderir ao experimento que logo enfrentarei, para aprender a lidar com minhas frustrações, medos e adquirir a blindagem que esta nova ocupação necessita.

Qualquer vulnerabilidade pode ser fatal em uma coleta, saber administrar o foco e desligar sentimentos conflitantes é muito importante. Isto pode definir o sucesso ou o fracasso.

Particularmente, no meu caso, aceitar a perda de Thomas é de extrema necessidade, pois sem um Símbio, me vejo perdido, sem um propósito e travo.

Volto minha atenção para Luiza Ruchbah.

"Onde estará sua humana geradora? Possivelmente, ocupada com atividades pessoais muito mais interessantes. Quiçá, absorvendo sabedoria de alguma ESC (Estação Servidora de Conhecimento), aprendendo virtualmente com realidade aumentada. Faz muito sentido, mesmo porque, sua humana geradora não poderia estar em seu lugar, apenas os Símbios desempenham atividades laborais manuais; já o controle, a análise, a síntese intelectual e de criação cabe aos humanos continuados por seus Símbios."

Sinto um aperto no peito, começo a cogitar a ideia de abandonar este lugar.

"Talvez seja uma atitude covarde de minha parte, não gosto de me expor e pelo que sei o experimento irá me revirar por dentro. Já presenciei alguns humanos perderem seus Símbios, acidentes acontecem. Entretanto, parecia ser uma transição rápida e indolor, como uma quebra de conexão por meio de um único toque. Por que comigo é diferente então? Por que Thomas é tão significativo para mim? Quero seguir minha vida, superar isso tudo, ter de volta o controle, mas só de saber que ele não existe mais me deixa abatido, sufocado. Como gostaria que ainda estivesse aqui comigo."

Sem perceber, uma lágrima transborda em meu olho.

Imediatamente, levo a mão até ela e a enxugo antes que possa ser percebida por Luiza.

Um flash repentino do fatídico dia da morte de Thomas me invade a mente.

Com uma descarga de adrenalina e um nó se formando em meu estômago, o desespero e a impotência tomam conta do meu ser, um frio me sobe ao rosto, tento conter o desespero apenas em minha mente, mas a angústia é demais em mim e, então, outra vez me culpo.

"Se eu não o tivesse deixado sozinho, isso não teria acontecido."

Respiro fundo, uma pausa me traz ao controle novamente, tento lembrar-me da vida que tinha antes de sua morte.

"Eu era líder Feneuta, com a responsabilidade de elaborar e coordenar as ações de saúde, as negociações quanto à educação Feneuta, distribuição das habitações e uma infinidade de outros afazeres. Representava o papel executivo, encabeçava a administração do Primeiro Setor, por quatro dias lunares liderava a chegada e o assentamento de todos no período do Solstício de inverno, empreendendo a gestão que me era confiada desde o controle e planejamento. Realizava, determinava e cumpria meu dever. No geral, executava um conjunto de intenções que me era passado por Tibério, este, por sua vez era repassado para os apoios Feneutas e cada um era responsável por uma grande massa de outros Feneutas, que nos confiavam sua existência. Tudo se desenvolvia por meio do Sistema de Departamentos. Não podiam faltar alimentos, roupas, móveis, deslocadores, habitações e afazeres para todos. Desde fábricas para manufaturar produtos utilizáveis e consumíveis até a exploração de energia em pequenos núcleos, tudo era organizado em conjunto com o grupo Pretério, visando à geração de pesquisas e novos conceitos aplicáveis. Cada departamento faz sua parte. Os Feneutas executam a gestão e o controle, já os Pretérios desenvolvem novos conceitos e tecnologias para aplicarmos na migração de um setor habitável para o outro. Parcerias e auxílios de todas as camadas, mais o conhecimento necessário para o cumprimento de minha missão como líder do Primeiro Setor me garantiam o sucesso; agora me sinto despreparado para exercer a atual função a mim confiada. Não tenho mais responsabilidade sobre nada e sobre ninguém, sei qual é a minha função, mas não sei como desempenhá-la para ser útil para o Sistema. Não tenho as respostas para os questionamentos que saltam em minha mente, o meu saber se restringe à antiga função de Líder Feneuta do Primeiro Setor."

Olho para o alto da sala, meus pensamentos mudam uma vez mais indo ao encontro de Thomas.

"Nada disso se compara com a sua ausência, meu amigo, nada se assemelha à solidão. Sua morte foi tão estúpida!" Por que você não ficou na habitação? Por que saiu? Já havíamos conversado sobre a rejeição dos descontinuados por Símbios. Este assunto lhe era conhecido e mais que óbvio. O ódio que os humanos descontinuados nutrem por não terem mais um Símbio, e a certeza da impossibilidade de terem outro não justifica a agressão, mas explica muita coisa."

Paro minha reflexão, pois nem mesmo eu concordo com o que acabei de pensar.

"Reconheço que a não adaptação da perda de um Símbio pode resultar neste tipo de comportamento. Não imaginei que Thomas pudesse ser uma vítima, fruto do ódio de um humano descontinuado. É um pensamento muito vago e estúpido. Eu sou um humano descontinuado e em nenhum momento me passa pela cabeça sair por aí matando Símbios. Como o indivíduo é singular! Eu, muito pelo contrário, estou em um laboratório esperando passar por um experimento que me dará esperança para viver sem meu Símbio, já outros matam porque não o tem. Será que eu conseguiria matar alguém? Pelo que sei os humanos já mataram outros humanos, mas isso ocorreu em um passado muito distante. Humano matando humano por interesses diversos, território, provimento, matéria-prima, qualquer um deles era motivo para matança e invasão. Não, de fato, não existe um porquê para matar; quem mata, mata e pronto. Não precisa de motivos, apenas ser inconsequente para fazer tamanho ato. Nós fomos agraciados com a chegada da Semente Universal aqui na Terra e com ela a chegada dos Símbios em nossas vidas, em nossa sociedade. Um Símbio para cada indivíduo, um presente para cada um. Matar um Símbio é inadmissível, é completamente insano. E pelo que me parece, é como uma doença entre os descontinuados. Então, volto à raiz de tudo, o ódio."

Ouço a voz da Símbio Luiza Ruchbah quebrar meu pensamento de impotência e raiva.

— Pode entrar agora Senhor Mathias Aldebaran, siga pelo acesso à sua direita.

Ponho-me em pé e rapidamente entro pelo acesso chegando à outra sala por meio de um corredor pequeno. Percebo que pelo caminho eu me acalmo.

"Se esse for o único caminho para me ensinar a viver novamente com a promessa de um futuro bom, onde eu possa suportar a minha perda, então, ótimo, farei."

CAPÍTULO II

A MÁQUINA DE CARLO POLÁRIS

"SALA NÃO MUITO GRANDE, BEM MAIS ILUMINADA E NÃO TÃO FRIA QUANTO À OUTRA, A TEMPERATURA AQUI É MAIS AGRADÁVEL. Se não fosse pelas duas cadeiras, eu diria que uma só seria muito solitário, mas sei também que são meros adereços e que ninguém irá sentar-se ali."

Ao centro há uma máquina transparente e ovalada, que se assemelha a uma cápsula de reposição de força vital.

"E agora isso, uma mistura de invólucro, polímero transparente e metal, é tão grotesca e sem acabamento. Parece velha ou feita com peças muito antigas, porém há certa harmonia entre ela e este ambiente."

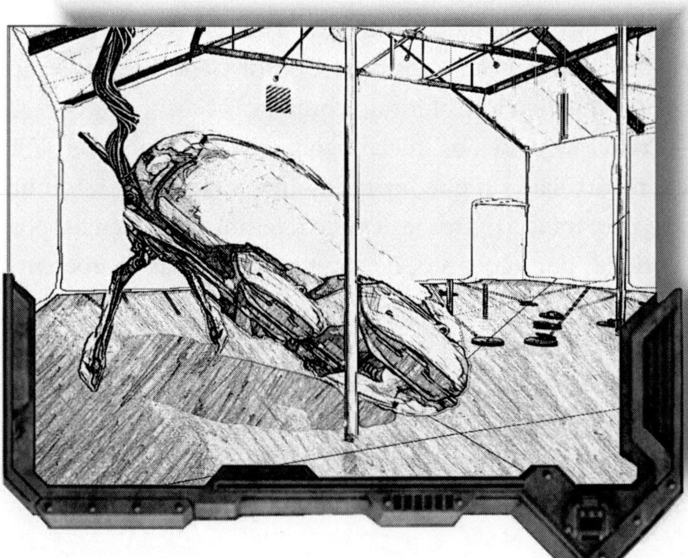

O Símbio do Doutor Carlo Polaris está em pé ao lado da máquina, sua cor escura contrasta facilmente com o traje branco que ostenta. Sem dar importância à minha presença, permanece digitando em um teclado projetado por meio de luzes na parte superior da máquina, um pouco abaixo dos cabos que descem do teto.

— Que lugar minimalista! Uma mesa e duas cadeiras no canto oposto ao acesso pelo qual acabei de chegar, esta máquina e você.

Tento ser amigável e o que consigo é apenas uma levantada de cabeça e um olhar negro como o ônix, iguais aos de todos os Símbios, iguais aos de Thomas.

"Que droga! Não quero lembrar-me de Thomas, estou aqui para esquecê-lo, já não me remoí o suficiente na sala de espera?" Em um movimento automático balanço a cabeça de um lado para o outro de forma rápida como se pudesse defender minha mente.

O Símbio não desvia o olhar, mas ao balançar de minha cabeça, provoquei-lhe um incomodo.

"É ai está! Esta expressão em seu rosto, como se soubesse algo sobre mim. Só me falta ser questionado por este Símbio!"

Instantaneamente algumas luzes da máquina roubam-lhe a atenção, fazendo este momento passar, o que me leva a crer que não ousará me perguntar nada.

— Estamos quase prontos, Mathias.

Ouço a voz que vem do projetor AUVirtua3D sobre a mesa, a tela de Fresnel sobe e reconheço o rosto do Doutor Carlo Polaris, sempre com seu sorriso simpático transmitindo confiança.

— Creio que podemos iniciar agora, a propósito, este é Gilbert Polaris, ele te auxiliará no que for necessário, tudo bem? Estou um tanto atarefado preparando outros testes que faremos na sequência, porém, em outro período, por enquanto, deixarei o senhor nas competentes mãos do meu Símbio Gilbert.

Gilbert continua a teclar algo sobre a máquina e um som abafado e incômodo, como o de uma turbina, ecoa para fora da cápsula.

Gilbert em silêncio, apenas sinaliza para que eu entre na cápsula. Sento-me no estofado interno; pensamentos surgem em minha mente enquanto me ajeito. Talvez pela tensão do momento, não sei.

"Em minha graduação, conheci o Doutor Carlo Polaris no centro de aprendizagem Feneuta, ele comandava as pesquisas sobre a ligação entre os Símbios e os humanos, com ênfase no processo de desconstrução das ligações psíquicas entre humanos descontinuados e os fragmentos de memórias deixadas pelos Símbios, apesar de muito interessante suas pesquisas, meu foco em suas aulas era quantificar tudo que se utilizava para depois encaminhar meus relatórios para a equipe de reposição. E agora estou aqui. Será que esse experimento servirá para desfazer a ligação psíquica existente entre mim e as lembranças de Thomas? Ou isto servirá apenas para treinar-me a compreender que posso seguir sem essas lembranças que me trazem culpa e tristeza, paralisando-me diante dos resultados que não posso mudar?"

Paro de me mexer, olho para Gilbert e aceno com a cabeça, mostrando que estou pronto para começar o experimento.

Gilbert dá a volta na máquina e chega até minha lateral, apóia a mão na parte superior interna e diz tranquilamente.

— Desculpe a demora Senhor, mas calibragens e ajustes são extremamente importantes para que os resultados não sofram distorções produzindo resultados incorretos de sua realidade, e como a cápsula é de uso imediato, não posso fazê-lo previamente, então mais uma vez peço desculpas.

Confirmo positivamente e, então, Gilbert continua.

— Executarei os procedimentos para que o senhor possa realizar o experimento de forma segura e tranquila.

— E isso demora?

— O tempo é relativo, dependerá prioritariamente do quão complexo é seu processo de armazenamento e acesso de memórias. De um modo geral, fisicamente, seu cérebro processa e responde como qualquer outro cérebro humano, mas as marcas deixadas pelas lembranças é que se diferem.

— Você ficará aqui comigo o tempo todo?

— Sim, esta é minha obrigação. Vou começar explicando como tudo funciona e o que queremos encontrar no Senhor.

— Isso será interessante.

Gilbert Polaris sorri após meu comentário e começa a falar.

— Suas lembranças serão induzidas e controladas pelos neuroscans, que entrarão em seu corpo pela respiração. Uma vez dentro, atingirão sua corrente sanguínea e ao chegarem a seu cérebro se instalarão em regiões específicas. As informações que constituem suas memórias são formadas ao longo de ramificações neurais. Algumas vezes seu cérebro entende que devem ser guardadas, retirando-as da região responsável pela memória de curto prazo e transferindo-as para outra região de memória de longo prazo.

Olho fixamente para seu rosto demonstrando atenção. Porém, percebo uma pausa em sua fala e, então, Gilbert tenta me explicar de outra maneira.

— Imagine as vias expressas do Segundo Setor ou de uma das cidades dos tempos antigos. Nestas vias existem habitações cada uma com um endereço. As informações de suas memórias são formadas quando a memória se aloca em uma dessas habitações ao longo das ramificações neurais, que estou representando pelas vias expressas. Essas memórias marcam de tal forma que seu cérebro entende que devem ser guardadas, passando de uma determinada habitação temporária para outra definitiva.

— Certo, certo, já entendi. Prossiga.

— Seu corpo possui inúmeros captadores de informação, dependendo de como foi recebida e, após ser identificada, a informação será guardada em uma área especifica do córtex cerebral ou descartada. A parte pré-frontal do córtex é a região que armazena sua memória de curto prazo. Nem preciso dizer que os neuroscans não se instalarão ali.

Sinalizo positivamente para que Gilbert continue.

— O que queremos são as informações da memória de longo prazo. Para isso, precisamos entender como o hipocampo e a amígdala processaram suas memórias. Após a identificação das estruturas corticais periféricas e a estrada sensorial que conecta todas as estruturas de fragmentação de memória ao córtex, encontraremos suas informações de memória de fatos e eventos. E é aí que entram os neuroscans.

"Esses neuro-sei-lá-o-que devem ser como pequenos vírus que invés de contaminar devem curar. É... é isso, cura das minhas emoções, estou começando a gostar deste experimento. Como o Gilbert consegue ser técnico e metódico e extremamente empolgante ao mesmo tempo, estou gostando muito disso tudo, é demais."

Segue Gilbert com sua explicação.

— O lóbulo temporal do córtex que acessa a memória será estimulado quimicamente. Assim, o córtex frontal trará as memórias para sua percepção. O hipocampo e a amígdala estarão envolvidos na decodificação e reaquisição dos dados destas memórias emocionais intensas. Desligaremos sua memória processual, ou motora, pois este procedimento pode interferir em informações de comportamento, gerando movimentos involuntários. Então, para evitar que seu corpo reaja fisicamente ao que os neuroscans ativarem em sua memória, você receberá uma dose de desestimulante em seu sistema motor.

"Esse Gilbert é como todo Símbio, muito perfeito, na verdade, é eficiente, prestativo e quer a perfeição do experimento."

— Vejo sua vontade e entusiasmo para começar senhor Mathias, porém posso parar o procedimento a qualquer momento, devido a esta euforia e ansiedade. — adverte Gilbert.

— Espere um pouco... como assim? Pensei que querer saber mais e me entregar por completo seria uma demonstração de boa vontade de minha parte.

Encaro Gilbert com surpresa.

— Me explique melhor.

— Existe a possibilidade do senhor não querer reviver a lembrança vivida e apesar disto parecer óbvio, preciso que enfrente estas lembranças e não as altere.

— Como é? Está me dizendo que posso alterar minhas lembranças do passado?

— Sim, mas esta alteração não mudará o seu passado, se é o que está entendendo. Veja, talvez mude sua percepção dos fatos e desta forma oculte a realidade, entende? Isso prejudicará o processo de mapeamento da matriz de suas lembranças, portanto, a partir do momento em que a cápsula for ligada, estarei lhe observando o tempo todo, vou monitorar seus batimentos cardíacos, sua temperatura, sua pressão arterial e sudorese. A cápsula efetuará o mapeamento das lembranças baseada nas informações captadas pelos neuroscans, as sensações em resposta às imagens produzidas, durante o contato com suas lembranças, serão indicadores para que eu permita ou não continuarmos com o processo. Então entenda bem, não permitirei alterações na sua maneira de sentir as lembranças e o efeito que elas causam sobre o senhor, pois fazer isso pode intensificá-las e tornar muito mais profundas as marcas do que experimentou acordado. Isto seria perigoso e agravaria o problema, dificultando a busca de melhores resultados no experimento. O senhor entende?

"Aparentemente tudo tranquilo." — sinalizo positivamente.

— Então assim será: o que não estiver em acordo com o padrão que acabei de explicar fará com que o procedimento seja abortado. — alerta Gilbert com a voz firme e um tom de cuidado.

Desta vez ele sinaliza pedindo uma confirmação, ao que atendo de prontidão e ele continua.

— Esta máquina fará do senhor um observador, ora dentro do corpo ora fora dele. Ela é capaz de separar os pensamentos conscientes anteriores à ação a ser praticada pelo eu de suas lembranças dos pensamentos conscientes presentes relacionados à ação passada. A seleção do conteúdo captado será feita pelo Doutor Carlo e, após esta etapa, as imagens das lembranças produzidas serão analisadas e os resultados obtidos indicarão o melhor para o senhor. Certo?

Fico apenas olhando para Gilbert, e então percebo que sou uma cobaia.

"Esses dois querem usar minha mente para confirmar o uso desta máquina. Pelo que entendi, eles querem encontrar o que faz a minha ligação com Thomas ser tão forte."

— Então Gilbert, a ideia deste experimento é nova e começo a acreditar que existe a possibilidade de um erro, e por mais que eu queira ter esperança, creio que será como tentar encontrar respostas em uma película de baixa qualidade, com um ator não muito qualificado, então não sei se estou tão disposto a isso, se é que me entende.

Gilbert se afasta um pouco e ainda me olhando, complementa.

— Apesar do seu receio, posso lhe garantir que esta máquina é segura e que não existe a possibilidade dela lhe fazer qualquer mal, mas, sim, este procedimento é pioneiro e existe uma preocupação com o que vamos encontrar em suas memórias.

— Qual seria esse receio? Acomodo-me melhor na cápsula.

— Infelizmente, só saberemos quando encontrarmos. O senhor ainda está disposto realmente a dar continuidade neste experimento. — pergunta Gilbert me olhando com um ar não muito afirmativo.

A forma como me foi colocada me fez pensar.

"Não tenho nada a perder, se vou embora, desobedeço a convocação de Tibério, continuo como estou e não quero que isso termine aqui. Se fico, pode dar certo, me livro desses pensamentos. Mesmo porque, na verdade, nem eles sabem o que pode dar errado."

— Gilbert, prossigamos, não vamos perder mais tempo com devaneios, certo? Faça o que tiver que fazer.

Gilbert passa a mão sobre o alto da cápsula, me dando as costas e dirigindo-se ao painel conectado. Algumas luzes se acendem, um som escapa da cápsula que se fecha por completo. Procuro uma melhor posição e acomodo-me.

— Bom agora é só esperar e apreciar. Um sorriso nervoso me escapa.

"Não faz muito tempo que Thomas se foi, completo onze ciclos lunares sem ele. Porém, convivemos por nove Solstícios e agora só me resta sua lembrança. Espero que este esforço valha a pena. Como será viver sem suas lembranças?"

Sinto uma pontada em meu peito.

"O que estou fazendo? Thomas foi a melhor coisa que já me aconteceu e agora quero privar-me de suas lembranças. Mas ele não está mais aqui, preciso continuar sozinho, sem ele. Todavia, desta forma não dá. Perdoe-me Thomas."

A emoção me invade e a lembrança da perda me traz o vazio de sua falta, novamente as lágrimas inundam meus olhos. De longe, Gilbert me olha fixamente mostrando preocupação. Enxugo o rosto e o viro para esconder a dor que sinto. Fecho os olhos tentando me acalmar.

Percebo o ar frio que invade as laterais da cápsula em direção à poltrona onde estou sentado, ao inalar este ar, meus pulmões queimam como se respirasse água provocando uma dor intensa entre os olhos e no meio da testa, começo a tossir e engasgar.

"Estou sufocando!"

Tento gritar e ao abrir meus olhos uma nova atmosfera se apresenta.

Em um instante, a angústia pela falta do ar se vai dando lugar a uma sensação estranha de equilíbrio e espaço. Sinto meu corpo encostado lateralmente em uma superfície plana.

PRIMEIRA VEZ NO EXPERIMENTO

"Isto é uma lembrança? Sim! A sensação é que estou deitado em uma superfície, eu conheço essa sensação, estou dentro de uma cápsula de reposição de força vital. A temperatura, o cheiro da cápsula, a textura da película em que estou deitado. Isso é extremamente convincente. Conscientemente sei que estou dentro da máquina do Doutor Carlo, sendo monitorado por Gilbert, mas as sensações táteis em meu corpo são completamente diferentes e negam as probabilidades de convencimento que meu consciente se propõe, isto é absurdo, sensorialmente estou confuso, a única certeza é que estou vivenciando um fragmento de memória que vivi em algum momento de minha vida, é isso."

Ao longe, ouço pequenas vibrações sonoras.

Reconheço o som de sinalizadores de passagem onde os Deslocadores de cargas eram embarcados.

Os sons característicos dos perímetros de descarga, o cheiro úmido no ar. Minha atenção foca no som veloz de um Deslocador.

Como um flash em minha mente, a imagem da ponte sobre o rio Lena e dos flutuantes transitando sobre seu leito.

"Eu conheço este lugar, esta é a minha primeira moradia, habitei sozinho no último pavimento desta pequena construção de cinco lances, isto foi há muito tempo atrás. Costumava subir para o terraço para ficar olhando a movimentação dos Deslocadores Operários sobre o viaduto e os flutuantes. Tenho lembranças boas deste lugar. Que período era este?"

Sem muito esforço as lembranças vêm de forma tão viva que é fácil se perder da realidade. Tudo é tão nítido.

"Este é o primeiro período do início do equinócio de outono e esta é a minha primeira habitação no Segundo Setor."

Observo meu corpo deitado.

"Como é? Sou um observador de mim? Literalmente me observo, posso ver-me deitado em um invólucro de reposição de força vital. Como isso é possível? Como posso estar vendo o meu próprio corpo? Posso ver todo o quarto! As paredes com a tinta desgastada, os móveis simples, não entendo como posso ter este ponto de vista! Tudo o que vivi ou experimentei em minha vida sempre foi a partir do meu corpo, e nunca fora dele."

Minha visão volta, estou na perspectiva dos meus olhos no corpo da lembrança.

"Que loucura! Eu não fiz isso, se é que este controle é meu, não tenho a mínima ideia de como isso aconteceu. Esta máquina controla isso! Todos os aspectos de minha lembrança estão em minha mente, mas é a máquina que as interpreta, e se encarrega de sincronizá-las me proporcionando a ampliação da experiência de um ponto externo para melhorar a cena. Observar-me de um ponto que não é o meu próprio corpo é estranho, Gilbert já havia me avisado sobre isso — ora dentro do corpo, ora fora —. Sei que isso é uma lembrança, uma reprise que não deve ser mudada, por isso mesmo quero vivenciar tudo e descobrir a origem desse apego que me atrapalha tanto."

Na lembrança, coloco-me sentado sobre a superfície plana do invólucro de reposição de força vital, estou sonolento, meus movimentos estão pesados e descoordenados. Levanto os braços tencionando-os para espreguiçar e, ao voltar à posição inicial, sinto estar mais desperto e encorajado a levantar.

Olho para o meu comunicador e vejo várias conexões abertas de outros não iniciados. Uns apenas desabafando o stress da situação, outros me desejam sorte, outros apenas estão brincando com a seriedade do momento, dizendo coisas tolas do tipo: — Vai doer. — Vai morrer no processo. — Vai ser sugado pra dentro da semente ou que eu sou muito feio e um Símbio com minha cara seria desnecessário. Algumas risadas do meu eu do passado.

"Alguns desses amigos já não existem mais, outros, simplesmente, perdi o contato devido à carreira que tomaram, outros sei lá, talvez estejam na mesma situação de descontinuado como eu."

Pensamentos do meu eu do passado saltam em minha mente.

"No fim é tudo uma grande bobagem."

"Bobagem? Como assim bobagem, isto não é uma bobagem! Você não tem ideia do que Thomas representa para mim! Claro que não tem nem o conhece ainda."

Levanto e vou para a área de higienização corporal.

Gradativamente, ganho o corredor que agora me parece estreito, as paredes desgastadas, sem nenhum quadro pendurado.

Chego até o Reflexor que sozinho repousa na parede contraria do acesso à área de higienização, paro e observo.

Levo as mãos até a testa, pelo modo que exploro meu rosto, parece que estou procurando alguma novidade, uma acne, uma ruga talvez.

"Nessa idade? Não!"

Passo a mão em meu nariz que é levemente erguido com a ponta arredondada, descendo pela barba escura ainda por fazer. Virando o rosto de um lado para o outro lentamente, posso contemplar-me de forma clara.

"Não estou muito diferente do que sou atualmente, com certeza era mais jovem, portanto, menos experiente e imaturo, porém com muito mais ousadia. Cabelo curto, castanho, liso, jogado de lado, um pouco acima dos olhos também castanhos. Sempre fui de estatura alta, com ombros largos, braços e pernas fortes, mãos grandes que completam o conjunto corpulento como um todo. Sinto que estou bem, gosto de estar de bem comigo o que de fato contrapõe com o meu presente, estou mais maduro, mais forte fisicamente, porém em frangalhos emocionalmente. De fato, me perdi com a morte de Thomas, o gosto pela vida não faz mais sentido, o apego a sua falta é tão intenso que me drena a energia e me cega para qualquer tipo de esperança que possa existir."

Saio da frente do Reflexor e me encaminho para a Área de Higienização, o cheiro de lavanda é encantador e convidativo. Entro na cápsula de higienização.

"— Higienização humana." ordena o meu eu do passado.

"— Comando Higienização Humana em andamento." responde a cápsula.

Uma luz característica azulada se acende.

"Bipe. — Espumante ativo."

O produto cai sobre meu corpo e das laterais da cabine, pequenos jatos direcionados borrifam o espumante de baixo para cima.

"Isso não está acontecendo. Um ar de felicidade me invade, me sinto feliz apenas pelas sensações que esta máquina provoca em minha mente."

"Bipe. — Enxágue."

A água cai, em quantidade suficiente para retirar a espuma do meu corpo.

"Isto é muito real! Eu posso ver a espuma escorrendo indo embora do meu corpo junto com a água."

"Bipe. — Esterilização."

Um vapor quente opera a ação de esterilização.

"Eu sempre achei um exagero a inserção desta etapa nas cápsulas! Ela foi incorporada a pedido dos Pretérios, que começaram a se alarmar com o contato excessivo entre nós os 'humanos geradores' e os Símbios, pois seria possível uma contaminação."

"Bipe. — Secagem."

O ar de trinta e oito graus Celsius começa a circular dentro da cabine.

Neste momento estou atento, busco por pensamentos em minha lembrança, mas acho que estou apenas curtindo a secagem.

"Eu sei que estou na máquina do Doutor Carlo, mas a sensações táteis são muito reais. O calor, as texturas, o visual e o áudio me fazem acreditar que estou aqui. Já estou até curtindo a higienização que tomei há sei lá quanto tempo, pena que já está acabando."

"Que bom. Mais pensamentos."

"Será que devo me apresentar ao Departamento Pretério para ter uma vida sem muitas regalias e me tornar um boçal?"

"O meu tom de ironia não mudou nada desde aquela época, posso sentir até o leve sorriso no canto da minha boca."

"Ou me apresento ao Departamento Feneuta onde posso ter uma vida de negócios, de participação e de controle de tudo que é fabricado e distribuído?"

"Bipe. — Fim da Higienização."

Saio da higienização rumo ao reservado de roupas.

Mais uma vez, a máquina do Doutor Carlo se encarrega de me dar à visão de fora do meu corpo.

Eu me vejo escolhendo uma roupa que usei há muito tempo, em uma vida que já passou. Eu nem me lembrava das minhas aspirações por uma vida mais intensa e glamorosa, com desafios diários. Gostava e gosto da ideia de controlar, gerenciar e organizar.

"Quero ser alguém importante, não serei um Pretério. Isso mesmo, não gosto e nunca gostei dos Pretérios, eles se envolvem com conhecimento, cultura, educação e adoração. Não que eu não goste de conhecimento ou cultura, só não gosto do jeito como eles fazem isso."

"Tenho que concordar. Meus professores Pretérios sempre me deram nos nervos, com exceção de Raphael Vindemiatrix e Danita Aludra, os professores Pretérios, apesar de serem muito falantes e alegres, quando um Feneuta lhe dirigia a palavra, uma nova pessoa se apresentava, como se um botão ligasse e uma pessoa calma e séria se apresentasse sabendo todas as verdades absolutas, contudo nunca acrescentavam nada além de nos ouvir e acenar positivamente com a cabeça, bando de desorientados."

Percebo a raiva em meus movimentos enquanto escolho entre as roupas que vou usar.

"Não gosto de pessoas que ficam com um ar de superioridade e ao mesmo tempo demonstram um ar de bondade, isto é hipocrisia pura. Se não sabem de algo, basta dizer que não sabem e ponto, isto sem contar com esta atmosfera silenciosa que os envolve; isso tudo é muito patético."

"Eu me lembro destas queixas!"

"Na verdade, eles nunca deram crédito a qualquer um dos meus questionamentos sobre nossa sociedade e sobre o nosso passado. E isso desde muito cedo. Nasci e cresci no Departamento Feneuta e quero continuar Feneuta."

Um orgulho me envolve.

Percebo que minha personalidade já vinha sendo forjada pela dificuldade de associação entre as pessoas de Departamentos diferentes, o sistema que me negligenciava informações também me moldava. Faz muito sentido eu pensar assim, todos nascem no Departamento a que sua genitora pertence, seja Feneuta ou Pretério. O Departamento por sua vez se encarrega dos cuidados devidos aos recém-nascidos até a idade de vinte e cinco dias solares. Quando uma humana fecundada é identificada, é recolhida na UB (Unidade Biológica) de seu Departamento juntamente com sua Símbio. Ambas são acolhidas desde o início, são acompanhadas e submetidas a tratamentos que auxiliam no desapego à prole, pois tanto a humana quanto a Símbio compartilham do mesmo laço materno, portanto, se a progenitora perde o interesse por sua prole, isto é, psiquicamente passado à Símbio e ambas após o nascimento retornam para sua habitação. Se houver uma segunda gestação, a progenitora é esterilizada após o nascimento da criança. A ninguém é permitido saber quem o gerou, todos somos herdeiros do Departamento que nos criou. Já houve casos de humanos que tentaram conhecer sua genetriz e isso não acabou bem, eles são encontrados pelo Sistema e imediatamente retirados do convívio. Uma vez reconhecido e identificado este sentimento, são obrigatoriamente reorientados e readaptados e, quando voltam, parece que lhes falta um pedaço.

"Suspeito que os Pretérios escondam algo que fizeram de errado ou, então, que de fato não são tão inteligentes como querem demonstrar, se fazem de desentendidos e ignoram minhas perguntas. Parece até que meus questionamentos são banais demais. Não gosto de Pretérios, gosto da ideia de ser Feneuta."

Já um pouco mais calmo e conformado com a atitude dos Pretérios, me vejo separando um blazer cor de chumbo, me propondo um visual mais formal.

"Nessa época, havia terminado o complemento de formação com um projeto de trabalho a título de aprimoramento de um dos processos de migração dos Setores, envolvendo a acomodação e reestruturação de habitações. Eu ainda não era líder de Setor, mas conhecia infraestrutura de distribuição de energia, água, provimentos e locomoção. Vinte e cinco dias solares completos, meus estudos terminados, o domínio das técnicas de coordenar ações de negociação, Gestor de Recursos de Provimento e Controlador de Distribuição Veicular, tudo pronto para ser utilizado em performance máxima pelo Sistema."

Novas lembranças do passado me vêm à memória.

"Vejo-me sentado na praça em frente aos prédios dos Departamentos. Feneutas, sempre bem vestidos, andando de um lado para o outro, muito apressados, como se estivessem acima de qualquer situação, olhando para seus temporizadores e correndo para que seus planos se realizem a qualquer custo. Os olhares altivos, nos acusando de meras peças de tabuleiro, me seduziam ainda mais. Todas as outras vidas foram criadas para serem posicionadas e controladas de acordo com a vontade do jogador: o Departamento Feneuta."

Uma pausa se faz na memória, me dando tempo para digerir o que acabei de ver.

"Engraçado como meu pensamento do passado não revela quem sou no presente. Pouco tempo depois disso, me tornei um Líder do Primeiro Setor com a função de coordenar a logística de acomodação de todos os habitantes no hemisfério Norte do planeta. Só de saber que no passado todos os espaços eram passíveis de habitação e que agora apenas uma pequena faixa nos resta, me traz um sentimento de injustiça e impotência, acertamos em cheio o coração do planeta e colocamos tudo a perder. Devido ao calor intenso provocado pelo solstício de verão, uma vez no dia solar, migramos para o Segundo Setor nas regiões do extremo norte do planeta. É! Já fui um Feneuta importante. Quer saber, chega de nostalgia."

Mais pensamentos do passado invadem minha mente. Estou questionando.

"Não sei... Isso tudo é muito rápido. Num período você é apenas uma expectativa de pessoa treinada que o Sistema aguarda e no período seguinte, você faz parte do todo, mas integrado a um dos Departamentos, seja o Pretério ou o Feneuta, acolhido e tratado, porém agora com obrigações. Tão somente devo me apresentar em um dos departamentos até o fim deste período, passar pelo ritual da Semente e ganhar um Símbio. Ninguém me perguntou se quero ou se gosto de viver sozinho. Não preciso de um Símbio, na verdade nem quero ter um. Mas não posso me recusar a tê-lo. Isso me incomoda muito, o caráter obrigatório dessa ação é que me força a apresentar-me ao Ritual da Semente."

Novamente tenho que digerir o que acabei de ouvir do meu eu do passado.

"Estou pensando na transição da vida antes e depois do ritual da Semente. Eu era jovem, me dedicava muito às compilações das normas dos Pretérios para aprendizagem de forma rápida, e realmente não me lembro de estar eufórico para me apresentar no Ritual da Semente. Apenas me lembro que deveria ser um período como qualquer outro. É engraçado, somos criados pelo Sistema de Departamentos, até a idade de catorze dias solares, habitamos com tutores Pretérios nas CCs (Casas de Criação). Quando completamos quinze dias solares, recebemos nossa primeira habitação e nosso primeiro Deslocador. A rotina muda por completo, pois agora vivemos sozinhos, recebendo visitas periódicas dos tutores Pretérios. Quando atingimos a idade de vinte e cinco dias solares, passamos a fazer parte da construção dessas regras. Passado o Ritual da Semente, recebemos incumbências para serem executadas, somos responsáveis por fazer as devidas contribuições e doações do nosso tempo e do resto de nossas vidas. Mas, agora, não passo de um descontinuado, que se não fosse por Tibério estaria sendo malvisto e descartado. Não me restou muito para ser útil ao Sistema, sou um aprendiz de Coletor de Símbios desconectados."

Mais pensamentos saltam em minha mente.

"É interessante quando um Símbio cruza o caminho de um Feneuta. Um Feneuta trata todos os Símbios com calma, com todo o cuidado, não porque sintam alguma afeição por eles, mas, sim, porque são indispensáveis para a sociedade em que vivemos. Eles podem fazer todo tipo de serviço que nós humanos não gostamos muito de fazer. Todos os Símbios são prestativos, fiéis, dispostos e acima de tudo muito fortes. Por isso a importância deles para nós e para o Sistema."

Um pequeno tempo de reflexão e mais uma vez estou em meu corpo, parado olhando para o Reflexor. Pelo que sei, estou me sentindo bem, pareço tranquilo sem preocupações aparentes. O jeito despojado de vestir-me cai bem: camisa branca de botões metálicos de vanádio, um casaco sintético de alguma espécie de polímero maleável, enviesado na altura dos ombros seguindo ao longo do comprimento, com três fivelas alinhadas ao corte lateral na cor do vermelho cardinal, calça com nano tubos aéreos feitos de elastano na cor preta, bolsos ajustáveis bem à vista e calçados leves de espuma macia tátil.

"Para minha idade, estou ótimo."

Olho para o temporizador; passo a mão em meu cabelo como último retoque e começo a movimentar-me rumo à despensa.

"Devo comer e sair. Sei que não preciso escolher, me sinto Feneuta, sou Feneuta e com toda a certeza é para este Departamento que irei."

"É isso ai garoto!"

Volto pelo corredor, passo pela cápsula de higienização, à direita do acesso de entrada e saída, chego à despensa e sem muita cerimônia, pego uma das embalagens de alimento concentrado completo.

"Não sei se o gosto é bom ou ruim, pois sempre me alimentei com estes sachês, mas sua textura pastosa acelera sua absorção, se não fosse pelos pequenos grãos que lembram areia, seria mais palatável. Desde muito cedo aprendemos que este composto alimentar balanceado auxilia nas defesas naturais do nosso corpo, uma vez que contém as medidas diárias de sais minerais, complexos vitamínicos e proteínas."

Olho pela abertura panorâmica que dá para o viaduto. Meus olhos fitam o nada. Rasgo a embalagem distraidamente, e a levo até minha boca, empurrando o conteúdo para dentro. Jogo a embalagem no compartimento de reciclagem. Limpo as pontas dos dedos levando-os a abertura que está ao lado do reciclador para receber uma borrifada de higienizador e logo depois o vapor quente para finalizar a limpeza e a secagem. Agora sim posso seguir meu caminho.

Com meu comunicador em mãos ganho o corredor e vou em direção ao acesso de entrada.

Rapidamente chego ao transvertical, que me saúda como de costume, ouço a leitura que ele faz de meu estado vital.

"— Olá Senhor Mathias, seus batimentos estão compassados e levemente acelerados, sua temperatura corpórea é de trinta e seis ponto dois e devido ao esforço sua pressão arterial está doze por oito. Bom período para o senhor."

"Preciso dessas leituras para me auxiliar em qualquer eventualidade endêmica."

O acesso se abre e, ao sair, agradeço a leitura feita.

Já no pequeno hall, vejo duas saídas.

A da direita vai para a via expressa que sai para o viaduto elevado, é o mesmo caminho para o centro de mercadorias. E a saída da esquerda vai para o subsolo onde ficam recolhidos os Deslocadores.

Pensamentos começam a se desprender oriundos do meu eu da lembrança.

"Sei que alguns dos outros jovens da cidade também se apresentarão em um dos dois Departamentos para o mesmo ritual, pois todos que completam vinte e cinco dias solares, neste ciclo solar, devem comparecer para receber o seu Símbio."

Encontro meu Deslocador, Deslo-AX80, ele é pequeno e vermelho. É o único modelo disponível para os jovens que ainda não foram iniciados, como esse eu de minhas lembranças.

Quando chego à sua lateral, deslizo com a mão sobre a parte alta ao centro, onde fica o controle de reconhecimento padrão e imediatamente o scanner é ativado e a lateral de acesso é liberada.

"— Como está, senhor Mathias, gostaria de receber as informações sobre sua agenda no período atual?"

Esta pergunta sai do painel do Deslocador.

"— Sim, obrigado." responde o meu eu da Lembrança.

"— Sua apresentação em um dos Departamentos está marcada para este período e somente será validada até o fim do segundo período. O senhor conhecerá seu mentor do ritual no local de apresentação. Fim dos agendamentos. Gostaria de receber a leitura do seu estado?"

"— Hum! Obrigado!"

"— Qual o seu destino senhor?"

"— Departamento Feneuta. Por favor."

"— O Senhor gostaria de visualizar alguma imagem de entretenimento?"

"— Sim, mostre-me as imediações do Grande Rio Lena."

"— Comando destino Departamento Feneuta em progresso. Comando imagens de entretenimento: imediações do Grande Rio Lena em progresso."

Reclino-me tranquilo para apreciar as imagens projetadas no interior do Deslocador, a poltrona se movimenta posicionando o meu corpo na direção em que meus olhos observam. As imagens do local me remetem a mais lembranças.

"Muitos pensamentos do meu eu do passado, recordando a época em que morei próximo ao centro de mercadorias, o cheiro de alimento estocado e de comidas servidas pelos pequenos boxes com duas ou três mesas, que se misturavam entre um negociante e outro. No Segundo Setor encontra-se o Rio Lena, onde podia fazer aulas de reconhecimento de leito, seus sedimentos e espécies, era muito bom. Mas não é isso que preciso. Tenho que encontrar memórias mais específicas. Memórias que me ajudem a entender por que não consigo me descontinuar de Thomas."

A imagem mostra a calmaria do leito Rio Lena.

"Raphael Vindemiatrix e Danita Aludra, meus professores Pretérios de estudos aquáticos, me auxiliavam sempre, mesmo sendo muito fechados com os Feneutas. Percebia neles o interesse verdadeiro ao passar seus conhecimentos. Desde o modo correto de vestir os trajes, a calibragem dos equipamentos de sobrevivência e sobre o que tínhamos ainda vivo, como algas, peixes e até mesmo fósseis recentes. Apesar de ter um bom relacionamento e admirar esses dois Pretérios, sempre existiu a relutância de se apresentar em outro Departamento. Isso é proveniente da criação que recebemos. Muito raramente um de nós, criado pelos Feneutas, teria algum interesse em se apresentar no Departamento Pretério, creio que isso nunca existiu. Somos monitorados desde a mais tenra idade, é certo que o Sistema de Departamentos nos conhece e já nos direciona desde pequenos sem sabermos, nos dando a ideia de que somos livres para escolher."

Após uma pausa, percebo minha atenção caminhando para os arredores da cidade e para o veículo, que agora está bem pequeno devido à distância que estou observando.

Enquanto subíamos a via expressa principal, observava os prédios altos e imponentes que sombreavam uns aos outros. A alameda que ligava o terminal de cargas com os prédios dos Departamentos.

"Gostava muito das caminhadas até o alto dos prédios, um dos poucos lugares onde o frio que paira no ar sempre está em torno de vinte graus Celsius, ar frio poeirento que nos dá um gosto metálico e barrento na boca. Não paro de pensar em como era bom este tempo, creio que minha idade era entre dezessete e dezoito dias solares."

Ainda pensando sobre minha juventude, ouço a voz magnetizada do Deslocador.

"— Comando destino Departamento Feneuta finalizado. Ponto de destino alcançado."

"— Obrigado, Deslocador. Finalize também o comando imagens de entretenimento imediações do Grande Rio."

"— Sim senhor Mathias. Comando imagens de entretenimento: imediações do Grande Rio Lena, finalizado."

A tela de projeção é encerrada e o acesso lateral do Deslocador se abre bem em frente ao prédio do Departamento Feneuta.

"— Então é isso, Deslocador, foi muito bom ter sua companhia por todo esse tempo. Agora você será designado para outro não iniciado."

"— Senhor Mathias, foi um privilégio servi-lo todo esse tempo."

"— Adeus, Deslocador."

"— Adeus senhor Mathias."

A poltrona do Deslocador vira-se me auxiliando na saída. Estou em pé fora do Deslocador. Em um impulso sem controle olho para Deslo-AX80 se retirando não somente do local, mas agora também do meu convívio.

"Deslo-AX80 sempre esteve comigo e agora se foi, estou por minha conta."

"Lembro esse apego, Deslo-AX80, meu primeiro Deslocador."

INICIAÇÃO FENEUTA

Começo a andar em direção ao acesso de entrada do prédio do Departamento Feneuta, outros jovens também chegam para o ritual da Semente. Pelo caminho, vejo todos muito desconfortáveis e apreensivos, uns se sentam com pequenos projetores holográficos, compartilhando conhecimento por meio de imagens projetadas. Outros estão em pé com os braços cruzados somente olhando e observando os acontecimentos à volta.

É unânime a expressão na face de todos. O grupo está repleto de rostos ansiosos, todos na expectativa do inevitável.

"É engraçado ver como estou reagindo em conformidade com o grupo, atualmente, seria centrado e menos influenciável. Sou Feneuta ou não sou? Espere um momento! Preciso voltar a ser como esse meu eu da lembrança. Talvez isso me ajude nessa busca."

"Lá estão os dois Departamentos e é aqui que fazemos a escolha. O caminho é o mesmo para todos nós, no entanto, à frente, fazemos a escolha de entrar para a direita ou para a esquerda. Ambos os prédios estão acoplados ao Centro de Coleta de Símbios (CCS) um à direita, com uma grande letra P em tubos luminescentes, conhecido como Departamento Pretério, e outro que seria idêntico ao primeiro senão fosse pela grande letra F em tubos luminescentes identificando o Departamento Feneuta."

Uma vez mais saio do meu ponto de vista e posso contemplar-me entre os demais jovens.

Ao passar pelo acesso de entrada, me vejo em pé num grande saguão com uma escadaria que contorna junto com a parede chegando até o primeiro andar. Vendo deste ângulo, o local realmente é grande, seu formato é como um cilindro, uma sala redonda com uma cúpula como a metade de uma esfera. Sigo caminhando até me aproximar dos outros jovens e me ponho junto a eles.

De novo estou observando do ponto de vista do meu eu de minha lembrança.

"Essa visão externa me deu uma dimensão do Centro de Coleta de Símbios (CCS) do lado Feneuta que eu nunca tive; muitas e muitas vezes já entrei e sai desta sala e nunca havia reparado como ela é grande. Não temos quadros pendurados e nem mesmo um detalhe pende nestas paredes, unicamente o saguão e a escada."

Vejo um homem se aproximar do grupo em que estou.

Ele é alto e grandalhão, anda de forma rítmica com passos precisos, seu rosto é redondo, barriga levemente saliente, dedos grandes e mãos bem limpas, barba bem escanhoada e tem uma respiração alterosa.

Apesar de grande, seus movimentos são despertos, os olhos muito ágeis, lábios levemente finos com rugas nas extremidades da boca bem como nas extremidades dos olhos e no meio da testa.

Está vestido com um traje nas cores cinza e preto com abas de seda, o que me parece uma veste talar e por baixo usa uma camisa de tecido leve, sem qualquer tipo de abotoaduras. Observo uma espécie de caixa, como um cubo, presa a sua cintura por uma corrente.

Ele caminha pela sala e se posiciona bem em frente ao nosso grupo e ali permanece nos dando a ideia de ser nosso mentor. Olha-nos como se fossemos um só, percebo em seus olhos o controle, mas ao mesmo tempo parece reservar certa irritação. Ele nos encara e nos atinge um a um, nada lhe passa despercebido. Em um determinado momento, levanta as mãos e faz um gesto como se pedindo para que chegássemos mais perto. Todos sem exceção obedecem. Agora sei que não é para as escadas que iremos.

"— Escutem todos, meu nome é Tibério Hassaleh, podem me chamar pelo meu primeiro nome, serei o Mentor para o ritual da Semente e a partir de agora seu Líder."

Enquanto falava, gesticulando, seus olhos nos prendiam e absorvíamos tudo com muita atenção.

"— Ficou estabelecido que, para a criação de um Símbio, seria necessário ter a idade de vinte e cinco dias solares. O Símbio aparece por meio da Semente com o semblante idêntico ao do seu humano gerador, o que os difere é a cor negra polida do ônix que o Símbio possui. Sua aparência envelhecerá juntamente com a do humano gerador pelos primeiros dez dias solares apenas; passado esse período o Símbio não envelhece mais e seu semblante se mantém, ainda não entendemos o porquê desse fenômeno, mas estudos estão sendo direcionados nesse caminho e logo saberemos."

Uma pausa para a abertura de uma ampola líquida para umedecer a boca e Tibério continua.

"— O ritual é feito nessa idade pelo simples fato de se reconhecer que é a fase mais bela da aparência humana e é dela que queremos extrair essa beleza e perpetuá-la nos seus Símbios, pois teremos que conviver com eles pelo resto de nossas vidas, então, que se mantenham belos e agradáveis aos nossos olhos, não é mesmo?"

Todos esboçam um sorriso acanhado.

"— Ao tocar na Semente, ocorre uma conexão muito clara e única entre o humano gerador e o Símbio criado. E ao receberem seus Símbios, os senhores terão muito tempo para se conhecerem, o único cuidado que temos é que, após o período de dez dias solares, alguns Símbios sentem a necessidade de voltar a tocar na Semente Universal, mas isso é só com alguns, não com todos. Mas já percebemos que esse desejo desaparece quando os impedimos que a toque. E quanto a isso não preciso explicar nada."

E apontando para as grandes máquinas que não combinam com o local continua.

"Pois como podem ver, aqueles Introdutores não permitem que qualquer Símbio, sem a devida autorização, entre no recinto da Semente Universal."

"Sim, verdadeiramente são grandes máquinas que ficam dispostas nas laterais da sala."

"— A partir de agora respondo quaisquer questionamentos a respeito do ritual, vocês têm até o momento do toque da segunda sirene para perguntar, depois de chegarmos à sala iluminada não se fala mais nada, apenas sigam com atenção meus movimentos e, daí começaremos o ritual; alguma dúvida?"

Todos nós ficamos parados esperando que alguém quebrasse o gelo, o tempo foi passando, não o suficiente para esquecermos a ordem dada, olhávamos uns para os outros até que se ouve bem atrás do grupo.

"— Senhor Tibério."

Uma moça de xale verde nos ombros cobrindo os braços levanta a voz.

"— Após o nascimento do Símbio, ele vai para aonde?"

Ao ouvir a pergunta o grupo olha em unânime para Tibério. Este por sua vez procura entre nós o autor da pergunta e sem perder muito tempo identifica a moça.

Olhando diretamente para ela diz com voz calma.

"— Senhorita, Símbios não nascem, são criados pela Semente no momento em que você a tocar. Após a criação, automaticamente, o Símbio sabe quem você é e o que você representa para ele, por isso irá lhe seguir para aonde você for até fortalecer o laço psíquico entre você o humano gerador e ele o Símbio criado."

Alguns instantes depois, outra pergunta é feita por um rapaz de preto que está bem na minha frente.

"— Senhor Tibério, ao tocar na Semente, sentirei algo? Alguma dor ou coisa assim?"

Tibério direciona o olhar identificando o autor da pergunta, e responde com uma voz branda.

"— Não, apenas um incômodo nos olhos devido à luz que emana da Semente no momento da criação do Símbio; é o máximo que você sentirá."

Após responder, Tibério continua com um ar de expectativa para novas perguntas.

"— Senhor Tibério, com que parte do corpo tem que tocar na Semente?" pergunta um rapaz alto no fundo do grupo.

Tibério se vira e encontra quem o questionou e responde.

"— Com as palmas das mãos e sem empurrar."

O rapaz sem esperar Tibério concluir interpela a resposta e pergunta novamente.

"— Posso ter mais de um Símbio, senhor Tibério?"

Tibério sorri com o canto da boca esboçando um ar de paciência e se dirige ao jovem.

"— Continuando, com as palmas das mãos é como tocamos a Semente e sem fazer força, sem empurrá-la. E, infelizmente, não, a Semente guarda, de alguma forma, uma lembrança de quem já a tocou, não sei se é uma marca ou mapa genético copiado, e rejeita uma nova duplicação para o mesmo humano."

"— Eles são criados com roupas?"

Tibério olha para uma moça que está ao meu lado e diz:

"— Um Símbio é criado nu, logo após sua criação, uma peça desenvolvida com propósitos especiais é entregue ao humano gerador, que, por sua vez, passa-a ao Símbio."

Pergunta a mesma moça.

"— E essa roupa é especial em que?"

"— Ela serve como um termômetro. Ela faz uma leitura dos sinais do Símbio, tais como respiração, batimentos cardíacos e sudorese. Tudo isso para deixar o humano gerador em estado de alerta, quanto a qualquer rompante que possa ocorrer com o Símbio. Assim que seu Símbio for criado, você e ele serão conduzidos e orientados."

De repente, um silêncio paira sobre todos nós, ao soar da sirene, o som é quase ensurdecedor, alguns chegam a tapar os ouvidos para se protegerem do barulho.

Tibério levanta as mãos para pedir nossa atenção novamente.

"— Escutem todos, vamos caminhar até a sala iluminada, se alguém quiser fazer mais alguma pergunta, terá permissão para tanto até o fim do corredor, depois não se fala mais nada."

"— Senhor Tibério. Por que temos que ficar em silêncio na sala iluminada?" Pergunta um rapaz magro e alto, com cabelos ruivos, que imediatamente é reconhecido por Tibério que responde:

"Devemos adentrar no CCS em silêncio, simplesmente, porque, dessa forma, prestamos mais atenção ao que fazemos, sem contar que esse será o momento mais solene de sua vida, portanto, exige a devida reverência."

Em seguida Tibério se dirige para uma grande abertura e, então, observo todos se encaminhando para o mesmo local que passa por debaixo da escada.

O corredor não é extenso e acaba em uma sala iluminada ao longe. Como um único corpo, caminhamos para o ritual, todos nós seguimos o caminho que Tibério faz.

Todos andam a passos lentos, mesmo sabendo que podemos perguntar ninguém ousa fazê-lo, parece que a vontade de acabar com o ritual o mais rápido possível é grande e unânime.

Próximo à sala iluminada reparo que existe outro acesso a um corredor que se liga à mesma sala.

Ao passo que vamos parece que nunca chegaremos lá.

Logo percebo outro grupo vindo pelo outro acesso em nossa direção, eles também seguem um homem como nós. Creio que deve ser um mentor, pois ele está vestido com trajes talares nas cores cinza com branco.

Antes de alcançarmos a sala iluminada, pergunto para Tibério.

"— Quem são eles?"

Tibério para e todos param. Ele me identifica, virando-se em minha direção e responde.

"— Eles são os iniciados dos Pretérios, assim como vocês, completaram vinte e cinco dias solares e agora se apresentam para o ritual da Semente."

De ímpeto, sem pensar, digo, olhando para Tibério e, em seguida, abaixando a cabeça, sem tirar os olhos dele:

"— Eles tocarão na mesma Semente que nós?"

Tibério me encara com um olhar de surpresa.

"— Só existe uma Semente e ela fica posicionada entre os dois departamentos, no CCS e este lugar é aqui mesmo."

Sem pensar muito, pergunto.

"— O CCS é para onde os Coletores trazem os Símbios desconectados? Veremos algum Coletor?"

Tibério novamente me olha e pergunta num tom de reprovação:

"— Seu nome meu jovem?"

"— Mathias Aldebaran, senhor."

"— Mathias, todas as perguntas devem ser relacionadas ao ritual da Semente, qualquer outro tipo de pergunta neste momento deve ser ignorado. Após o ritual você saberá o que for preciso para ser absorvido pelo Sistema Feneuta; neste momento é o que você precisa saber."

"— Posso me atrever mais uma vez?"

Imediatamente vejo sua feição de rejeição à minha interrupção.

"— Pois não, Mathias."

"— O que é esta caixa que o senhor carrega?"

Tibério muda o semblante, parece que a pergunta o fez relaxar. O clima no ambiente começa a ficar mais leve.

Tibério passa a mão na caixa, a levanta e olha para todos.

"— Contemplem o passado. Esta é uma caixa muito simples com pouco ornamento de um material barato, mas que esconde um segredo." falou ele criando uma atmosfera de expectativa.

Todos se olham com curiosidade querendo saber qual é o segredo que Tibério guarda no interior da caixa. Então, ele a abre.

Todos dão um passo à frente para ver melhor e qual não é a surpresa, dentro dela uma miniatura feminina rodopia ao som de uma melodia metálica. Tibério complementa:

"— O mundo dos nossos ancestrais é como esta caixa: antiquado, obsoleto, atrasado, morto, cediço, conservador, bitolado, defasado e velho. Levo-a sempre comigo para me lembrar de que a novidade e a mudança devem ser uma constante em minha vida, em suas vidas e neste Sistema."

De repente, todos olham para Tibério como o grande líder que esperávamos. Uma pessoa com uma visão muito positiva e inovadora para desenhar o nosso futuro sobre a Terra.

Assim que Tibério fecha a caixa encerrando a miniatura feminina, a sirene soa tão alta quanto a primeira vez.

Tibério levanta as mãos e não diz nada. Apenas com um olhar nos faz segui-lo para dentro da sala iluminada.

Nosso grupo fica paralelo ao outro grupo, estamos sérios e tensos, o grupo dos iniciados Pretérios está calmo e emocionado. Observo uma moça que vai junto com os Pretérios, na mesma direção, porém oposta ao meu lado, ela está com os braços cruzados abraçando-se e acariciando os próprios ombros. Logo uma das mãos vai ao auxílio do próprio rosto que não consegue conter as lágrimas. Isso é medo?

Não, ela sorri olhando para o céu como em busca de alguma resposta.

"Esses Pretérios são tão diferentes de nós, ela não está sentindo medo, ela está apenas emocionada."

Ao entrarmos na sala iluminada vejo a Semente, sim lá está, um objeto no formato elíptico com sua superfície lisa na cor do Ônix polido puxado para o chumbo prateado. E que a cada instante pulsa iluminando tudo ao seu redor.

"Apesar da luz que pulsa da Semente quase cegar como um sol, a impressão que tenho é que sua superfície deve ser fria."

Os dois blocos param, todos ficam apreensivos observando a atitude de seus líderes.

Os mentores se adiantam ao grupo. Eles se olham e com um sinal chamam os iniciados dos grupos, cada mentor com o seu grupo.

Tibério aponta para o jovem alto, sua cara de surpresa e espanto imediatamente dá lugar a uma feição fechada e séria. Cuidadosamente ele avança por entre as pessoas do grupo sem tirar os olhos da Semente, tomando a frente de todos se posiciona com os punhos fechados voltados para baixo, olha para Tibério confirmando sua prontidão.

Tibério olha demonstrando orgulho e aprovando sua postura. O outro mentor aponta para um jovem franzino que imediatamente leva as mãos à boca, demonstrando emoção e quase sem peso caminha para o ritual também.

Tibério segura nas mãos do iniciado alto e o conduz para dentro do círculo. Todos nós estamos sufocados de tanta apreensão com o que pode acontecer.

Já estando ele dentro do círculo, Tibério solta-o e balança a cabeça em direção à Semente passando a ideia que ele já pode tocá-la.

O rapaz em um único gesto levanta as suas mãos e fechando os olhos vira o rosto tocando a Semente. Um grande pulso de luz se desprende, cubro meus olhos e por entre os dedos percebo que ele foi empurrado levemente um passo e meio para trás.

Para minha surpresa, enquanto ele é empurrado, suas mãos não perdem contato com a superfície e vejo saindo da Semente em uma posição espelhada à dele um Símbio. O Símbio é idêntico a ele em forma, altura, cabelo e até a expressão do olhar, tudo igual, se ele não fosse da cor da Semente seria idêntico. Assisto tudo com muita apreensão, um misto de medo e alegria paira no lugar.

Observo a reação do jovem alto ao voltar com a cabeça, seu espanto ao ver o Símbio. Ele sorri apreensivo, o Símbio, imediatamente, o copia, retribuindo o sorriso. Acho que o rapaz esboçou este sorriso mais para desabafar a tensão do ritual que agora já havia passado. Tibério pega em sua mão que, por sua vez, segura na mão do Símbio, e o direciona para um acesso de entrada, que está na lateral do lado Feneuta, onde dois Feneutas o esperam com uma troca de roupa e alimentos.

O mentor Pretério abraça o iniciado franzino e sorrindo o conduz para dentro do círculo marcado ao chão, delimitando a área da iniciação próxima da Semente; o mentor o solta e quase que o levando pela mão, coloca-o frente a frente com a Semente.

Ele abre os braços, olha para o seu mentor que confirma seu gesto com uma aparência tranquila e um baixar da cabeça. Imediatamente ele abraça a Semente colando seus braços e rosto em contato com a superfície chumbo prateada. Outro grande pulso de luz se desprende, tento focar meus olhos por entre a luz e cronometrar o tempo com o da primeira iniciação para poder ver o ato do acontecimento. Vejo novamente o jovem franzino ser empurrado levemente um passo e meio para trás como no primeiro iniciado.

Após o pulso, vejo um Símbio abraçado a ele. Vejo em sua feição um prazer inexplicável, ele está chorando.

"Será que eles sentem?"

Isso me remete ao primeiro ritual.

"O Símbio, imediatamente, o copia; ele está imitando o jovem franzino."

O mentor toca com sua mão no ombro do moço e o abraça, o Símbio abraça o jovem e os três saem da área da Semente. O jovem e o Símbio se encaminham para o acesso que está na lateral do lado Pretério.

Um a um vão sendo escolhidos para o ritual, um a um são apresentados à Semente, um a um saem com seus Símbios.

Tibério olha procurando pelo próximo a ser iniciado quando nossos olhos se encontram, com um gesto aponta em minha direção, sinto uma descarga elétrica no mesmo instante, uma segurança e uma vontade de terminar tudo se misturam, tomo a frente dos poucos integrantes do nosso grupo que faltam a ser chamados. Em minha corrida, penso nas feições dos Pretérios que entre eles são muito sorridentes e felizes e nós, Feneutas, que até entre nós não cabe esse contentamento, sempre estamos com as feições fechadas e sérias.

Tibério me olha e, com todo protocolo, segura minha mão como fez em todos os outros rituais anteriores, me conduz para dentro do círculo e fico de frente com a Semente.

Tibério me solta e balança a cabeça em direção à Semente me passando a ideia que posso tocá-la.

Levanto as duas mãos e olho para a superfície polida da Semente. Encaro meu reflexo e sem fechar os olhos toco-a e, como havia imaginado, ela é fria. Um grande pulso de luz se desprende e, por um instante, sou posicionado fora do ponto de vista pessoal indo para um ponto externo, posso dizer que estou próximo do terceiro piso, bem acima de todos que ainda não foram apresentados no ritual. Penso que agora vou poder assistir à cena do surgimento de Thomas.

O OUTRO LUGAR

Porém, a expectativa de rever Thomas é frustrada, todo o interior da sala iluminada some como se aplicasse um efeito de fundo em uma imagem sobreposta.

Ainda ao meu redor vejo os jovens que faltam para serem chamados para o ritual, sendo substituídos por uma planície muito extensa coberta por um céu noturno.

Um céu escurecido invade o lugar e se espalha por todo o ambiente. A forma geométrica da sala, que agora também se desmancha, dá lugar a um conjunto de montanhas de formação estranha. Como cúpulas no formato de abóbodas, geometricamente alinhadas na aparência de montanhas.

Vejo meu corpo perdendo a forma e, como uma metamorfose em pleno estágio de transformação, sou moldado a uma espécie de luz em velocidade que risca o caminho por onde passa.

"Não estou mais escutando os pensamentos do meu eu da lembrança, isso é muito assustador e estranho, o que está acontecendo? Não me lembro de ter visto nenhum lugar assim em minha iniciação do ritual e nem mesmo em toda a minha vida. Essa luz está no lugar do meu corpo. Gilbert me disse que eu poderia modificar as lembranças, que não era certo fazer isso, mas não vejo outra saída e o melhor momento para tentar fazê-lo é agora."

Concentro-me nas lembranças anteriores a essa: a sala iluminada, Tibério, a Semente, mas nada muda... novamente me esforço e nada acontece. Percebo que essa luz está no controle, como se fosse viva, com escolhas e desejos próprios, mas não tenho acesso há nenhum deles.

"Estou me deslocando em alta velocidade, outras luzes me acompanham e se encaminham como eu na direção das estranhas montanhas."

Todas as sensações estão presentes, o barulho do ar zunindo com a velocidade que é notável, a temperatura baixa assumindo uma densidade gelada e, por vezes, as luzes que me acompanham ficam ziguezagueando e mudando de posição, ora por cima ora por baixo, à direita e à esquerda, ficam trocando rapidamente de lugar, o que me parecer ser algum tipo de comunicação tentando sinalizar algo.

Agora estou me aproximando das estranhas formações; são como grandes bolas enterradas até o meio e sua parte exposta acima da superfície é simetricamente esférica e perfeita.

"O que é isso, que lugar é esse, como isso veio parar em minha cabeça? Sei que essas imagens são frutos de momentos vividos por mim há tempos, mas isso de longe não é meu, parece mais com um devaneio fantástico. Nunca tinha visto isso, aliás, como estou aqui? Isso não é meu. Será que é um defeito? Algum contexto residual que a máquina está descarregando?"

Meus pensamentos se quebram com um clarão que envolve o horizonte, outras luzes esbranquiçadas juntam-se ao grupo já formado.

Bem próximos de mim, isto é, dessa luz, estamos como que em um conjunto e existem outros conjuntos de outras luzes, que estão ao longe representando talvez algum tipo tático de formação de voo.

Volto para minha posição de primeira pessoa num instante, para o meu espanto, tudo aquilo que era cinza tornou-se banhado de luzes brilhantes coloridas.

"Voando? Estou voando, quer dizer, esta luz está voando! Que confusão! Já não sei mais o que sou; e o que é essa luz? Não tinha percebido, mas não existe mais chão, não estou mais em pé e a um passo de ver Thomas na sala da iniciação no ritual, nada disso existe mais. Agora o eu da lembrança é apenas um pontinho luminoso riscando o espaço onde passo. Estou sem ação e completamente inseguro, não tenho nada a fazer além de seguir firme para as formações esféricas que agora me parecem metálicas e pior, seguindo longe do solo."

No lugar do céu noturno e da aparência do escuro, estando no ponto de vista da luz, as formações que a princípio identifiquei como metálicas possuem uma cor esverdeada, o céu negro está bem amarelado, as planícies à volta das estruturas são como retângulos avermelhados, onde posso ver seres com corpos de estranhas formas, todos dourados.

As cores são bem definidas e contornadas, limitando e individualizando cada espaço, cada lugar e cada detalhe, intensificando e realçando e de certa forma vivificando o lugar.

Tudo que estou vendo em cores é por estar no ponto de vista desta luz que risca este céu amarelado.

Percebo que a luz que emana de mim, outrora esbranquiçada, mudou-se para o tom violeta.

Vejo vários clarões vindos do horizonte como flashes disparados em tempos aleatórios como relâmpagos em uma tempestade.

Continuo como uma luz voando em alta velocidade, sem corpo, apenas uma espécie de energia.

"Isso não é uma máquina, é praticamente translúcido sem nenhuma estrutura aparente. O que sinto é indescritível, transcende toda e qualquer experiência humana, sem matéria e sem corpo, uma energia viva com vontade própria e independente, não a controlo e não sei para aonde está indo, não consigo ouvir nada e tão pouco nenhum pensamento que venha à minha mente por parte dela."

As outras luzes se aproximam emitindo sons agudos em uma frequência altíssima. A luz que estou responde emitindo a mesma frequência, alternando seu espectro de luz para outras cores, desde o branco, prata, passando pelo carmesim entra em uma oscilação de amarelo e alaranjado terminando em sua cor original de azulada para o violeta.

Nesse momento todas as luzes juntas quebram a trajetória e descem a uma velocidade alucinante, rumo a uma das grandes abóbodas no chão.

Após a queda repentina, o pânico e o frio se instalam em algum lugar que deveria ser o meu abdome, devido à aproximação com as montanhas no chão.

"Não são montanhas e sim, construções muito parecidas com relevos de montanhas, porém com a cor puxada para o esverdeado, com pequenos buracos iluminados de formas diferentes, como aberturas panorâmicas se destacam em meio à grande estrutura, revelando em seu interior vários indivíduos diferentes convivendo em harmonia, criaturas amareladas, como se fosse uma colônia."

Logo mais à frente posso ver uma depressão no relevo e uma superfície plana.

"Se não fosse pela cor transparente avermelhada, diria que é um lago."

CAPÍTULO III

SAINDO DO EXPERIMENTO

ESTOU PERDENDO O CONTATO COM AS IMAGENS, OS SONS, AS AÇÕES; TUDO ESTÁ SE DESFAZENDO, DESARMONIZANDO, PERDENDO O EFEITO. Meu estado de consciência me assegura que a experiência está finalizada.

Abro os olhos, vejo o rosto de Gilbert do lado externo da máquina. Sua expressão é muito séria, observo que ele está sinalizando o término da minha experiência com suas mãos.

Imediatamente tento me mexer para virar o corpo, porém não consigo me mover. Somente meus olhos estão abertos, apesar de estar acordado meu corpo não responde, estou paralisado.

Firmo o olhar em Gilbert exigindo alguma explicação, algo que justifique isso. Porém, ele me olha e sua demora começa a me incomodar.

Estou quase implorando para sair deste estado de transe. Mas Gilbert continua com o olhar sério digitando algo no teclado projetado sobre a parte superior desta máquina.

Os toques dos seus dedos são reverberados para o interior da cápsula, o que vai agravando ainda mais meu estado de irritação.

Gilbert pressupõe o meu incomodo e diz:

— Senhor Mathias, compreenda que o processo ainda não terminou, peço um pouco de calma. Estou finalizando os procedimentos para que nenhum fragmento de lembrança mapeado se perca.

Em seguida, Gilbert desvia o olhar e digita mais alguns comandos.

"Sei que ele está no controle e que não estou em apuros. Quero crer nisso, vou me acalmar e esperar o tempo que for. Mesmo porque não tenho como fazer nada."

Gilbert para de digitar e acrescenta: — Sei que neste momento o senhor está com corpo paralisado, mas assim que eu terminar com os protocolos, seus movimentos voltarão.

"Entendo o que ele está me dizendo, mas gostaria que essa situação de transição acabasse logo. Tudo está muito confuso, afinal estou acordado, mas sem os movimentos do meu corpo. Será que algo deu errado e ficarei paralisado? Não. Creio que não! Ou será que estou ainda conectado a máquina apesar de estar acordado? A impressão que tenho é de estar em dois lugares ao mesmo tempo! Que sensação estranha!"

Fecho os olhos buscando me acalmar, esperando de forma tranquila o fim do procedimento.

Para a minha surpresa, contemplo aquele estranho lugar reaparecer.

"Droga, não queria ter voltado, acho que peguei o caminho errado."

Dentro da visão agora estou ao nível da planície, poderia dizer que bem próximo do chão e a velocidade aumentando cada vez mais. As luzes que estavam me acompanhando, começam a se dispersar. Ao vê-las se distanciando rapidamente chego a confundi-las com as cores vivas que limitam cada espaço deste lugar, o solo, a atmosfera e as elevações rochosas misturadas às planícies.

Imediatamente saio para a posição de espectador fora desse ponto de luz e tudo volta a ser escuro e noturno.

Com a visão mais panorâmica do local vejo várias Sementes Universais como aquela que temos no CCS espalhadas no horizonte deste lugar, emitindo pulsos de luz, algumas não emitem nada, pois estão rachadas ao meio e se deteriorando; elas me passam a impressão de estarem mortas, sem vida.

"O que é isso tudo, onde estou?"

Foco a minha visão em outra luz que risca o horizonte e velozmente se encaminha para colidir com uma das Sementes Universais.

"É tudo muito insano e mágico!"

A luz se choca com a Semente e produz um clarão notável, sendo reverberado por todas as outras, exceto as rachadas, porém em uma intensidade menor.

O ponto de luz é totalmente consumido no meio do clarão, a imagem é assustadora, poderia ser facilmente comparada com a explosão de uma grande estrela no céu.

Retorno para o ponto de vista da luz onde estou e tudo volta a ter cor novamente.

"Então funciona assim. Quando estou fora da luz vejo tudo sem cor e escuro, quando estou dentro dela, vejo tudo iluminado e com cores vivas, que engraçado!"

Mais à frente percebo uma das Sementes Universais bem no caminho por onde a luz se dirige.

"Oh não!"

A velocidade se torna extremamente fantástica, vou colidir com a Semente que gradativamente cresce a minha frente.

Vejo que a colisão será inevitável, estou em pânico, velocidade somada à trajetória de colisão são peças de uma equação suficientemente simples para me abalar.

Instintivamente com muita força tento fechar os olhos para não ver o que está prestes a acontecer.

No último instante, meus olhos se abrem juntamente com um grito que projeto para fora como se pegando ar para continuar vivo, me despertando do transe.

A voz de Gilbert entra em minha mente.

— Senhor Mathias! Acalme-se, Senhor Mathias! Tente ficar com os olhos abertos desta vez. Se fechar os olhos, retornará suas lembranças, concentre-se apenas em minha voz e continue de olhos bem abertos, entendeu?

Olho para Gilbert e sigo ouvindo o comando de sua voz.

Estou um tanto confuso, meus pensamentos estão embaralhados e sinto um enjoo misturado com tontura.

Ele continua tentando chamar minha atenção, sua voz ao fundo parece longe, mas pela sua face percebo a seriedade do momento, em contraste com seu olhar sereno.

Concentro-me em Gilbert, recupero meu estado sóbrio.

Sem me olhar diz: — Senhor Mathias, finalizei o processo e estou iniciando sua remoção da cápsula. Vou liberar o estimulante para que seus movimentos retornem.

Nesse momento, estou mais concentrado e pisco meus olhos de relance, porém, nada acontece, não contemplo mais nada. A abertura que havia para aquele mundo se fechou, não existe mais.

Gilbert passa com a mão sobre a parte superior da máquina que reage como se estimulada, abrindo-se.

A poltrona solta meus braços e pernas para que eu possa me levantar e me auxiliando inclina-se para frente.

Levanto-me e saio de dentro da máquina me agarrando firme em sua lateral, vejo que estou suando e com os batimentos mais intensificados.

— Devagar. — diz Gilbert.

Ao termino dos protocolos, Gilbert me olha e a impressão que tenho é que ele quer me tirar dali o quanto antes, não por zelo e cuidado pela minha pessoa, mas por apego a esta máquina, quanto mais rápido melhor para que possa fechá-la e cuidar dela.

"Muito estranho! Um Símbio não deveria agir assim."

— Você viu o que eu vi? Você viu aquilo?

Gilbert com sua postura séria responde de forma calma e tranquila.

— Não, senhor Mathias, não vi nada. Espero que tenha sido de muito proveito esta experiência, gostaria de ter participado contigo nesses momentos de lembrança, porém não tenho acesso a essa parte do programa. Somente o Doutor Carlo opera tal parte da pesquisa.

Olho para Gilbert meio desconfiado, pois acreditei que ele seria o interlocutor que responderia o que foi aquilo.

"Que imagens eram aquelas? Como assim, não tem acesso a essa parte do programa?"

Já em pé com meu estado sóbrio recuperado peço uma ampola liquida para Gilbert, que gentilmente aponta com o dedo em direção à mesa, a minha direita, junto às duas cadeiras.

— Senhor Mathias, tome aquele líquido e não aconselho a ingestão de nenhum tipo de alimento pastoso concentrado até ao fim deste período.

Aceno com a cabeça e pego a ampola com o líquido. Após bebê-la, me viro em sua direção vendo que ainda está de costas, compenetrado nos procedimentos da máquina.

"Acho que vou argumentar com ele, quem sabe uma fala mais assertiva e direta resolva."

Gilbert se vira e me olha com espanto, em seu rosto percebo um ar de insatisfação com a minha presença ainda no local.

— Algo mais, senhor Mathias?

Creio que esta seja a oportunidade de questionar o ocorrido e sanar minhas dúvidas.

—Gilbert, e aí, como me saí? Você pode me adiantar alguma coisa? Talvez uma prévia dos resultados até o momento?

— Não, senhor Mathias, como já lhe esclareci, somente o Doutor Carlo Polaris poderá lhe informar algo sobre os resultados e, até lá, se cuide.

— Como assim se cuide? Eu acabei de ter um contato com um monte de imagens que não me dizem absolutamente nada; e acrescento que me deixaram muito mais confuso agora do que quando entrei aqui, e você simplesmente não tem nada para me dizer?

— Não, senhor Mathias, como já mencionei, somente o Doutor Carlo poderá informá-lo sobre os resultados e, até lá, paciência e se cuide.

Gilbert me vira as costas e tenta voltar para seus afazeres.

A raiva e o descontrole tomam conta de mim e avanço sobre Gilbert, coloco minha mão em seu ombro e o forço, colocando-o frente a frente comigo.

— Gilbert, então? Como vai ser? Vai me falar o que está acontecendo ou vou ter que arrancar isso de você? Eu quero saber agora o que aconteceu comigo dentro desta máquina.

Imediatamente Gilbert responde protegendo-se do meu dedo em sua cara.

— Mais uma vez, Senhor Mathias, lhe informo que tudo que o senhor quiser saber deve perguntar ao Doutor Carlo Polaris, não a mim. O senhor deverá conectar-se com ele que o auxiliará no que for possível. Eu nada posso fazer para sanar suas dúvidas.

Percebo que fui além do limite permitido com um Símbio. E pior, que dele não sai nada.

Imediatamente solto minha mão de seu ombro e arrumo seu traje amarrotado pelo meu 'surto violento', com uns dois ou três tapinhas.

Ele balança a cabeça e confirma se eu entendi que ele não sabe de coisa alguma.

— Tenho que marcar outra vinda aqui no laboratório, certo?

Gilbert balança a cabeça em sinal de positivo como se nada houvesse ocorrido.

Despeço-me e ele volta sua atenção para a máquina. Saio da sala pensando na minha atitude violenta e inconsequente.

Alguns passos depois, atravesso pela recepção onde Luiza está. Ela nem sequer tem tempo para respirar, muito menos dar alguma atenção à minha saída. Então de cabeça baixa ando rapidamente para meu Deslocador, atravesso a Alameda Campos.

QUESTIONANDO A REALIDADE

Visualizo meu Deslocador e sigo em sua direção.

Rapidamente passo com a mão sobre o scanner de identificação fazendo com que se abra o acesso de entrada.

Deslo-Z1000 é o último modelo de sua geração de Deslocadores, muito mais rápido em tomadas de decisão, mais equipado e conectado a todos os Visualizadores Externos, um verdadeiro laboratório técnico científico capaz de elaborar soluções rápidas e precisas sobre os mais diferenciados assuntos, desde o entendimento de comandos diretos e interpretações minuciosas de estados emocionais humanos até cruzamento de dados de diferentes bases de apoio para adequação de possíveis interpretações no auxílio de respostas determinadas pelo Coletor.

— Olá, senhor Mathias! — diz Deslo-Z1000 em sua frase de saudação. — Gostaria de receber as informações sobre sua agenda para este período?

— Não, obrigado, Deslocador. Leve-me para o CCS, mas antes entre em conexão com o Doutor Carlo Polaris, assunto experimento.

— O Senhor quer é saber sobre o resultado do experimento?

— É o que pretendo descobrir.

— Sim, senhor Mathias.

"O que foi aquilo? Que imagens foram aquelas? Não sei de onde pode ter vindo aquilo, parecia até outro lugar. Mas por que essas imagens estão comigo?"

A voz de Deslo-Z1000, quebra o silêncio:

— Senhor Mathias, Doutor Carlo Polaris está no comunicador, deseja atendê-lo com AUVI ou apenas no AU?

— No AUVI, por favor.

A tela de Fresnel holográfico sobe e o rosto Doutor Polaris aparece.

— Olá, Mathias, o que houve?

— Olá, Doutor Polaris, estou um tanto confuso.

Imediatamente Doutor Carlo Polaris comenta:

— Essa confusão é por causa do procedimento aplicado no experimento? Se sim, fique despreocupado, os efeitos do gás de recuperação muscular demoram um pouco para serem liberados pelo seu corpo por meio de sua respiração. Você está sentindo um pouco de náusea, de enjoo ou sonolência?

— Doutor Polaris, obrigado pela preocupação, não tem nada de errado comigo, nada de tontura, enjoo ou qualquer outra coisa. Gostaria de esclarecer algumas dúvidas contigo.

— Certo. Pode falar Mathias.

— O senhor já recebeu o experimento?

— Sim! Mas ainda não o analisei, dei apenas uma olhada sem nenhuma profundidade, fique tranquilo, eu entrarei em contato, certo? Porém, posso adiantar que com apenas uma sessão não trará efetivamente respostas conclusivas, paciência, senhor Mathias.

"Eu já ouvi alguém me pedindo paciência nesse período e não foi bom."

— Certo, o que o senhor pode me falar a respeito das imagens que viu? Se o senhor preferir, posso descrevê-las, estou muito encucado com elas e na verdade não sei se são minhas ou se são possíveis imagens residuais da máquina, o que me deixa um tanto preocupado, pois se elas são da máquina, como vieram parar em minha cabeça?

— Senhor Mathias, prefiro não ouvi-lo e nem comentá-las por comunicador, não gostaria de ser contaminado pelo seu ponto de vista e nem ser influenciado em meu julgamento científico das interpretações das imagens. O senhor poderia marcar outro período com Luiza e, então, poderemos nos encontrar no escritório. Certo?

— Doutor Polaris, eu preciso que me ouça, o senhor não está entendendo, seria muito apenas me ouvir?

— Mathias, eu sou um cientista e não um profissional da UB, esse experimento é para compreendermos como seu psicológico ampliou sua compreensão da perda de Thomas, não é um tratamento. Aconselho tirar o resto do período para descansar. Entre em contato com Luiza e marque outro experimento. Não se preocupe, apenas siga com as orientações.

— Doutor Polaris, eu preciso de respostas, o senhor não está me entendendo. Pare e me escute, sei que tem algo errado e preciso de esclarecimentos. Não vou descansar coisa nenhuma, quero respostas e as quero agora.

— Mathias, eu verificarei seu experimento ainda neste período, me contate no início do próximo período, creio que poderei falar com mais propriedade sobre o assunto.

— Doutor Polaris, isso já aconteceu em algum outro experimento?

— Adeus, senhor Mathias.

— Fim da comunicação pelo AUVI.

— Mas que desorientado, imbecil... Ele desconectou!

"As palavras do Doutor Carlo Polaris foram definitivas, dali não vou receber também nenhum tipo de alento, pelo menos não agora."

— Senhor Mathias, comando Local de destino: CCS em andamento.

Fico um tanto apreensivo devido à conversa com o Doutor Carlo Polaris.

"Tem algo de errado acontecendo."

— Senhor Mathias, existem dois novos óbitos humanos no Sistema, com isso existem três casos para busca e encaminhamento para a Semente.

— Certo, Deslocador, relate.

— Um de apenas um Ciclo.

— Este é muito recente, próximo.

— O outro é de quase um dia lunar, está entrando no terceiro ciclo. E informo que o caso da Símbio Maela está sob seus cuidados.

— Símbio Maela? Quem é Maela, mais uma Símbio deste período?

— Não senhor. Última aparição foi registrada a sessenta e três dias solares e não existem mais informações sobre aparições.

— Este caso é antigo, pensarei nele em outro período, não neste.

— Gostaria de ver alguma imagem AUVI3D, senhor Mathias?

— Sim, Deslocador, mostre-me os humanos falecidos e seus Símbios deste período na mesma tela.

A projeção no Fresnel holográfico se inicia, percebo traços de semelhança entre os Símbios e os falecidos, ambos com aparência bem mais envelhecida que a dos Símbios.

— Deslocador, existe uma lacuna de tempo entre os humanos e o Símbios, isto está correto?

— Quarenta e dois e quarenta e sete respectivamente.

— Então existe a possibilidade de um Símbio desconectado acordado?

— Senhor Mathias, cruzando essas informações com as estatísticas das coletas já realizadas, os dados mostram a possibilidade de um Símbio acordado em trinta e três por cento.

"Um quarto de chance de encontrar um Símbio acordado. Uma busca um tanto mais arriscada, mas, se completada com sucesso, me promoveria no Centro de Coleta de Símbios (CCS)."

— Algo mais senhor, Mathias?

— Recolha a projeção, guarde as imagens no painel de dados.

Mesmo tendo visto os dois Símbios desconectados para coleta e este novo caso desta Símbio chamada Maela como prioritários em meus afazeres, meus pensamentos sobre o experimento e o Doutor Carlo Polaris não me saem da cabeça.

"Por que ele não quis me ouvir? Sei que ele é um pesquisador fascinado pelo que faz. Estranho ele ter me cortado! Será que a máquina estava desajustada ou quebrada? Que absurdo!"

Procuro me reclinar no invólucro de sobrevivência de Deslo-Z1000 e aproveito para mudar meus pensamentos.

CAPÍTULO IV

CHEGANDO AO CCS

EM MINHA MENTE, IMAGINO A IMPONÊNCIA DOS PRÉDIOS DOS DEPARTAMENTOS E ENTRE ELES QUATRO ANDARES DO PRÉDIO DO CCS.

"É aqui que o meteorito da cor do ônix conhecido como Semente Universal descansa desde sua entrada em nossa atmosfera. De todos os andares ela pode ser vista, bastando para isso, inclinar-se nos parapeitos dos corredores internos em cada um dos pavimentos."

Sinto as rajadas de ar das laterais menores do prédio provocadas pelos Transverticais.

"Uma opção mais lenta seriam as rampas e as escadas para o acesso ao último andar; o som da reverberação sonora do vento sendo cortado pela edificação é como um assovio grave e alto que acaba sendo um alerta para as outras edificações dos Departamentos sobre sua importância. É engraçado ver a reação dos iniciados que chegam aqui pela primeira vez. A Semente Universal e o prédio são tão harmônicos que parecem uma só peça. Após sua queda, este prédio foi construído com o propósito de abrigá-la; um artefato tão importante não poderia ficar a mercê do tempo ou dos homens. Atualmente, a Semente Universal é utilizada por ambos os Departamentos de forma sem precedente. Por meio deste artefato foram estabelecidas novas normas de conduta e critérios de convivência entre humanos e Símbios. Todo humano continuado é responsável direto pelas atitudes profissionais do seu Símbio, porque o mesmo reflete a essência do seu humano gerador. Um Símbio reúne condições para exercer a profissão do seu gerador, a ligação entre eles permite esta aptidão de forma natural. Se o humano exerce, seu Símbio também exercerá. O Sistema vê os Símbios como a extensão do corpo do humano gerador. Criamos uma maneira de viver e de nos relacionar. Todos os humanos estão associados a um Símbio e desta forma todos vivem em harmonia. 'Ou deveriam viver!' Mas o fato é: infelizmente não é bem assim, humanos morrem e seus Símbios ficam e o contrário também é real. Um Símbio também pode morrer e o humano ficar. Estou treinando para encontrar Símbios cujos humanos faleceram, são os chamados desconectados, existem outros Coletores que foram treinados para encontrar humanos que não possuam mais Símbio, esses humanos chamamos descontinuados. O Sistema não quer estes desvios. Um humano descontinuado deve ser reintegrado ao Sistema. Já o Símbio desconectado deve ser entregue a Semente Universal."

— Comando destino alcançado.

Ouço a voz de Deslo-Z1000 ao que respondo:

— Deslocador, fique no carregador.

— Sim, senhor Mathias.

Assim que saio do Deslo-Z1000 cruzo o campo jardinado onde vejo muitos humanos com seus Símbios sentados realizando tarefas simples. Uns bebem água entre uma conversa e outra, muitas risadas e descontração, momentos de pura aprendizagem.

"Mais uma vez estou aqui me encaminhando para o CCS."

Sempre chego pelo acesso dos Deslocadores.

Contemplo sua vultuosidade metálica assemelhada a um cubo.

"Nunca havia entrado neste prédio, quando era Feneuta, e agora, como Coletor, ele faz parte da minha vida. Pelo menos agora sou parte integrante do Sistema."

Todos nós aqui no CCS somos descontinuados. Próximo da Semente, a entrada de Símbios é proibida. Salvo quando nós, Coletores, os conduzimos para serem absorvidos por ela.

Já na entrada de acesso, vejo os Introdutores.

"Essas máquinas do passado são tão grandes e pesadas que a primeira impressão causa medo. Foram utilizados pelos humanos nas chamadas guerras e agora são reutilizados como barreiras que protegem o acesso à Semente Universal. São controlados por nós, os Coletores. São máquinas que não socializam, não são amigáveis, não comentam, não comunicam e nem relatam qualquer feedback sobre quem está passando, apenas permitem ou não a entrada, baseados nas leituras dos pequenos biossensores que detectam qualquer tipo de vida existentes no local."

Passo pelos Introdutores que, imediatamente, leem e reconhecem quem está em seu interior. Ele me libera a entrada.

Uma vez dentro do departamento, cruzo o hall e me encaminho diretamente aos Transverticais.

— Olá, senhor Mathias, gostaria de uma leitura sobre seu estado? — pergunta o painel de controle do transvertical.

— Por favor, T2.

— Os seus batimentos estão levemente acelerados, sua temperatura corpórea é de trinta e seis ponto oito e sua pressão arterial está treze por oito. Porém, o campo elétrico que emana do seu corpo está elevado, a leitura de sua impedância esta baixa. Sugiro ao senhor algumas caminhadas, faça uso da alimentação enriquecida com ferro e sais minerais. A provisão será enviada à sua habitação ainda neste período. Bom período para o senhor.

— Obrigado, T2.

Mesmo neste pouco tempo que tenho até chegar à sala dos Coletores de Símbios, quero garantir o máximo de sucesso em minhas visitas. Com meu comunicador relembro os rostos dos humanos falecidos e as imagens dos Símbios desconectados. Um Símbio, de um modo geral, é inofensivo, porém um Símbio desconectado pode se apresentar extremamente agressivo, o que me preocupa muito.

Entro na área comum dos Coletores, somos cinquenta e sete ao todo divididos em duas equipes: a Equipe Coletora de Humanos e a Equipe Coletora de Símbios.

Vejo uma projeção sobre o aparador de centro e focalizo as informações que se apresentam como"Documento das Possibilidades".

Esse documento representa um consenso entre todos no Centro de Coleta de Símbios (CCS). Trata-se de uma divulgação interna com algumas possibilidades passíveis de serem verdadeiras, onde se lê:

- **Possibilidade 1:**

os Símbios desconectados acordados viverem em alguma parte do planeta onde nós, humanos, não habitamos.

- **Possibilidade 2:**

os Símbios desconectados acordados estarem se agrupando e se organizando, com as mentes libertas, aprendendo.

- **Possibilidade 3:**

Símbios desconectados acordados acreditarem em suas originalidades e, de forma sutil, estarem formando uma nova parte da sociedade.

- **Possibilidade 4:**

Símbios desconectados acordados não demonstrarem medo, serem desafiadores e perigosos, possuírem malícia e não aceitarem a ideia de retornarem para a Semente.

Ao término da leitura saio da área comum rumo às áreas específicas.

Passando a entrada, bem ao fundo, estão os dois acessos das áreas específicas. As equipes não se misturam, mesmo porque as situações problema são diferentes e não existe um assunto em comum.

Cada equipe deveria ter um líder, mas a equipe de Coletores de Símbios está sem no momento.

"O antigo líder, após sua última visita, não voltou mais. Nem ele, nem seu Deslocador. Sei que sou novato, mas tenho grandes chances de me tornar o próximo líder, mesmo porque já liderei o Primeiro Setor, o que me dá boas vantagens sobre os outros aos olhos de Tibério."

Encaminho-me para o acesso da área restrita dos Coletores de Símbio e logo avisto Fomalhaut.

"Ruben Fomalhaut é um Coletor de sucesso, o mais alto no ranking do CCS, com dezessete coletas bem executadas e uma fuga de um acordado. É um Coletor brilhante e com toda a certeza um exemplo a ser seguido, como Coletor é claro, mas não como líder."

Dou uma pequena risada sobre o que acabei de pensar.

Voltando o olhar para Fomalhaut, vejo-o caminhar, em minha direção, acompanhado de outros quatro Coletores.

— Olá, Novato Mathias.

Percebo um ar de ironia nessa verdade que ele acabou de proferir.

— Senhor Fomalhaut.

— Cuidado com suas visitas, elas são escolhidas aleatoriamente e, portanto, aqui você não terá o controle como tinha na Liderança do Primeiro Setor.

— Qual é o seu problema, tem receio que esse novato lhe ensine como coletar?

Batendo a mão com força na estrutura da edificação, bem próximo a minha cabeça, complementa:

— Aqui é a vida real, nada de regalias nem privilégios entendeu pupilo do Tibério?

A pancada me pegou de surpresa, acelerou os batimentos e me colocou em um estado de alerta, fazendo com que meu emocional se alterasse. Os Coletores começam a rir, porém Fomalhaut fala um pouco mais sério:

— Controle seu emocional. Mathias. Não sou um acordado, não precisa se camuflar com medo.

Esboçando um pequeno sorriso, encosto minha testa na dele e, olhando diretamente em seus olhos, o empurro lentamente me posicionando de forma mais ofensiva e direta.

Percebo que isto o surpreende.

Todos começam a rir e o clima se abranda.

Os Coletores puxam Ruben pelo braço retirando-o da minha frente, entretanto nossos olhos não se desgrudam até que todos eles entrem pelo acesso da área restrita.

Estou um tanto irritado pela situação, então decido não entrar na área comum e volto pelo mesmo caminho que fiz.

"Eles não me querem por aqui. Eu também não preciso deles, vou agir sozinho de agora em diante, não preciso da aprovação deles, preciso convencer apenas Tibério."

Já no corredor estou bem próximo do acesso à minha sala, o que me faz pensar em um retiro para planejar como farei as duas coletas que me foram designadas.

Entro e sento em minha poltrona. Tudo à minha volta está perfeito, parado. Os bancos de informações estão em stand-by, uma penumbra convidativa. Meu estado de tensão começa a se dissipar, fecho os olhos.

"Aqui sou uma espécie de caçador de Símbio e agora tenho que lidar também com este Fomalhaut. É certo que a grande maioria das coletas é pacifica como deveria ser a convivência aqui no CCS, mas existem embates que podem por um fim na carreira de qualquer Coletor. Ou um nariz quebrado, não é, Senhor Fomalhaut!"

Balanço a cabeça reprovando meu pensamento.

"Mas que seria divertido socá-lo isso seria."

Esboço um novo sorriso para me acalmar, mas logo penso na seriedade de ser um Coletor.

"Sei que não sou veterano, estou nessa carreira, oficialmente, há onze dias Lunares, mais precisamente, desde a morte de Thomas, quando fui convidado por Tibério. Não tenho nenhuma busca em meu prontuário, ainda estou em fase de aprendizagem, já completei meus treinamentos e o mais próximo que fiquei de uma busca foram os mais de sessenta períodos de simulação em treinamentos de captura que acumulei. Minha primeira busca provavelmente será marcada entre este e o próximo período, não me preocupo com o fato de estar iniciando, o que me preocupa é a possibilidade de um destes Símbios estar acordado. Todos os casos são mostrados para o departamento e aqui você é reconhecido não apenas pelo número de entregas bem sucedidas, mas também pela complexidade do status do Símbio entregue. Quando o humano de origem vem a óbito, o Símbio desconectado pode receber um entre dois status: ou ele é um sonâmbulo ou ele é um acordado. Entre os dois status nunca se viu a captura de um Símbio acordado aqui no departamento. Este tipo de Símbio sabe quem de fato é, sabe que não pertence à raça humana, que é mais forte, mais disposto, portanto, passa a ser mais perigoso devido a seu potencial destrutivo, podendo até matar um Coletor, o que, com toda certeza, quero evitar. Os Símbios continuam com a força e a determinação que lhes são comuns e preferem não interagir mais com humanos. Eles adquirem também certa aversão à Semente que os originou. Poucos foram os Coletores que voltaram de um confronto com esses acordados e os que voltaram contaram relatos assombrosos de ataques e força fora do normal, saltos e velocidades extremas para um humano ficar em pé de igualdade. Após dez dias solares, é normal o Símbio querer retornar para a Semente. Não sabemos a motivação para isso, mas um Símbio acordado nunca foi visto tentando esse contato o que nos leva a crer que eles adquirem algum tipo de aversão à Semente. O que se ouve muito por aqui são as reclamações, alguns Coletores afirmam que não existirá treinamento ou equipamento capaz de dominar um acordado e que são inúteis todos os esforços nas simulações. Como dizem os próprios Coletores, ninguém está preparado para enfrentar um Símbio acordado, nem mesmo o Sistema que nos prepara. Já os casos de Símbios que perdem o humano de origem e assumem a identidade do morto chamamos de sonâmbulos. Esses Símbios acreditam que são seres humanos geradores, que são originais, portanto, são mais fáceis de capturar e lidar; basta fazê-los acreditar que os vejo como humanos. Isso em geral funciona. Apenas conversamos e por meio da persuasão, de um modo bem sutil, os direcionamos para a entrega. Nosso intuito é a entrega do Símbio para a Semente."

CAPÍTULO V

ROTINA

UM CLARÃO TOMA CONTA DA SALA, O QUE ME INCOMODA, MESMO ESTANDO COM OS OLHOS FECHADOS. Abro-os bem devagar e procuro a fonte de luz, vejo a central de informações com a tela aberta e o rosto de uma Símbio. Imediatamente corro para frente do Centralizador Gerencial de Dados e me assento quase entrando com a cabeça dentro da tela de fresnel holográfico.

— Este é o prontuário daquela Símbio chamada Maela? Por que ela está ativa, Centralizador?

Logo após minha pergunta o CenCog-ST423 me responde:

— Olá, senhor Mathias, o caso Maela Peacock foi direcionado aos seus cuidados, este caso completa sessenta e três dias solares e não existem mais informações sobre aparições. Sugiro o arquivamento do caso. Deseja arquivar o caso?

— Negativo centralizador! Claramente identifico um erro em seus registros, sei que o caso Maela é antigo, mas sessenta e três dias solares é demais. Mostre-me a criação de Maela juntamente com as informações pertinentes ao caso.

— Sim, senhor Mathias, comando abertura de prontuário de imagens da criação de Maela e informações.

Reclinando-me na poltrona bem devagar. Tento fazer o mínimo de movimento para não tirar o foco das imagens.

As duas telas mostram as informações do prontuário em duas partes concomitantemente, uma mostra as da humana geradora e a outra uma pequena gravação do dia da criação de Maela.

Leio informações como, Humana: Carla Peacock; Idade: vinte e cinco dias solares; Sistema: Departamento Pretério.

Na outra tela, assisto a criação da Símbio Maela, onde visualizo na sala da Semente Universal um mentor Pretério que abraça a iniciada Carla Peacock, a conduz para próximo do artefato, a leva pela mão e a coloca frente a frente com a Semente. Ela abre os braços e a abraça. Um grande pulso de luz se desprende e a empurra levemente um passo e meio para trás.

Após o pulso vejo a Símbio abraçada à Carla. Vejo na feição da recém-criada um carinho e uma conduta de amor inexplicável, deixa cair uma lágrima, isso mostra a imitação que a Símbio faz do seu humano gerador."A Símbio imediatamente a copia." O mentor toca o ombro de Carla e a abraça, a Símbio abraça a jovem Carla Peacock e os três saem da área da Semente. A jovem e a Símbio se encaminham para o acesso que está na lateral do lado Pretério.

— Fim da gravação.

"Realmente aquelas roupas são diferentes das atuais. Espere um pouco! Essa imagem é da sala do ritual? Onde está o círculo de apresentação?"

— Centralizador, de que dia solar é esta gravação?

— Senhor Mathias, esta gravação é do dia solar três mil seiscentos e trinta e seis.

— Você tinha razão, Maela foi criada no passado, ela é antiga. Ela foi gerada há cento e oitenta e sete dias solares atrás.

Levanto-me e tento enxergar melhor a imagem que está na tela de fresnel holográfico.

Ouço a voz sintetizada do centralizador:

— Senhor Mathias, algo mais?

Cruzo os braços e interrogo o Centralizador.

— Existe algum outro vídeo em que a Símbio Maela aparece?

— Sim senhor, Mathias, no ano de falecimento de Carla Peacock.

— Mostre-me.

Vejo na tela um salão de festa com requinte e muito luxo. Muitas pessoas bem vestidas, bebendo, comendo e conversando com seus Símbios.

Vejo Carla e Maela juntas, as duas estão sentadas em uma mesa de frente à mesa de distribuição dos alimentos sintetizados. Posso ver nitidamente que Carla aparenta estar mais envelhecida, mostrando-me que ela já ultrapassou muitos dias solares a idade de Maela.

Maela está com sua aparência jovial, a diferença é tão nítida que me faz pensar.

— Centralizador, de que dia solar é esta gravação?

— Senhor Mathias, esta gravação é do dia solar três mil seiscentos e oitenta e oito.

— Certo. Carla Peacock está cento e vinte e três dias solares, então, nesta gravação Maela já está com a idade de noventa e oito dias solares.

"Mas não envelhece há oitenta e oito dias solares, portanto, possui a mesma aparência de dez dias solares após sua criação."

Na mesa o sachê do concentrado alimentício de Carla intacto e o de Maela já violado.

"Porque ela não o ingeriu?"

Centralizador volte ao momento em que Maela viola a embalagem de seu concentrado.

Imediatamente vejo a imagem de Maela pegando o sachê enquanto Carla passa a mão no abdômen indicando algum desconforto, ela sinaliza negativamente para Maela e afasta o alimento.

Continuo com os olhos na tela, nesse momento um garçom que usa um fraque com o interior azul serve as duas com um extrato fluido nas ampolas de aromatização.

Ambas abrem as ampolas e entre as conversas vão apreciando lentamente o conteúdo.

Carla leva a mão ao peito, me parece que está com mal-estar, um desconforto ou, o que me é mais provável, uma dor intensa, como se tivesse levado um golpe no abdome.

A feição de Maela muda e em um ato rápido se levanta segura na mão de Carla Peacock, trazendo-a para perto de seu peito.

Os humanos e os Símbios à volta se levantam de seus assentos, dando espaço para que Maela possa deitá-la no chão. Todos olham; alguns rapidamente começam a falar em seus comunicadores, mas ninguém faz menção de ajudá-las.

No semblante de Carla, posso ver a pressão e o aperto que está sentindo. Não demora e os seus olhos agora bem abertos demonstram desespero. Ela começa a movimentar o pescoço tentando achar algum tipo de alívio para o que está sentindo.

Novamente ela tenta comunicação com Maela, gesticulando, mostrando que a dor e o desconforto estão localizados na parte superior do corpo.

Maela a traz para o colo e, sem saber o que fazer, passa a mão em seu pescoço e, em seguida, apalpa a garganta, o queixo, os ombros, a barriga e os braços.

Carla entra em desespero, jogando os braços para frente em busca de ar. É possível ver a sudorese de sua pele refletindo a luz brilhante do ambiente. Em um pequeno espaço de tempo, ela vai perdendo as forças, seus olhos viram, sua fadiga é notória. E, após um espasmo de tensão muscular, seu corpo relaxa, mostrando que a vida se foi.

Carla começa a se esparramar nos braços de Maela, que por sua vez, cuidadosamente, vai se deixando escorregar junto com Carla até ao chão.

O momento é extremamente difícil de ver, Maela segura firme na mão de Carla Peacock e, como se quisesse encontrar mais um sopro de vida nela, se debruça angustiada.

Logo depois, Carla Peacock está morta, olho em seu arquivo que diz: Infarto do Miocárdio.

Volto os olhos à tela e observo Maela.

Ela olha à volta e, no mesmo instante que seu rosto sobe, sua visão é confrontada por vários outros olhares dentro do salão.

— Estranho, parece que constatada a morte de Carla Peacock Maela mudou seu semblante, parece até que ela despertou de um transe!

Nitidamente sua fisionomia muda como se aquela expressão de cuidado com Carla já não existisse mais. Não vejo o medo ou a dor anterior, não vejo mais o apego. Sua feição muda para um estado de controle pleno, sem sentimentos.

E, então, digo em voz alta apontando para a tela de fresnel, tentando adivinhar o que nunca vi.

— Centralizador, pause a gravação. Este é o olhar de um Símbio acordado.

— Sim, senhor Mathias. Devo fazer cópias e enviar aos outros Coletores?

— Não, Centralizador, é obvio que não! Estou apenas pensando alto, é só força de expressão, apenas um palpite.

"Como o rosto de Maela é atraente, seus traços femininos são de uma beleza sem igual."

Na imagem estática, seu cabelo está liso com uma grande mecha jogada, ocultando parte do seu rosto liso e suave, seu cabelo está curto adornando seu maxilar.

— Centralizador, prossiga com a ação gravada.

O vídeo toma outra forma.

O foco sai de seu rosto e agora todo seu corpo é filmado. Maela se levanta procurando por uma saída, olhando em todas as direções, posso ver a determinação em seu rosto mesmo sem a proteção sua humana geradora.

Imediatamente, Maela começa um movimento evasivo para sair dali. Rapidamente se desvia das pessoas, dos Símbios, das mesas, mas parece não ter um rumo certo. Ao alcançar o corredor central, Maela corre pelo salão, olhando ao redor procurando algo ou alguém.

— Para onde esta Símbio poderia ir? Onde seus olhos estão tentando buscar apoio?

Maela é abraçada por outro Símbio, que a agasalha e a conduz pelo corredor, longe do ponto de gravação até saírem pelo acesso da frente.

— Centralizador, pause a gravação, temos o reconhecimento da face deste Símbio que a amparou?

— Positivo, senhor Mathias. Símbio Rodrigo Yed Prior do humano gerador Jaime Yed Prior, obituário dia solar três mil seiscentos e quarenta e dois, Símbio foi dado como desaparecido no mesmo dia solar.

— Centralizador, anexe esta gravação junto com o arquivo de Maela Peacock. Existe alguma continuação desta sequência do lado externo da construção?

—Sim, senhor Mathias.

A imagem agora é de fora do salão da festa, a Alameda Campos e o beco onde se negocia bebidas quentes, não passa muito tempo e posso identificar no alto da imagem na tela de fresnel os dois Símbios entrando pelo beco e, então, pergunto:

— Centralizador, esse caminho faz o contorno para a Principal?

— Correto, senhor Mathias.

— É o beco que faz a volta para minha antiga habitação, antes de ser Feneuta, correto?

— Sim, senhor Mathias.

— Centralizador, mostre-me a gravação desse mesmo período feita pela torre antiga da estação do elevado que fica atrás da minha antiga habitação.

Agora tenho uma visão panorâmica do local, vejo o Símbio Rodrigo que a auxiliou largando sua mão e pegando o caminho contrário, e Maela correndo até alcançar a lateral da habitação.

— Centralizador, aproxime a imagem.

Vejo Maela ofegante olhando para o beco de onde saíra. Ela parece mais atenta, permanecendo imóvel, porém de tempos em tempos olha para o mesmo beco.

"O que ela está esperando?"

— Centralizador, volte com a imagem da torre antiga da estação do elevado para que eu tenha uma visão mais distante e panorâmica.

A imagem volta com uma amplitude maior de alcance. Após um breve momento, vejo um Deslocador entrando sobre o elevado com pouca velocidade, ao término do elevado ele vira na Alameda Campos e segue na direção do beco.

— Centralizador, este Deslocador é da série Prima?

— Sim, senhor Mathias.

— Centralizador, alguma identificação?

— Até este dia solar, três Deslocadores da série Prima foram extraviados e reconfigurados. Também encontro informação de três Coletores desaparecidos, provavelmente, todos já estão mortos, comparando o dia solar destas imagens com o dia solar atual. A quantidade de Deslocadores extraviados até o momento do Departamento de Coleta é de nove no total.

Na continuação da imagem, o Deslocador segue pelo beco e sem motivo aparente para sua locomoção. Maela corre até o Deslocador e entra em seu interior. Ele retoma o caminho que havia feito e segue rumo ao sul.

— Senhor Mathias, gravação é finalizada.

— Esta fuga é inesperada. Para aonde ela estaria indo? O único lugar que ela conheceu foi a habitação e o local de trabalho de Carla Peacock, como qualquer Símbio. Não descarto a possibilidade de ela ter um rumo certo, principalmente porque em sua fuga obteve ajuda de outro Símbio. Sozinha ela não teria conseguido com toda a certeza. Centralizador proceda em stand-by e agrupe as informações que temos, tanto as atuais como as de aparições passadas que acabamos de ver.

— Senhor Mathias, qual propósito desta ação?

— Centralizador, eu quero um panorama que trace um possível padrão de locomoção desde o momento da criação da Símbio Maela até o presente período.

— Senhor Mathias, a amostragem pedida é muito subjetiva e superficial. Sugiro criar um desvio padrão e posicioná-lo o mais próximo dos locais e datas de aparição por meio de triangulações e rastreio.

— Certo, Centralizador. Aproveite e responda uma chamada do Departamento Feneuta.

— Senhor Mathias, poderia ser mais especifico?

— Claro, Centralizador; na verdade foram identificadas duas notas de falecimento com dois Símbios desconectados. A primeira é muito recente, portanto, vou estender para o próximo ciclo lunar. Já para a segunda, quero que agende o quanto antes, pois assim verificarei se é necessária a remoção do Símbio. Identifique os locais para as visitações, repasse os arquivos de dados dos dois casos para o Deslocador.

— Certo. Agendamento concluído. Repasse para unidade Série Prima Deslo-Z1000, concluída.

— Obrigado, Centralizador.

Volto para frente de minha mesa onde pego uma bebida quente do recipiente térmico. Em um movimento automático, levo a bebida até meu olfato e posso sentir o aroma caramelado misturado ao espumante. Depois de tudo o que passei neste período esta bebida é como um prêmio.

"O sabor não é muito bom, mas seu aroma é perfeito para revigorar-me."

E, depois do primeiro gole, percebo que para esse momento não existe nada melhor.

Saboreio lentamente minha bebida quente olhando pela abertura panorâmica da sala. Minha mente vagueia por alguns instantes.

"Estes Símbios estão aqui em nosso mundo e cada um dos seres geradores possuem um laço psíquico com cada um deles. Não existe a rejeição do Símbio nem do humano gerador. O que será que acontece na cabeça desses Símbios, após a morte do humano? Como deve ser estar em um lugar conhecido, com pessoas conhecidas, mas sem seu humano? Aqui no Departamento de Coleta, os Coletores veteranos relatam casos de rejeição do Símbio desconectado do companheiro falecido. E isso não me soa bem, pois a única coisa que me vem é a falta que sinto de Thomas. Minha situação é patética. Enquanto existem pessoas rejeitando, eu me encontro em um estado eterno de carência pelo Símbio. Não consigo entender como podem fazer isso, a impressão é que falta um pedaço de mim. Será que neles este sentimento não é tão intenso assim? Existem casos isolados em que o Símbio desconectado é recebido pelo parceiro do falecido como parte integrante, formando novamente um casal. Meus serviços se fazem necessários justamente nesse momento. O departamento ao qual o falecido humano fazia parte solicita uma verificação do caso e, após uma visita ao local, avalio a situação em que o Símbio se encontra. Uma vez comprovada a não adaptação por parte do parceiro ou da parceira de habitação, procedo com a remoção do Símbio, esteja ele sonâmbulo ou acordado, porém sabemos que nunca fomos capazes de coletar um acordado e entregá-lo à Semente. Geralmente é uma situação desgastante, mas Tibério disse que, depois da terceira ou quarta vez, você acaba se acostumando. Fui instruído no sentido de que todos os Símbios coletados sejam entregues de volta para a Semente; este é meu dever e acredito que esta seja a melhor forma encontrada para lidar com a situação. Mas no meu íntimo não sei se gostaria de ver um Símbio sendo consumido pela Semente. Imagino que ele deva se fundir à Semente ou sei lá. Simplesmente não me sinto bem, deve ser apavorante assistir a essa cena. Talvez Tibério tenha razão e seja só uma questão de treino. Para o meu bem, espero que sim. Devo procurá-los o quanto antes, em geral, após o falecimento do humano gerador, o Símbio acorda ou sonha, logo, acordar para a realidade pode ser ou não um fato entre todos os Símbios. A grande maioria é sonâmbula, tornando o processo de remoção muito simples e descomplicado. Aqui no CCS o que se fala é: 'Símbio acordado é a certeza de que, em um confronto, o Coletor será agredido ou até morto.' O ideal é encontrá-los sempre em um estado sonâmbulo. Coletores podem ser facilmente associados à ordem e ação, são eles que julgam a situação e tomam decisões baseadas em treinamentos de percepção. Como Coletor, minha autoridade está ligada ao CCS a mando dos Departamentos. De certa forma, sou temido quando me aproximo das habitações, sejam Pretérios ou Feneutas, sou como os olhos e os braços de ambos os Sistemas. Estou sendo treinado para interpretar o que vejo com base nos relatórios feitos e, a partir daí, um destino é aplicado ao Símbio, no teor real da palavra fui treinado para fazer a ordem continuar seja como for. Nunca encontrei Símbio algum, seja sonâmbulo ou acordado para a realidade. Tibério, meu mentor, disse que, ao encontrarmos um Símbio acordado, a situação é crítica, o pânico pode ser visto no rosto de todos nas habitações. Os Símbios acordados são astutos, rápidos e muito fortes, agem com muita frieza, não emitem sons nem grunhidos, mas podem quebrar, amassar ou rasgar qualquer um que os tente impedir de ir e vir. Como somos responsáveis pela ordem do Sistema, que, por sua vez, funciona seguro com nossa presença, aqui a violência é raramente presenciada, em uma coleta de um Símbio sonâmbulo, não usamos violência, mas se o Símbio for um acordado devemos enfrentá-lo. Somos treinados para coletar Símbios raivosos ou não."

Em um momento meu transe é quebrado, quando percebo o líquido frio em minha boca. Quanto tempo se passou? Minha bebida quente esfriou.

Olho para o recipiente em minha mão com a bebida fria. Engraçado ter me aprofundado em pensamentos e esquecido de beber enquanto estava quente. Dou um sorriso sem graça com o canto da boca.

Paro de olhar para a bebida. Minha atenção agora se volta para o acesso de entrada, ouço passos. Tibério surge em minha sala com a caixa dos tempos antigos acorrentada ao seu cinto.

"Engraçado, eu o vi na experiência no Laboratório do Doutor Carlo Polaris, porém sua aparência agora é mais madura, contém mais rugas."

Ele é meu líder aqui no Centro de Coleta de Símbios (CCS), ele passa as informações de que preciso para chegar até os Símbios desconectados dos departamentos.

— Olá, Coletor Mathias. — diz Tibério balançando a cabeça.

Eu devolvo a saudação descansando o recipiente da bebida na mesa e logo em seguida espalmo minhas mãos por baixo das dele em sinal de respeito e submissão.

— Como foi o experimento no laboratório? — pergunta ele com um ar de quem já sabe tudo o que aconteceu.

"Tibério é um humano muito influente e poderoso, tudo é como ele deseja, será que ele convenceu Carlo a falar sobre meu experimento?"

Olhando para sua prótese ocular com proteção gradiente digo.

— Conversou com Doutor Carlo a esse respeito?

"Tibério já em sua fase adulta começou a sofrer de um mal em suas vistas, seus olhos começaram a ficar mais sensíveis à luz obrigando-o a usar uma prótese reguladora que dosa a quantidade de luz a que ele pode ficar exposto sem prejudicá-lo."

Ele dá um passo à frente encurtando a distância entre nós e me segurando pelo braço como se pedindo minha atenção. Muda sua postura e faz uma pergunta direta:

— Mathias, você teve contato com o Carlo Polaris? Quando foi isso?

— Conversei com ele no início do período anterior, não sei o que está acontecendo, ele disse que ainda não havia analisado as imagens de minhas memórias, apenas isso. Tibério o que está acontecendo? Você sabe o que ocorreu no experimento?

Tibério me olha e diz:

— Não, mas creio que Carlo entrará em contato com você Mathias. Mesmo porque, se tivesse algo errado nas imagens do seu experimento, ele já teria notificado o Sistema, e você seria recolhido para ser avaliado e tratado em uma UB. Portanto, não tem com que se preocupar.

Tibério acena com a cabeça demonstrando apoio ao que acabara de dizer sobre o Sistema.

Um breve silêncio e, então, concordo, porém suas palavras me deram um arrepio na espinha.

"Em outro momento essa frase de Tibério me soaria como uma ameaça, mas agora me soa como um alento, pois afasta por enquanto as dúvidas que me atormentam."

— Doutor Carlo me pediu para providenciar o agendamento da próxima sessão do meu experimento já para o próximo período.

Então, Tibério diz:

— Entrarei em contato com Carlo e não darei descanso a ele até que apresente o laudo acerca da análise dos resultados da primeira sessão de sua experiência, certo?

Tibério sorri e me pergunta de forma amigável.

— O que te aflige, Mathias? É só um experimento que irá te ajudar em sua perda, não é?

Olho para Tibério e respondo.

— Seria, mas apareceram algumas imagens aqui dentro da minha cabeça de um lugar onde nunca estive.

Tibério para e com cara de reflexão responde.

— Você se lembra de onde essas imagens ocorreram no experimento? Mais no começo, no meio ou mais para o fim?

— Sem dúvida foram no fim.

Tibério espalma suas mãos e eu abrigo as minhas por baixo das suas.

— Mathias, eu tratarei disso, pessoalmente, com Carlo, não se preocupe, não descansarei até que ele tenha analisado o resultado. — afirma Tibério, olhando em meus olhos.

Aceno com a cabeça positivamente.

Em seguida, o comunicador de Tibério indica uma conversação em espera. Ele olha e fala mudando de assunto.

— Você já completou seu treino e realizará duas buscas a partir do próximo período, portanto, dois novos Símbios devem ser averiguados e, se for o caso, coletados. Entretanto, quero que vá para sua habitação e descanse o resto do período e, se necessário, o outro período também, isso é uma ordem.

— Obrigado, Tibério, vou obedecê-lo e tentarei relaxar.

Tibério sorri, passando-me um ar de que tudo vai dar certo. Ele me dá as costas e sai do meu campo de visão, virando-se no corredor.

"Realmente, após a morte de Thomas, a aproximação com Tibério foi a melhor coisa que já me aconteceu."

Assim que Tibério sai, ficam em minha mente suas palavras positivas como um conforto para o momento.

Passo pelo Centralizador Gerencial de Dados.

— Centralizador, eu farei como Tibério me ordenou. Estou desistindo deste período, vou para minha habitação.

— Sim senhor, Mathias.

— Perfeito, remarque meus agendamentos para o próximo período, e confirme o abandono do período seguinte de trabalho, vou descansar.

— Confirmado, senhor Mathias.

Viro rumo ao transvertical, e saio junto com os meus pensamentos.

"Estou mais aliviado sabendo que Tibério se empenhará pessoalmente a meu favor. Preciso de respostas, não sei o que está acontecendo comigo, mas vou descobrir."

Quando dou por mim já estou fora do complexo em frente ao meu Deslocador, passo a mão sobre o sensor e entro.

"Passei pelos Transverticais e nem dei atenção a eles, espero que o Sistema não tenha percebido minha falha."

— Deslocador, comando destino, habitação Segundo Setor.

— Sim senhor, Mathias, algo mais?

— Sim, introduza um toque de tranquilidade em minha vida.

— Como disse, senhor Mathias?

— Nada Deslocador, apenas quero relaxar. Toque uma música Slow Funny até chegarmos a minha habitação.

— Confirmado, senhor Mathias.

A música é iniciada, estou sentado com a poltrona inclinada, com minhas pernas simplesmente largadas.

O som produzido por Deslo-Z1000 me faz pensar nos períodos de equinócio. O som de fundo me lembra da chuva pesada caindo do lado de fora. E assim vou eu em minha viagem de fuga do trabalho para um retiro solitário.

Não passa muito tempo e Deslo-Z1000 quebra meu transe.

— Comando destino alcançado.

— Obrigado, Deslocador, pode se retirar para o carregador.

— Sim senhor, Mathias.

Saio do Deslocador em frente à edificação que escolhi para ser meu lar no período do Solstício. Ao cruzar o passeio, vejo o grande peitoral de vitral cristalizado onde leio Habitação de Solstício; ao passar pelo saguão, visualizo os Transverticais e me dirijo apressadamente até eles.

— Senhor Mathias, seja bem-vindo!

Ouço a saudação que vem do painel de controle que imediatamente faz uma leitura.

— Os seus batimentos estão acelerados, sua temperatura corpórea é de trinta e seis ponto oito e, devido ao esforço, sua pressão arterial está treze por sete. E, a propósito, suas provisões ricas em sais minerais já estão em sua despensa.

Respondo cordialmente um obrigado, somente na expectativa de chegar a minha habitação.

O Transvertical se abre dando-me acesso ao interior da habitação, vejo minha sala por onde passo rapidamente, sem prestar muita atenção em nada, pois meu único propósito é chegar a meu invólucro de reposição de força.

"O tempo de um período é o que tenho para descansar. Sei que não é correto abandonar o trabalho, mas meu corpo, minha mente e minha sanidade precisam deste descanso."

Sento-me no Inv-A01 ainda aberto, retiro minhas roupas e deito-me de forma calma e tranquila, neste momento quero me concentrar no descanso, mas não paro de pensar no que farei no próximo período, sei que a falta de atenção pode custar uma busca malsucedida.

O Inv-A01 se fecha e uma luz verde se acende.

— Este não é o período habitual de reposição de força vital.

— Sim, eu sei, Invólucro, porém pode proceder. Um período de reposição de força vital.

— Sim senhor, Mathias, gostaria de uma leitura de seu estado?

Imediatamente minha mente começa a fazer questionamentos.

"Será que estou com alguma alteração cerebral, alguma doença? As imagens eram tão reais e tão nítidas."

— Invólucro, faça mais que isso, faça um procedimento tomográfico em meu cérebro e interprete o exame.

— Sim, senhor Mathias.

— Invólucro, proceda de agora em diante com protocolo individual. Código de acesso: DBFDC59596, após interpretação exclua os registros.

— Confirmado, senhor Mathias.

O invólucro fica azulado e a voz de Inv-A01 começa.

— Início do exame tomográfico.

Um gás de cor avermelhada é solto em suspensão no ar.

— Liberação do contraste via nasal sistema respiratório.

Minha ansiedade começa a crescer e a curiosidade é enorme.

— Final do procedimento do exame tomográfico. Senhor Mathias, farei a interpretação das imagens obtidas.

— Prossiga.

— O exame forneceu informações detalhadas sobre seu estado de saúde.

— Vá direto ao ponto.

— O exame visa procedimento tomográfico. Detectar anomalias em seu cérebro, partes: frontal, central, laterais e cerebelo:

— Hemorragia: Negativo;

— Lesão cerebral: Negativo;

— Ruptura de aneurisma: Negativo;

— Coágulos: Negativo;

— Sangramento de vaso: Negativo;

— Tumores: Negativo;

— Má-formação craniana: Negativo;

— Má-formação arteriovenosa: Negativo.

— Nenhum dos itens procurados foi encontrado com sucesso, está tudo em perfeito estado.

— Certo, Inv-A01.

Esses resultados eliminam a possibilidade de alguma doença, mas não explica nada. Apenas uma preocupação a menos.

— Algo mais, senhor Mathias?

— Não, obrigado. Efetive a reposição de força vital.

"No passado os humanos faziam a reposição de sua força vital em um período que chamavam de noite e sem o uso de vapores, não consigo compreender como isso era possível."

— Início do padrão de reposição de força vital em um período.

O vapor toma conta do invólucro e eu adormeço rapidamente.

CAPÍTULO VI

PRIMEIRA BUSCA

ACORDO REVIGORADO, APÓS UM PERÍODO DE REPOSIÇÃO DE FORÇA VITAL.

Inv-A01 finaliza o procedimento e o invólucro se abre.

"Preciso urgentemente de uma boa higienização."

Dirijo-me à cabine de higiene corporal, marco em seu controle.

— Uma medida para higienização de um corpo humano.

— Comando Higienização Humana em andamento.

Entro e a luz azulada já está acesa.

A voz sai da cabine e avisa.

Bipe. — Espumante ativo.

"Neste período terei que executar minha primeira coleta para o CCS."

Bipe. — Enxágue. Novamente a voz avisa.

"Eu acredito que estou pronto para o trabalho, mas será que já estou realmente preparado?"

Bipe. — Esterilização.

"Será que a parceira de habitação quer o Símbio do seu companheiro falecido por perto ou quer sua retirada?"

Bipe. — Secagem.

"Creio que dará tudo certo, seria muito improvável encontrar um Símbio acordado logo na primeira coleta."

Bipe. — Fim da Higienização.

"Não paro de pensar na coleta e no que vou encontrar."

Em geral uso vestimentas de algodão, porém, quando tenho uma visita de averiguação de situação, necessito me proteger.

À frente do Higienizador, minha roupa de Coletor fica pendurada. Ela é feita de policarbonato com nano-folículos inteligentes.

Como é uma peça única, visto primeiro as pernas e depois o restante. No contato com a pele ela é fria, mas instantaneamente se equaliza com linha temperatura.

"É uma vestimenta leve, muito resistente e maleável."

Ela praticamente se mistura com o ambiente, o que em momentos de desespero pode me auxiliar nas evasivas, portanto, é perfeita para ser usada como atenuador de presença. Quanto mais acelerado for o meu batimento cardíaco mais camuflado com o ambiente o tecido ficará.

Esta roupa deve ser banhada a cada dois ciclos lunares em um produto químico cedido pelo CCS chamado de All-Foil, que ativa e vivifica os Nano folículos inteligentes.

No momento ela está com a cor padrão, clara muito aparente. Quando está na cor preta lembra os trajes que usávamos nas aulas de reconhecimento de leito no rio Lena, para os mergulhos.

"Pronto, estou vestido para a minha primeira visitação e, possivelmente, a primeira coleta."

Saio da habitação rumo ao Transvertical. Estou um tanto relutante e inquieto.

Respondo sem ouvir ao Transvertical, sabendo que ele quer fazer uma leitura do meu estado.

— Não, obrigado T2.

Passo todo o trajeto no Transvertical pensando.

"Estou focado, me sinto inseguro pela falta de experiência prática em coletas. Terei que contar com minha coragem, intuição e os ciclos de treinamento."

Ao sair do Transvertical, vejo que Deslo-Z1000 já está pronto e me aguardando.

— Deslocador, comando destino: primeiro local de coleta.

— Sim, senhor Mathias, comando destino: primeiro local de coleta em progresso.

Deslo-Z1000 projeta o rosto do Símbio que deve ser coletado, bem como das pessoas do seu convívio. A tela de fresnel holográfico fica cheia de informações, quase não consigo acompanhar.

— Obrigado, Deslocador.

Meu objetivo é encontrá-lo e, sem danificá-lo, retornar com ele para o CCS e no salão do ritual entregá-lo à Semente.

Em meu íntimo penso sobre os assuntos que perambulam pelo Departamento.

"Existem alguns Símbios que não fomos capazes de capturar, parece até que sumiram do planeta após a primeira investida. Onde falhamos?"

Paro um pouco e focalizo as informações que Deslo-Z1000 apresenta e entre elas vejo o"Documento das Possibilidades".

São quatro as possibilidades, mas a realidade pode ser mais branda e generosa.

Olho para o rosto do Símbio que está na tela a minha frente e penso alto.

— Você é um deles? Será que devo temer?

"Muito se especula sobre quanto tempo um Símbio pode viver; 'fora algum incidente, como o de Thomas e alguns outros Símbios desafortunados', desconheço qualquer caso de Símbio que tenha deixado de existir de forma natural ou doenças terminais. Em minha opinião, pelo que eu já vivenciei e notei nas diferenças fisionômicas entre alguns Símbios e humanos originais falecidos, posso afirmar que são eternos. Acredito que enquanto a força pulsante que emana da Semente não acabar continuarão tendo vida, mas esta é a minha opinião".

Deslo-Z1000 quebra o meu pensamento pouco tempo de pois.

— Senhor Mathias, comando destino: primeiro local de coleta alcançado.

— Deslocador, comando scanner da região e monitoramento de fuga de qualquer Símbio no raio de duzentos e cinquenta passos.

— Senhor Mathias, comando: scanner ativado e monitorando.

O acesso lateral de Deslo-Z1000 se abre.

Olho para as pessoas com suas vestimentas simples, soltas e de cores claras.

"Existe muita conversa entre os habitantes deste lugar, que barulho! Todos parecem muito despreocupados."

Observo muitos sorrisos nos rostos.

"Essa é uma das características mais marcantes dos Pretérios. Engraçado, isso me parece tão banal e sem propósito."

Ao sair do meu Deslocador a atmosfera muda, devido a minha presença. Os Pretérios olham com curiosidade em minha direção já imaginando por que estou no local.

Eles sabem que vim para uma visita de coleta. Tento não chamar muito a atenção, mas com esta roupa de Coletor, totalmente preta neste momento, fica difícil se misturar com os habitantes Pretérios locais e suas vestimentas coloridas.

Este assentamento Pretério é o oposto do que estou acostumado, logo começo a perceber muitas casas coloridas com várias informações, incentivando a proliferação de todo tipo de conhecimento.

São letreiros digitais pendurados, grandes projeções, muitas luzes indicativas.

"É, se existe um conteúdo, seja ele qual for, neste lugar, é chamado de conhecimento e deve ser adquirido. Antes de fazer a minha escolha, já habitava próximo ao assentamento Feneuta, então, estou acostumado com o dia a dia e com os costumes Feneutas, desde o princípio, não com isso."

Os Pretérios somaram em seus afazeres essa busca insaciável por informações vindas diretamente de Estações Servidoras de Conhecimento, as ESC, ouvindo e visualizando imagens e sons sejam num ritmo musical ou um documentário.

Ao cruzar o pavimento dos Deslocadores Coletivos, estou atento a qualquer tipo de movimentação irregular por parte dos Pretérios.

Logo à frente vejo um Pretério desocupando uma ESC falando algumas palavras como se memorizando o que acabara de absorver.

Tento fazer contato, porém, vendo-me, abaixa a cabeça e apressa o passo para se afastar, deixando claro que não quer nenhum tipo de contado comigo.

"Gostaria de entender como é essa experiência."

Olho para a ESC que ele acabou de deixar. Ela está vazia e é muito convidativa.

"Será que posso ter informações sobre o início de nossa civilização, diferentes das informações que tenho como Feneuta?"

Sem pensar muito, entro e fecho a cabine. Logo ouço a voz do controle da ESC.

DESEJO DE CONHECIMENTO

— Olá senhor... desculpe-me, não o identifiquei como membro do Departamento Pretério. Favor identificar-se.

Inclino meu corpo e encosto o meu rosto na tela para que a máquina possa fazer uma leitura térmica da minha face.

— Reconhecimento térmico facial, Coletor. Mathias Aldebaran, dados corretos?

— Sim, sou Mathias Aldebaran

— Confirmação também efetuada do DNA presente nas partículas de saliva. Seja bem-vindo ao Serviço de Conhecimento Pretério. O que deseja saber?

— Fale-me sobre o porquê do nosso planeta estar nas condições que está.

Imediatamente vejo uma grande tela de fresnel holográfico subir.

Uma voz no áudio com um fundo alegre toma forma dentro da cabine.

— Já havia se passado muito tempo desde que a humanidade se esqueceu dos tempos de tristeza, fome e guerra. O mundo que se conhece concentra-se basicamente em dois blocos: Pretérios e Feneutas, ambos detêm o poder, cada um com suas atribuições e controles.

— Os Pretérios são os detentores da cultura, do conhecimento e da religiosidade, tudo o que diz respeito à história do passado da humanidade, objetos, artefatos, antigos DVDs, massas de informações na busca pelo entendimento do humano estão nas mãos desse Departamento.

— Uma escola de iluminação do ser que, por meio da devoção e busca do Ser criador, tenta encontrar paz em seu interior.

— Os Feneutas são os detentores do poder, do gerenciamento e do controle, tudo o que diz respeito à administração, distribuição, logística e confecção dos mais diversos itens de produtos, desde a construção até a alimentação na busca pelo bem-estar do humano estão nas mãos desse bloco.

— Uma escola de tomada de decisão, por meio do controle e da busca pela excelência, encontra a melhor maneira de contribuir para nossa existência.

De repente uma pausa e a voz do áudio adquire um tom tenso com um fundo melancólico.

— Mas nem sempre foi assim, há muito tempo, bem antes dos Departamentos existirem, porções de terra eram chamadas de continentes e se subdividiam em países independentes, cada um com seu governo, tinham autonomia de comércio e poder sobre seu território, uns possuíam títulos de"potência mundial", outros eram chamados de parceiros econômicos e aliados políticos.

— Com o crescimento populacional e a escassez de recursos, o interesse econômico e sede por jazidas naturais como ferro, manganês e ouro com as fontes naturais de alimento e energia intensificaram a ganância e as guerras começaram.

— Muitas mortes foram contabilizadas com as guerras, misturadas com o desajuste climático devido às intervenções maciças em regiões que eram como alicerces de determinados climas e temperaturas. Era fácil perceber que os dias da raça humana estavam chegando ao fim, e que a estrutura que governava as vidas já não os protegia. Muita fome, epidemias e catástrofes se consolidavam em uma grande onda que devastava a superfície terrestre.

— Países que, até aquele momento, detinham o restante da fonte de energia do planeta não eram mais um empecilho, já haviam entregues suas guardas. Nesse meio caótico e sem esperança, a população mundial foi reduzida a 0,01% de sua totalidade, o que representa um pouco mais de dois milhões e meio de humanos na Terra.

— Locais outrora habitáveis estavam destruídos e contaminados pela radiação nuclear proveniente das devastadoras bombas lançadas sobre a superfície do planeta.

— O ser humano não passava de mais uma raça a se perder, como tantas outras já extintas, fadado ao extermínio, faltando apenas deitar e morrer.

— E como se não bastasse tudo isso, em meados de três mil e seiscentos, um meteorito de pequenas proporções entrou na atmosfera terrestre e aqui está desde então.

— Quando foi identificado, ele estava em rota de colisão com a Terra, todos ficaram alarmados e aquilo que parecia ser o fim para a raça humana foi, na verdade, o recomeço dessa nova geração de habitantes.

Agora a voz no áudio se torna agradável e com um fundo que me faz lembrar repouso e calma.

— Com o advento desse meteorito, em meio a todo esse caos, uma consciência começou a pairar sobre os homens, que tomados de uma sinceridade fora do normal, abandonaram as armas de destruição em massa, as bombas, os tanques, e começaram a se ajudar mutuamente como um grande sistema único.

— Porém, acordaram tarde demais, o planeta já havia sofrido duras perdas e muitos desajustes físicos e climáticos se instalaram como permanentes e de forma catastrófica.

— O planeta Terra possui agora uma única faixa habitável, conhecida como antiga região temperada. As geleiras dos polos já não são mais concentradas nos extremos norte e sul como antigamente.

— Com a diminuição do espaço habitável do planeta, os homens pararam de fazer guerras, não existindo mais fronteiras, tudo e todos agora fazem parte do todo. Em um único local para existir e viver.

Após ouvir os esclarecimentos pergunto.

— Fale-me sobre o porquê de existir a divisão em Primeiro e Segundo Setores.

Novamente ouço a voz no áudio com um fundo que me faz lembrar contentamento.

— Três mil oitocentos e vinte e três é o ano corrente, aqui não há necessidades que não sejam realizadas. Todos podem e usufruem de padrões comuns de vida. O trabalho passou a ser uma atividade de meia Lua, a Terra não gira e as catástrofes naturais estão no nosso esquecimento.

— Atualmente, a rotação da Terra sobre o próprio eixo e a sua translação ao redor do Sol têm a mesma duração. Ou seja, para um observador terrestre é como se o Sol estivesse parado.

— Tudo isso foi ocasionado pelo resfriamento do núcleo, as massas de magma recuaram mais para o interior do planeta e as placas tectônicas engrossaram.

— O núcleo terrestre começou a esfriar, aquilo que foi predito para bilhões de dias solares a frente foi acelerado e, no tempo atual, vive-se este evento futuro.

— A perda de calor começou desde a formação do planeta, porém, se intensificou nos últimos séculos. Com seus dois núcleos se fundindo, o exterior viscoso e o interior sólido, o núcleo externo não se movimenta com o ritmo de outrora, o campo magnético foi alterado e ficou seriamente enfraquecido.— Abalos sísmicos provenientes das atividades vulcânicas não são mais frequentes, não participam mais da reposição de terra na superfície. Muitos locais já foram transformados pelo vento e pela chuva ácida, que gradualmente erodiram as montanhas e planaltos, todo esse material começou a ser depositado nos mares, e grandes planícies existem por todo o planeta.

— Isso aconteceu porque os dois núcleos terrestres não se movimentam em velocidades diferentes, se fundiram em um só, mais denso e mais frio. Não existe mais uma"corrente elétrica intensa" e, portanto, a exposição à radiação solar é inevitável, corrente de partículas carregadas de prótons atingem o planeta quase que diretamente, o que deteriora cada vez mais as camadas atmosféricas.

— A água só está presente em forma líquida na única porção habitável que ainda mantém as condições favoráveis à vida, entretanto, com o aumento da temperatura nesta região do planeta a evaporação da água tem se intensificado, prenunciando que, se a água não desaparecer completamente, será muito escassa.

A voz no áudio termina, a música se eleva em um tom de catástrofe e a narração é reiniciada.

— Para sobreviver a tudo isso, quando a Terra se aproxima do Sol, fazendo com que o calor do solstício de verão se intensifique, migra-se para o Primeiro Setor no hemisfério norte, fugindo das altas temperaturas.

— Quando a Terra se afasta do Sol, ocorrendo o solstício de inverno, migra-se para o Segundo Setor ao sul, que é mais quente e próximo de uma das zonas inabitadas, conhecida como Região Queimada. Lá também se permanece no equinócio de outono e primavera, devido à radiação solar ser mais amena.

— Essa migração é feita duas vezes em um dia solar. De forma lenta, contudo gradativa. Percorre-se entre o Primeiro e o Segundo Setor, dois mil e sessenta e nove quilômetros exatos, levando nove períodos para que esse deslocamento se cumpra. Utiliza-se toda a frota de Deslocadores de Carga para levar os provimentos, onde cada agrupamento segue com uma carga específica. Os de Carga Seca, geralmente para levar conteúdos à base de polímeros, caixas e tonéis. Os de Carga Subzero, para transporte de materiais de origem biológica. Nos de Carga Constante, condutores, que mantém a temperatura controlada entre dez e quinze graus Celsius, seguem os provimentos já processados. Os de Carga Pesada, para volumes de dimensões maiores, como maquinários pesados e materiais pré-moldados de construção. Os de Carga Corrosiva, com uma proteção extra em seu compartimento, para o transporte de químicos, combustíveis primitivos e lubrificantes em geral.

— Cada humano faz a migração com seu Símbio em seu Deslocador. Somente humanos descontinuados e os que estão abaixo de quatorze dias solares utilizam os Deslocadores coletivos com os tutores e cuidadores.

A música termina e agora estou deprimido, a voz do painel me avalia e pergunta.

— Senhor Mathias, gostaria de mais algum esclarecimento?

— Não, obrigado ESC.

Após esta sessão de conhecimento e encontro com a desarmonia provocada pelo ser humano, abro o acesso e saio de dentro da cápsula um tanto deprimido, pois constato que as informações que temos como Feneutas são mais aceitáveis e menos densas, é a mesma história, mas contada de forma menos direta, mais palatável.

"Será que todos neste lugar já fizeram esta consulta? Não, claro que não, senão não estariam tão felizes assim. Estou aqui há apenas meio período e estou deprimido. Bom, preciso me concentrar para a coleta."

Ao redor, vejo muitos grupos entrando e saindo das construções coloridas e chamativas, totalmente focados são atraídos para mais informações, entregam-se sem resistência a esse culto ao conhecimento.

Há ainda o esforço de alguns para manter uma devoção a um Ser maior que todos. Tão antigo quanto o conhecimento, essa busca interior conhecida como religião, de certa forma funciona como uma engrenagem encaixando as pessoas que a procura umas às outras.

"Se existe outra definição para Pretério, com toda certeza é devoção. Devoção em tudo, devoção a um ser maior e criador de tudo e todos, onde a busca pelo conhecimento por meio da cultura e da socialização do que se tem é o que mais importa para um Pretério. São tão devotos ao próximo que simplesmente não veem valores em possuir qualquer bem material. O que é de um pode ser de todos. Tudo pertence a todos e todos possuem tudo. O único bem individual que um Pretério valoriza é a acumulação de conhecimento. Os Símbios deste lugar são livres, andam livres, compartilham dessa busca de conhecimento e devoção; óbvio que um Símbio é muito mais dedicado do que um humano, principalmente se falarmos de capacidade de retorno de contentamento e alegria. Um Símbio é capaz de produzir uma espécie de contentamento e prazer diante das dívidas de culpa que um humano carrega. Por ser mais verdadeiro em seus sentimentos, pode entrar em um estado profundo de arrependimento e por meio da ligação psíquica entre os dois beneficiar o humano com a paz interior que tanto procura. Qualquer Símbio pode executar tarefas de ordem sentimental, emocional e laboral. O ponto de referência que o Símbio tem é a ligação entre ele e o humano gerador. Por meio dessa ligação busca referências de atividades ainda não realizadas e uma vez identificadas e entendidas as realiza como uma entrega de sua parte como bom servo. Este é um local habitado exclusivamente por Pretérios e desta forma muitos estão com medo ante a minha presença, pois, são sensíveis e emocionalmente influenciáveis."

Vou me aprofundando no assentamento e percebo todos se escondendo e fechando as aberturas panorâmicas e os acessos de entrada. Em pouco tempo a via que outrora estava movimentada e cheia de vida, agora, se encontra deserta e vazia.

Vejo a habitação que o Deslocador me mostrou nos registros.

"Sem dúvida, esta é a habitação que procuro."

É uma habitação simples de cor avermelhada, uma edificação construída com materiais repensados, compostos basicamente de polipropitânio, uma liga altamente resistente e antimagnética.

Lembro-me do rosto da parceira de Habitação e do rosto do Símbio, tudo está muito claro em minha mente.

Logo de cara vejo a humana em pé na lateral do acesso de entrada, com semblante abatido.

"Esse é o olhar de quem implora para que seu sofrimento acabe."

Entro, sem me importar com a parceira de habitação do falecido.

Os móveis humildes em cor desbotada, as poltronas de descanso sem leitores automáticos de temperatura, apenas a moldagem mórfica de contenção das pernas e braços não muito anatômica.

Continuo adentrando a procura do Símbio.

Não muitos passos à frente, o encontro na despensa, organizando-a.

Sentindo minha presença, vira-se e olha-me com surpresa.

O instante é calmo e propício para o primeiro contato e, do mesmo modo que fui treinado, inicio o diálogo.

— Olá senhor, tudo bem?

— Sim, tudo bem e com você?

— Estou bem, meu nome é Mathias e o senhor quem é?

Pergunto sem rodeios, pois essa é a técnica de coleta: ser direto e objetivo.

— Sou Wasat, Pretério e morador desta Unidade Habitacional. Vejo que é um Coletor, o que o traz aqui?

Sinto a tensão do momento."Símbios não são diretos assim."

Meu traje começa a se camuflar."Tenho que agir de forma rápida e certeira."

— Sim, sou um Coletor, estou procurando um Símbio desconectado para ser removido. Há dois ciclos atrás recebemos uma nota de falecimento no Centro de Coleta de Símbios (CCS).

— Aqui desta unidade?

Percebo que é um sonâmbulo e logo me acalmo.

— Senhor Wasat, precisamos ir até ao CCS, por favor me acompanhe.

Após pensar um pouco o Símbio de Wasat diz:

— Já sei, houve um engano, creio que o chamado não é para remoção e, sim, para inclusão, não possuo um Símbio. O senhor pode verificar se é para inclusão que eles te enviaram?

Percebo seu contentamento e euforia.

— Um Símbio para esta unidade; eu sempre quis ter um Símbio!

Sendo ele um sonâmbulo que ocupou o lugar de seu gerador, preciso da permissão da parceira de Habitação do falecido para dar continuidade à coleta.

— O senhor me permite uma conversa reservada com sua parceira de habitação?

—Sim, certamente, mas seja breve. Nos últimos dias ela tem andado um tanto nervosa e eu gostaria de poupá-la — diz o Símbio segurando-me de leve no cotovelo —, pois um amigo faleceu faz dois ciclos; então, peço que fale apenas o necessário, evitando incomodá-la. Certo?

Aceno com a cabeça em concordância e após sua fala, observo claramente sua fuga da realidade."Este Símbio não só tomou o lugar do falecido Wasat como também acha que é o próprio senhor Wasat".

Vou em direção ao acesso de entrada onde vi a mulher de semblante abatido.

— Senhora Wasat?

— Sim, Coletor.

— Gostaria de saber se é do seu consentimento a remoção do Símbio de seu parceiro falecido. Lembrando que uma vez entregue a mim ele não voltará.

— Coletor, leve-o o quanto antes. Eu vivi muito tempo com meu parceiro de Habitação, e não quero este Símbio por perto achando que pode me tocar e agir como se fosse meu parceiro.

— Entendo perfeitamente.

Percorro com a palma da mão a lateral das minhas costas e retiro uma unidade de dados, da lateral direita superior e olhando para a senhora Wasat procedo com o protocolo.

— Senhora Wasat, é de sua vontade a remoção do Símbio do seu parceiro falecido desta habitação?

Ao que ela responde. — Sim, remova-o.

Aproximo-me e peço para que ela abra bem os olhos. Utilizo o scanner de pupila como confirmação da declaração proferida.

— Obrigado, senhora Wasat. Esta é a representação do seu desejo, devo retirar imediatamente o Símbio do falecido senhor Wasat?

Respirando fundo responde.

— Sim, gostaria muito. — fala quase implorando.

Olho para ela e aceno com a cabeça positivamente.

— A partir deste momento, iniciarei o processo de coleta do Símbio, que não fará mais parte desta UH (Unidade Habitacional).

Despeço-me e vou ao encontro do Símbio.

— Senhor, eu verifiquei com o CCS e, realmente, precisamos ir até a Semente.

— Obrigado, Coletor, como já disse eu sempre quis ter um Símbio para me auxiliar nos afazeres Pretérios.

Passo a sua frente e digo.

— O senhor pode me acompanhar até meu Deslocador e eu lhe levarei até a Semente.

O Símbio me olha com atenção.

— Senhor, eu não posso sair assim sem avisá-la. Aguarde-me um instante por favor.

Ao que respondo —Perfeito.

Andamos lado a lado até o acesso de entrada. O Símbio com o maior cuidado e carinho conversa com a senhora Wasat:

— Querida, sua refeição está pronta, eu mesmo preparei, não ficarei para a ceia, você comerá sozinha hoje, pois irei junto com este Coletor para tratar de um assunto pendente com o Sistema, porém só irei com ele se você estiver de acordo.

Ela olha para ele e logo em seguida abaixa a cabeça quase sussurrando diz:

— Tudo bem Wasat, pode ir com ele.

O Símbio se inclina para frente e a beija a testa. Em seguida sai pelo acesso.

Olho de relance e vejo lágrimas na face de Janete Wasat, o que agora não muda nada.

O Símbio continua caminhando e, ao aproximar-se do Deslocador, entra em um estado de euforia.

— Senhor Coletor, muito interessante esta máquina este é o seu Deslocador?

Após dizer isso, se abaixa tentando ver as linhas de continuidade e aerodinâmica, ora passando a mão em seu contorno ora simplesmente deixando o rosto alinhado com a superfície.

— Vamos o quanto antes ao CCS?

Com a mão sobre o leitor no alto do Deslocador abro as entradas de acesso.

— Olá, senhor Mathias.

Prontamente sou saudado por Deslo-Z1000.

— Deslocador, mostre-me o protocolo de coleta.

A tela de fresnel holográfico sobe do console frontal e imediatamente confirmo a retomada e encaminhamento do Símbio de Wasat.

— Símbio desconectado, sonâmbulo e com alto grau de tomada de personalidade do humano gerador. Deslocador, arquivar prontuário de coleta.

O Símbio entra no Deslocador muito empolgado.

Deslo-Z1000 o saúda e imediatamente é retribuído de forma cordial.

— Deslocador, comando destino: Centro de Coleta de Símbios.

— Sim, senhor Mathias, comando destino: CCS. — Algum procedimento para o passageiro?

— Sim, Deslocador.

O Símbio de Wasat, ainda em um estado eufórico de alegria, olha tudo a volta, encanta-se com cada detalhe. É como se estivesse conhecendo um novo mundo e a ideia de poder ter um Símbio a partir dele vai e vem em suas frases.

Como não gosto destas situações de engano, prefiro não levar esse devaneio adiante.

— O senhor gostaria de ver algumas imagens no AUVirtua3D? — pergunto ao Símbio.

— Oh! Sim, mostre-me as imagens da minha vizinhança. Gosto muito daquele lugar.

— Comando destino CCS e AUVirtua3D vizinhança em progresso.

Vejo seu invólucro se fechar e reclinar-se; tranquilamente o Símbio passa a apreciar imagens produzidas bem em sua frente.

Vez ou outra a poltrona se movimenta envolvendo todo o seu corpo, as sensações de bem-estar misturada à aventura de descobrir o lugar por meio da máquina ganham mais intensidade prendendo a atenção do Símbio o envolvendo completamente.

— Sim, isso é tudo o que eu preciso. — Ouço a voz do Símbio.

Pessoalmente não gosto de enganar ninguém, nem mesmo um Símbio, mesmo sabendo que este pensamento não é compartilhado entre Feneutas, pois para um Feneuta,"todos são peças em um tabuleiro e são movimentados de acordo com a sua vontade", mas não para mim.

— Deslocador, projete dados da segunda busca, mostre-me tudo, o rosto do Símbio que deve ser procurado, as pessoas do seu convívio, o local da coleta e outras informações que o Centralizador enviar.

A tela de fresnel holográfico fica com poucas informações desta vez.

— Estranho! São apenas estas as informações?

— Sim, estes são os dados do humano gerador e o possível local da coleta.

Olho para a única tela apresentada. Informações precisas e coerentes, porém, pobre em detalhes.

— Quase nada. Obrigado, Deslocador.

Meu objetivo é o mesmo que o anterior, encontrá-lo e sem feri-lo ou danificá-lo, retornar ao CCS e entregá-lo à Semente de onde saiu.

Meus pensamentos projetam várias formas de abordagem, uma a uma, apresentadas e aprendidas no treinamento de simulação, porém, não consigo me concentrar.

Vez ou outra eu olho para o rosto feliz do Símbio de Wasat.

Alguns risos e momentos de prazer passam pela sua face.

Lembro-me de Thomas, quando era vivo e estava ao meu lado.

"Mas a realidade aqui é outra. Este Símbio será entregue à Semente, antes de acabar este período. É estranho não saber o que acontecerá com ele após ser consumido. Será que ele simplesmente some? Deixa de existir?"

— Deslocador, pare com a projeção dos dados da segunda busca, não estou focado, não quero ver mais nada, pelo menos por enquanto.

— Sim, senhor Mathias. Comando dados da segunda busca finalizado. Senhor Mathias, comando destino alcançado.

— Obrigado, Deslocador. Finalize também o comando AUVirtua3D.

— Sim, senhor Mathias. Comando AUVirtua3D vizinhança finalizado.

A projeção é encerrada e os acessos do Deslocador se abrem bem em frente ao prédio do CCS.

A ENTREGA DE WASAT

— Vamos? — digo ao Símbio, convidando-o a me acompanhar.

— Eu sei que lugar é esse. Tenho lembranças daqui, é o local onde fui iniciado.

"Que frase é essa? Será que ele acordou?"

Meu coração dispara, o traje se põe na defensiva, mas, logo o Símbio se interessa pela arquitetura do prédio, o brilho do metal, o contraste que faz com o céu; não demonstrando nenhuma característica de acordado.

Posiciono-me ao seu lado e o encaminho para o interior da edificação.

Já no corredor de acesso entramos à esquerda pelo lado Pretério, e somos recebidos pelo mentor do Departamento. Não é o mesmo que vi no experimento na máquina do Doutor Carlo Polaris, mas, por vestir um manto talar, sei que é o mentor.

Ele nos olha e nos recebe com uma saudação calorosa.

— Bem-vindos, eu já estava à espera dos senhores. Sou Vargas e o senhor deve ser o novo Coletor Mathias.

Em um gesto rápido envolve-me em seus braços com um forte aperto e batendo em minhas costas me solta.

Após este período de embaraço, para mim que sou de origem Feneuta, ele aponta com a mão em direção ao Símbio e pergunta:

— E o senhor? Ao que o Símbio responde:

— Eu sou Jonathan Wasat e estou aqui para cumprir o ritual, tenho que fazer a retirada do meu Símbio. Ele já está pronto?

Nesse momento percebo a sutileza de Vargas. Ele me olha e com um sorriso sem jeito, quase estranho por assim dizer, desvia o olhar do Símbio e diz:

— Sim, me acompanhe, por aqui. — Mostrando o caminho até a Semente com o braço estendido em um movimento lento.

Seguimos juntos pelo corredor em silêncio. Não tenho a mínima ideia de como o Símbio está se contendo!

"Estamos próximos do nosso destino, no final do corredor estará tudo terminado."

Mais à frente vejo a sala iluminada e o outro acesso que se liga ao corredor Feneuta.

"Os pulsos emanando pelo local, tudo como antes, exceto este sentimento ruim, esta angústia que me coloca um nó na garganta, parece-me que estou fazendo algo errado, sei lá! Isso tudo poderia acabar logo."

Vargas levanta a mão sinalizando que chegamos e com um sorriso plástico olha para o Símbio, o abraça conduzindo-o para dentro do círculo da área da iniciação, soltando-o em seguida, o conduz pela mão e o coloca de frente com a Semente.

O Símbio olha para mim com um ar de contentamento infinito e se entrega à Semente abraçando-a, colando o rosto em sua superfície.

Um grande pulso de luz se desprende e ele é absorvido lentamente para o interior do artefato. Primeiro os braços, parte do tronco, o rosto, as pernas, pouco a pouco foi sumindo da nossa presença.

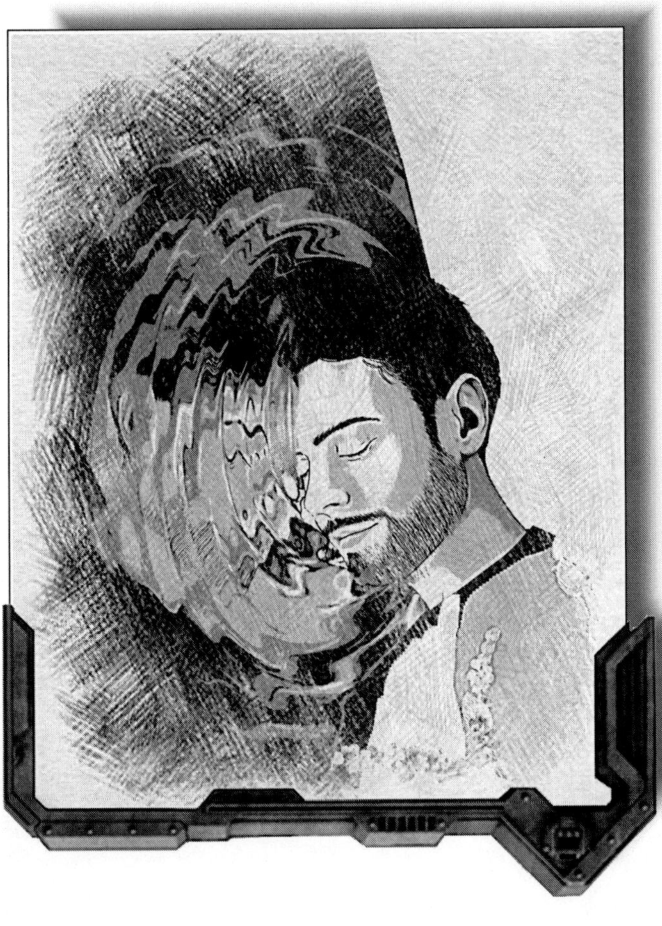

Olho para Vargas que agora não está mais sorrindo.

A atmosfera densa e pesada do ambiente agora é nítida devido à partida do Símbio.

Nenhum comentário, apenas nossos rostos pensativos, nada mais.

Caminhamos juntos até o fim do corredor.

Vargas me olha e diz de forma calma e tranquila.

— Bom, pelo menos agora, ele não será mais um problema nosso. Veio da Semente e a Semente o levou.

Aceno com a cabeça e sigo no sentido contrário, deixando-o no corredor, assim como os clarões e a Semente tudo para trás.

Sinto-me mal e, então, me questiono uma vez mais.

"O que será que acontece com os Símbios que são entregues a Semente? Não saber me deixa aflito, será que eles apenas deixam de existir? Será que ele é destruído?"

No corredor, já longe de tudo, me convencendo de que o que acabei de fazer é lógico e totalmente aceitável, surge uma sensação de dever cumprido que me suborna e me acalma.

"É, acredito que estes momentos de reflexão podem revelar descobertas do próprio ser, que talvez nunca fossem percebidas."

De repente minha cabeça me rouba a consciência e algo inusitado aparece:

"Ele não morreu. Ele não era ninguém. Ele nunca esteve vivo, era apenas uma massa escura que me imitava".

Imediatamente o rosto de Thomas e suas ações, vivacidade e vontade contínua de aprendizado, incrivelmente diferente de mim e espetacularmente perfeito, jorram em minha mente.

O conflito se constrói, a dor que agora me invade somente anuncia o óbvio.

Como eu queria poder trazê-lo de volta e, agora, não apenas Thomas, mas também Jonathan Wasat.

Aperto os dedos em meus olhos, com a certeza de que está tudo errado.

"Já não chega o peso de Thomas em meu coração, agora também levarei a culpa por Wasat?"

Entro no transvertical e após a saudação, como sempre, ele relata meu estado que, em geral, é de normalidade.

Chego à minha sala e vou para frente do centralizador de dados.

— Centralizador, mude o status no prontuário de coleta do Símbio de Jonathan Wasat como coletado com sucesso e conecte o Doutor Carlo pelo AUVirtua3D.

—Sim, senhor Mathias.

Na tela de fresnel vejo o rosto do Doutor Carlo Polaris.

CAPÍTULO VII

INVESTIGANDO CARLO POLÁRIS

— OLÁ, MATHIAS.

— Olá, Doutor Carlo Polaris, serei direto. O que eram as imagens?

Vejo a fisionomia de Carlo Polaris mudar de um estado introspectivo para um estado mais ríspido.

— Como eu já havia dito, uma única experimentação é muito pouco para dizer alguma coisa. Mas, de um modo geral, me parece que você se prendeu ao dia de sua apresentação no ritual.

— Mas e as imagens que vieram depois disso?

Percebo nitidamente doutor Polaris engolindo seco e desviando seu olhar, parecendo desconfortável.

— Olha, Mathias, serei honesto com você, tudo leva a crer que são imagens sem sentido, que partiram de seu estado de inconsciência para o seu mapeamento, fragmentando-se em imagens desconexas, nada mais que isso.

"Sou treinado para fazer leitura e reconhecimento de padrões. Doutor Carlo Polaris mudou seu estado. Preciso descobrir o que está acontecendo, ele está escondendo algo!"

— Doutor Carlo Polaris, então me conte mais sobre o experimento, quais foram suas impressões?

Doutor Carlo leva a mão fechada até a boca e tosse, logo em seguida pigarreia.

— Não me sinto muito bem, Mathias, prefiro deixar esta conversa para outro momento, o que me diz? Marque outro período com a Luiza e, assim, nos encontraremos, certo? Conversaremos quando vier até o laboratório.

"É, vejo que ele não quer falar mesmo."

— Certo, eu conecto e marco com a Luiza.

— Fim da comunicação pelo AUVirtua3D. Avisa CenCog-ST423.

— Mas é um desorientado mesmo. Centralizador recupere as imagens da conversa que tive com Doutor Carlo Polaris e realize uma leitura nos padrões de fala e de face.

— O que estamos procurando, senhor Mathias?

— Descontinuidade de padrões na fala e no rosto para reforçar o que já estou presumindo. Compare apenas as últimas palavras com o todo da conversa, utilize como base os padrões de fala de conversas anteriores e assim que tiver algo conclusivo me relate.

— Certo, senhor Mathias, algo mais?

— Não, ficarei apenas aguardando. Creio que depois de constatar os fatos termino meu período e vou para minha habitação.

— Senhor Mathias, comando leitura nos padrões terminado e analisado.

— Mostre-me.

CenCog-ST423 inicia o vídeo e uma narração. A tela se divide em duas, ambas com o rosto do Doutor Carlo Polaris.

— Nos campos de estudo possíveis da comunicação não verbal, retratando as manifestações de comportamento não expressas por palavras, como microexpressões faciais, a postura, a modulação da voz, o leitor comparativo mostra divergências nos dois campos da comunicação. Um em sua comunicação não verbal cinésica, por meio do contato visual, sua gesticulação, expressões faciais, a postura do tronco e os movimentos de sua cabeça. E o outro em sua paralinguagem, onde centralizei a análise nas modalidades da voz, pequenas alterações e modificações de altura, intensidade e ritmo para obter informações sobre o estado afetivo do Doutor Carlo, e ainda outras emissões vocais tais como risos, suspiro e tosse.

Dois espectros de voz são inseridos na tela, bem como pontos de ligação entre os dois rostos.

— Doutor Carlo Polaris apresentou mudanças em suas expressões faciais e modificação das características sonoras da voz.

Conforme o vídeo passa os pontos de ligação mudam de cor indo para o vermelho acentuando ainda mais a diferença do estado original para o estado posterior do rosto de Carlo Polaris.

— Dados comparativos de outras três conversas analisadas com as palavras pronunciadas revelam que o Doutor Carlo entrou em um processo de defensiva e de evasiva do assunto mencionado, indicando receio, dúvida, inquietação, insegurança, descontentamento.

— Certo, centralizador, ele mentiu.

Passo a mão sobre minha testa tentando tirar uma espécie de peso.

"O que Doutor Carlo Polaris está escondendo?"

— Algo mais, senhor Mathias?

— Finalize a leitura de padrões, recolha a projeção e apague os dados desta análise.

— O comando"apague os dados desta análise" requer protocolo.

— Sim, protocolo individual Mathias Aldebaran, Coletor. Código de acesso: DBFDC59596. Confirme a ação Centralizador.

—Sim, senhor Mathias, finalização do comando: leitura nos padrões e exclusão dos dados.

A tela é recolhida.

— Centralizador, eu estou no término do período, vou para minha habitação. Proceda com encerramento do meu período. E marque com Luiza para daqui há dois períodos. Assim que voltar, quero ver o Doutor Carlo Polaris.

— Sim senhor, Mathias.

Saio da sala rumo ao transvertical e meu pensamento foca na recente descoberta.

"O Doutor Carlo Polaris não parece confiável, preciso o quanto antes entender o que são aquelas imagens e me antecipar a qualquer atitude dele, pois, se quiser, ele pode me entregar à UB (Unidade Biológica) e a sua palavra como cientista tem peso. Eu não gostaria de ser um foragido nem de ser recolhido."

Antes de sair do transvertical digo:

— Obrigado, T2.

"Não o ouvi, mas sei que ele me saudou e me cuspiu sua leitura. Agora vou para minha habitação, lá terei uma boa recarga de força vital e, logo no segundo período, estarei no laboratório do Doutor Carlo para confrontá-lo. Apesar de não estar em uma situação tranquila, pois enfrento a possibilidade de ser entregue a UB, o que não me agrada, estou determinado e quero ver o Doutor Carlo Polaris o quanto antes."

Estou fora do CCS em frente ao meu Deslocador, passo a mão sobre o sensor, o acesso se abre e entro.

— Deslocador, vamos para a UH atual e confirme meus agendamentos.

— Primeira parte do Segundo período: laboratório do Doutor Carlo Polaris. Segunda parte do período: atendimento de uma ocorrência Pretéria - Símbio desconectado. Algo mais senhor Mathias?

— Uma melodia para me trazer um pouco de diversão.

— Sim, senhor Mathias.

— Comando destino: UHatual e Melodia Slow-Funny em progresso.

A música é iniciada, estou sentado com a poltrona na vertical, as pernas balançando no ritmo. O som me faz bem, apesar de ser um instrumento estridente, como um estilhaçar de um cristal misturado a fortes batidas, lembrando o metal abafado. E nessa marcação musical, meu corpo inteiro se movimenta no ritmo. É tudo o que quero nesse momento, a solidão e o prazer individualista que uma música pode proporcionar.

Não passa muito tempo e chego ao meu destino, pois ouço Deslo-Z1000.

— Comando destino alcançado.

— Finalize a melodia e se desloque para o carregador.

— Sim, senhor Mathias.

Estou de frente à construção, o local que habito no Setor Dois. Vejo o grande peitoral de vitral cristalizado onde leio Habitação de Solstício de Inverno, passo pelo saguão e vejo os Transverticais e pessoas Feneutas apressadas como eu era.

"Eu era assim, reconheço alguns rostos, pessoas que fizeram parte do meu convívio diário, que conheciam Thomas e que agora não me enxergam mais. Eu tentei, nos primeiros ciclos, continuar com os relacionamentos de trabalho com alguns dos apoios do Segundo Setor, do qual eu era Líder, mas foi inútil, foi tudo em vão, para eles eu não sou mais Feneuta e, de certa forma, não sou mesmo."

Dirijo-me apressadamente até os transverticais.

— Senhor Mathias, seja bem-vindo!

Saudação habitual do painel de controle que imediatamente faz uma leitura:

— Os seus batimentos estão normais, sua temperatura corpórea é de trinta e seis ponto quatro e sua pressão arterial está doze por sete.

Respondo cordialmente um obrigado, somente na expectativa de chegar à minha habitação.

O transvertical se abre me dando acesso ao interior da moradia, onde passando pela sala me dirijo à direita indo ao encontro de meu repouso.

Sento-me no invólucro ainda aberto, retiro minhas roupas e deito-me de forma calma e tranquila, quero me concentrar no descanso, então, penso no tratamento.

"Será que as imagens aparecerão novamente?"

Imediatamente o Inv-A01 se fecha e uma luz verde se acende.

— Olá, senhor Mathias, esse é o período habitual de reposição.

— Sim, invólucro proceda com um período de reposição de força vital.

— Sim, senhor Mathias, gostaria de uma leitura de seu estado?

— Não, obrigado.

— Algo mais, senhor Mathias?

— Não.

— Início do padrão de reposição de força vital de um período.

Imediatamente, o vapor toma conta do invólucro e adormeço.

CAPÍTULO VIII

MOMENTO SINESTESIA

ACORDO COMPLETAMENTE DISPOSTO E REVIGORADO. Quando finalizada a reposição de força vital, o invólucro se abre.

Levanto-me e vou até a cabine de higienização.

Já começo minha preparação mental para o que enfrentarei nesse período.

Higienizo-me e pego minha vestimenta habitual de elastano e algodão que está pendurada na frente do Higienizador.

"Estou pronto para ir ao laboratório do Doutor Carlo, vou encontrá-lo e abordá-lo de uma forma muito ponderada a respeito das imagens que apareceram no primeiro experimento."

Volto pelo corredor, passo pela cabine de Higienização ainda pelo corredor e, à direita do acesso de entrada e saída, chego à despensa de alimentos. Sem muita cerimônia, pego o novo alimento concentrado que me enviaram e o devoro enquanto saio.

Sigo rumo ao transvertical.

Estou um tanto aflito, um misto de tudo vem em minha cabeça ao mesmo tempo.

"A máquina do Doutor Carlo, os nano-sei-lá-o-que, será que verei imagens absurdas outra vez? Minha conversa com o Doutor Carlo, Thomas, Jonathan, a segunda coleta marcada para o próximo período".

O transvertical para na abertura de acesso da minha habitação. Mais adiante posso ver meu Deslocador que já está pronto.

Agradeço ao transvertical e saio pela abertura de acesso.

De repente, outra realidade invade todo o meu ser, sinto um misto de lentidão, porém, sem perder a atenção. A sensação que tenho é de estar envolto em água.

Tudo parou ao meu redor, não há nenhum som, nenhum barulho, um silêncio paira sobre todo o lugar.

Ao andar, ouço apenas o barulho do esfregar do tecido de minha calça e do contato do meu calçado com o chão.

A calmaria é tão grande e intensa que a percepção começa a tomar forma. Então, sem mais nem menos, tudo aquilo passa, a impressão que o lugar havia parado acaba. Assim como veio se foi.

"O que aconteceu? O que foi isso?"

Fico um tempo estático tentando me sintonizar novamente, me sinto frustrado por não compreender o que ocorreu. Continuo parado para assimilar o que acabou de acontecer.

Olho para os lados tentando me ambientar.

Mas aquele momento já havia passado e tudo estava de volta ao normal.

"Não entendi. O que aconteceu?"

Balanço a cabeça para afastar esses pensamentos, e sigo rumo ao Deslocador.

Assim que alcanço Deslo-Z1000, a sensação de quietude volta, porém, desta vez, mais intensa, quase como um stand-by, um transe se intensifica e cada vez mais me aprofundo no silêncio.

É o início da primeira metade do período e, como um estalo, tudo fica brilhante, tento proteger meus olhos com a palma das mãos.

"Que dor! Nada impede essa claridade intensa! Como posso me proteger? Tapá-los é inútil!"

Para todos os lados que tento desviar meu olhar, enxergo de forma cada vez mais brilhante.

"Sinto dor, meus olhos doem com esse brilho intenso."

Por não encontrar alívio de forma alguma, minha vontade é gritar. Aos poucos vou me controlando e buscando abrir os olhos lentamente, vejo algumas silhuetas, paro de tentar me proteger, mesmo porque é inútil.

A dor vai aos poucos diminuindo e vou me acostumando com a situação.

O que vejo agora é tão diferente do normal, as cores são vivas, intensas e belas, me sinto convidado a continuar.

Quando dou por mim, já estou além do meu Deslocador, caminho a passos lentos, conquistando a praça em frente ao CCS, e logo estou sobre a grama do campo além do passeio.

Já não sinto mais dor alguma, mas tudo está diferente, as cores estão todas trocadas: vejo a grama na cor laranja, o céu está vermelho, as flores amarelas agora estão negras, minha pele está violeta, a cor marrom da terra, agora, está amarela, olho para Deslo-Z1000 que é da cor prata quase branco, agora, marrom.

Esfrego os olhos não acreditando no que vejo.

"O que está acontecendo comigo? Não consigo entender, não existe nenhuma explicação lógica para isso. Que merda é essa?"

Começo a sentir pânico, rapidamente um medo intenso se apodera de mim, sinto pequenos tremores misturados com calafrios, um desespero me invade e uma sensação de perda palpita no meu estômago, ondas de calor vêm e vão, sinto dificuldade para respirar. Percebo a desordem em meus sentidos que se confundem. Nesse momento, já não consigo distinguir o que é gosto, cheiro ou som.

Minha força está sumindo, tudo continua lento, uma tontura me aplaca, quando percebo meu corpo desfalecer e, sabendo que a queda é inevitável, tento me apoiar em algo. Meus movimentos estão muito lentos, o que me dá a oportunidade de apreciar toda a trajetória da queda.

Gradativamente o ar passa por minha face, deslizando sobre a aerodinâmica do meu rosto.

"Como posso estar caindo ainda? Que gosto é esse que sinto em meus olhos? E que cheiro é este que se intensifica no meu paladar? Por que tudo está tão imóvel? Será que estou morrendo? Será que morrer demora tanto assim? Será que estou drogado por alguma substância tóxica que inalei em algum momento nesta caminhada?"

Antes de chegar a uma conclusão, o gramado foi ficando cada vez maior devido à aproximação e colido com o solo!

Um estrondo, algo muito alto apagou tudo da minha vista, o barulho é tão amplificado como um subwoofer estourando graves ensurdecedores dentro da minha cabeça.

Enquanto meu corpo vai se chocando contra o chão, em cada uma das partes, recebo as sensações dos impactos como descargas elétricas.

"Como isso pode estar acontecendo? Preciso me libertar desse transe".

Com o corpo completamente deitado, um impulso me desprende do tempo, o que me faz retomar o controle dos movimentos e mais do que depressa, quase que instantaneamente, me ponho em pé.

Tudo à minha volta ainda está dentro de um tempo diferente. Movimento-me normalmente, mas percebo um descompasso entre as leis físicas que regem meu deslocamento e os movimentos naturais do restante do ambiente.

Levo as mãos à cabeça e penso em como me meti nisso.

"Ou estou muito ferrado ou estou ficando demente. Isso é diferente de tudo o que já experimentei, senti ou ouvi falar. Como isso é possível? O que está acontecendo? Será possível o mundo estar acabando e este processo ser natural? Ou realmente estou alucinando conscientemente?"

Olho à volta, as cores vivas e trocadas, a grama alaranjada; olho em direção ao departamento, os vidros, que sempre foram transparentes e refletiam a cor do céu, estão avermelhados e translúcidos; meu Deslocador, agora, marrom arroxeado, parado perto do caminho da entrada do CCS.

Pus-me a caminhar em direção ao prédio, uma corrente de ar passa por mim, sinto como a textura e a densidade de uma água envolvendo meu corpo, meus braços e mãos nus na cor violeta.

Vejo algumas folhas de árvores sendo arrastadas pelo vento que acabou de passar, lentas, quase paradas, suspensas no ar, posso ver a forma e o contorno do vento envolvendo e levando as folhas, carregando-as como um rio que corre.

Estou perplexo com o que estou vivenciando, apesar de assustado, estou maravilhado com tudo isso.

Vou ao encontro de Deslo-Z1000, passo com a mão sobre o sensor, porém, o acesso de entrada não se abre, não consigo entender por que o acesso de entrada não abriu. Viro as costas pronto para voltar ao CCS.

Antes de iniciar a caminhada, ouço um ruído alto como o escape de uma pressão de um local fechado, volto minha atenção para Deslo-Z1000. E o acesso de entrada está se abrindo, porém, muito vagarosamente, aquilo que era instantâneo agora está muito lento. Posso até ouvir a fricção irritante do despregar do metal com a parte de vedação.

Ainda nem se abriu por completo, me adianto e entro no Deslocador me abaixando.

Deslo-Z1000 não faz a saudação habitual. Paro, esfrego o rosto e logo ouço um som muito grave e alto pelo sintetizador.

"O que está acontecendo?"

Tento comandar Deslo-Z1000 para o destino de habitação do Segundo Setor, mas o que sai da minha boca é apenas um sonido agudo em uma frequência altíssima.

Fico perplexo e sem ação.

"Que loucura é essa?"

Antes mesmo de responder, o silêncio que pairava sobre mim, agora, começa a dar lugar aos sons que habitualmente ouço e conheço bem. Estão muito ao longe, então, permaneço imóvel no assento, fecho olhos para não atrapalhar essa transição.

Passados alguns instantes, parece que tudo voltou ao normal.

— Deslocador?

— Sim, senhor Mathias.

Uma alegria imensa me invade por estar de volta, um sentimento prazer por estar vivo e não mais preso naquela situação de impotência, a satisfação é imensa.

— Não estou morrendo, estou aqui, estou de volta.

— Senhor Mathias, o senhor está bem?

— Não, Deslocador, é obvio que não. Estou muito melhor que isso, eu estou de volta!

Sinto-me aliviado por recuperar meu equilíbrio! Por um momento achei que estava à beira da morte, mas estou aqui!

O contentamento por estar vivo me envolve por algum momento até que a curiosidade me desperta.

"O que será que aconteceu?"

— Deslocador, mostre-me o que foi registrado desde o momento em que saí da Habitação até o presente momento, por qualquer fonte de gravação possível. Acredito que as gravações feitas pelos pontos externos da UH seriam perfeitas.

— Sim, senhor Mathias.

Observo a tela de fresnel líquido holográfico que sobe.

Vejo minha saída do prédio, logo já não estou mais nas imagens. De repente, apareço mais a frente deitado no chão e, assim como apareci, desapareço novamente.

— Eu desapareci da imagem outra vez? Sumi de novo?

Reapareço logo em seguida e estou no gramado.

Desapareço uma vez mais da imagem e agora estou ao lado do Deslocador. Observo o movimento da abertura e não me vejo mais.

Passo a mão no rosto como sinal de incredulidade, estou muito confuso.

— Deslocador, reproduza o primeiro comando após a entrada.

A saudação de Deslo-Z1000 aparece e, logo em seguida, um som extremamente alto e agudo se abre no áudio.

— Certo! Faça uma leitura sobre meu estado.

— Algo em especial?

Passo a mão em meu rosto novamente, me sinto um incapaz, não sei o que procurar.

"Por que minhas ideias me desamparam justamente quando eu mais preciso de uma? Não sei o que fazer."

— Deslocador, apenas faça uma leitura do meu estado, nada especial.

— Os seus batimentos estão muito acelerados, sua temperatura corpórea é de trinta e sete ponto dois, sua pressão arterial está catorze por nove, o campo elétrico que emana do seu corpo está fora dos padrões para um humano.

— Como fora dos padrões para um humano?

— Senhor Mathias, este campo elétrico é compatível com o de um Símbio.

— Impossível, Deslocador! Está me dizendo que estou com algum tipo de contaminação?

— Não, Senhor Mathias, estou dizendo apenas que sua leitura não está correta para um humano. Sugiro protocolo Nível-1 de segurança.

— Está louco! Negativo, se eu me submeter ao protocolo Nível-1 sairei de circulação. Não vou me apresentar na UB nem agora e nem nunca, se depender de mim.

— O que está pensando em fazer, senhor Mathias?

— Apenas monitore a partir de agora meu sistema vital, apenas isso até eu pensar em algo.

— Senhor Mathias, com o avanço da ciência médica, medicamentos de regeneração tecidular, posso lhe garantir que toda e qualquer doença pode ser erradicada e partes danificadas em seu corpo podem ser substituídas ou renovadas, implantes e enxertos são atualizados o tempo todo por outros humanos.

— Deslocador, eu conheço os padrões regenerativos. Agradeço sua preocupação, mas, não, obrigado, nada de protocolo Nível-1.

— Sim, senhor Mathias.

"Nenhum ser humano passou por isso, tenho certeza. Se o Doutor Carlo já escondeu algo só de ver as imagens do meu experimento, imagino se ele vir estas."

Simplesmente, me entrego à situação e começo a rir.

É nítida a certeza de estar bem encrencado e sozinho, ninguém pode me ajudar.

"De onde veio isso?"

Após esse pensamento a constatação dos fatos intensifica a risada, meu corpo se contrai e tenho cólicas.

"Desesperado, nervoso e passivo dessa situação involuntária. Como sou demente; posso estar morrendo, e fico rindo."

Mais risadas insanas, mais gargalhadas.

A cada pensamento uma nova risada. Tento me concentrar e parar de pensar nesses assuntos que não tenho as respostas nem mesmo controle. Em um último esforço digo a mim mesmo:

"Mathias controle-se. Isso é totalmente normal."

Agora sim, uma explosão de risos incontroláveis toma conta de mim. Mais risadas e mais gargalhadas.

O clima se quebra com a voz sintetizada de Deslo-Z1000.

— Senhor Mathias, Tibério está no comunicador, deseja atendê-lo com AUVirtua3D ou apenas no AU.

"Merda! Agora estou acabado!"

— Dá-me um instante.

Recomponho-me e digo a Deslo-Z1000:

— AU, por favor.

— Mathias, tudo bem com você?

Devido à pergunta de Tibério as cenas de risos e desespero me vêm à mente, o que me faz redobrar a força de controle sobre meu estado emocional.

— Sim, estou bem.

— Parabéns pela entrega do seu primeiro Símbio desconectado. Conversei com Vargas, e ele me adiantou que foi um trabalho muito limpo. Parabéns mais uma vez.

— Obrigado, senhor Tibério.

— A propósito, conversei com Carlo e, depois de muita conversa, ele me convenceu que está tudo certo e que a continuidade de seu tratamento será muito importante para pesquisas futuras. Ele já me adiantou que existe um agendamento seu para este período. Correto?

— Sim, estou me encaminhando para o laboratório neste exato momento. Na verdade, entrarei em contato com ele após essa conversa contigo.

— Perfeito, então. Aguardo notícias suas e confesso que estou confiante no sucesso de sua segunda coleta. Cuide-se, Mathias.

— Obrigado, senhor Tibério, é um prazer ser útil e servir.

— Fim da comunicação AU.

— Deslocador, sem mais demora leve-me ao laboratório do Doutor Carlo.

— Sim, senhor Mathias, comando destino: laboratório do Doutor Carlo em andamento.

"Não saber o que está acontecendo me corrói e o pior é que ainda não sei onde estão as respostas. Creio que o mais correto será enfiar a cara no experimento e ter menos tempo ocioso."

Apenas fico imóvel olhando pela abertura panorâmica do Deslocador. Observo outros Deslocadores nas vias expressas paralelas, pessoas com seus Símbios parados, conversando, curtindo juntos momentos únicos.

"Minha vontade é fechar os olhos e acordar sem ter que pensar em nada, no entanto, tenho que esconder todos estes fatos da UB, senão acabarei fora de circulação. E, além disso, aprender a lidar com a falta que sinto de Thomas."

— Senhor Mathias, destino alcançado.

— Obrigado, Deslocador.

SEGUNDA EXPERIÊNCIA

Saio pela abertura de acesso auxiliado pela poltrona que se projeta para fora, sigo apressado em direção ao laboratório.

A sala de espera continua a mesma de três períodos inteiros atrás, o sofá térmico com uma manta de cor avermelhada e suave, o único quadro digital na parede branca na lateral da sala.

Vejo Luiza ainda muito atarefada, trocando olhares entre suas telas, movimentando informações entre elas.

Ela me cumprimenta e eu respondo educadamente, logo em seguida, ouço sua voz de comando.

— Pode entrar agora, Senhor Mathias, Gilbert o aguarda.

Antes de me levantar pergunto.

— Desculpe-me Luiza, o Doutor Carlo não está aqui para me atender?

— Infelizmente não, Senhor Mathias, ele teve uma indisposição e por esse motivo, não poderá atendê-lo.

"É muito conveniente não estar aqui para ser confrontado! Aguardo por você, Doutor Carlo, mesmo porque não poderá se esconder por muito tempo. Não com Tibério ao meu lado."

— Luiza, transmita minha preocupação e que estimo melhoras, para vê-lo em breve.

— Sim, Senhor Mathias, transmitirei a ele.

Ponho-me em pé e entro na sala climatizada com uma temperatura levemente fria. A mesa com as duas cadeiras no canto contrário, ao centro a cápsula transparente com a poltrona em seu interior.

Vejo Gilbert preparando a cápsula, introduzindo comandos por meio do teclado que se projeta em sua superfície.

Eu o cumprimento e ele, como da outra vez, me devolve um olhar apreensivo. Certamente já sabe que deu problema no experimento anterior.

— Vamos, então, senhor Mathias. Creio que podemos iniciar agora.

Gilbert passa uma das mãos sobre o teclado e o som da turbina começa a ecoar para fora da cápsula.

Auxiliado por Gilbert apoio minha mão na abertura: viro o corpo e me sento, tudo em um movimento só, pronto para dar continuidade ao tratamento.

Gilbert passa à volta e chega até a minha frente, olha a parte superior interna da máquina e apoia a mão sobre ela, me encara e diz de forma calma e tranquila:

— Senhor Mathias, vamos dar continuidade ao processo, suas lembranças serão induzidas e controladas pelos neuroscans, eles entrarão em seu corpo da mesma forma que da primeira, por meio de sua respiração nesta cápsula.

Então o interrompo.

— Gilbert eu me lembro de tudo, podemos pular essa parte e continuarmos mais a frente?

— Desculpe-me, senhor Mathias. Novamente o que estamos procurando são as informações da memória de longo prazo. E o senhor já sabe do resto. Certo?

—Sim, Gilbert, obrigado por me poupar do seu checklist.

Gilbert nunca perderá este ar técnico e metódico. Como todo Símbio, ele sempre será perfeito.

— Senhor Mathias, sua vontade e desejos podem alterar sua percepção dos fatos, se lembra? Não posso permitir alterações como essas. Isto seria perigoso e agravaria o problema. Então, como da outra vez, o que não estiver em acordo com o padrão é desvio de padrão, portanto, deverá ser abortado.

Aceno com a cabeça positivamente, ele confirma tomando distância e faz um movimento com a mão sobre a cápsula, dando as costas, encaminhando-se para um painel conectado à máquina.

Luzes, som e, por fim, a cápsula se fecha por completo. Percebo que Gilbert está ao longe com o olhar fixo em mim.

Sinto o gás esverdeado vazar pelas laterais da cápsula em direção à poltrona, meus pulmões queimam de dor, sufocando-me.

Em um instante a dor some dando lugar a uma lembrança.

Estou em pé na via expressa. Pela movimentação dos Deslocadores e a quantidade de habitantes à minha volta, devo estar no meio do segundo período. Não consigo identificar ainda que tempo é esse, realmente é muito real. Meu consciente sabe que estou em uma máquina, porém, meus sentidos dizem que estou parado em pé na via expressa e na chuva. No começo de uma chuva, melhor dizendo.

Concentro-me nos pensamentos vindos da lembrança.

Estou em primeira pessoa, olho para um lado e para o outro, a impressão que tenho é que estou procurando algo.

As gotas caem sobre mim. Tento me proteger, mas está cada vez mais forte, estou ofegante, no entanto, não pareço cansado, sinto uma emoção ruim, uma espécie de desespero.

"Que lugar é esse? Que via expressa é essa? Não me lembro do que estava acontecendo comigo nesse período."

De súbito a máquina me projeta para fora do meu corpo. Ao longe posso ver meu Deslocador e pelo que percebo da imagem, estou muito tenso, vejo claramente o stress e o desespero tendendo ao choro.

"Ah não! Não quero passar por isso outra vez."

Imediatamente volto para o meu corpo.

"Sei que dia é esse. Foi o dia da morte de Thomas. Nesse momento estou à procura dele. Esses são fragmentos de memória de um tempo que, com toda certeza, eu adoraria esquecer."

As gotas caem sobre mim com mais intensidade. Continuo tentando me proteger, mas está cada vez mais forte e a impressão que tenho é que vou surtar.

Corro para um lado e corro para o outro, não sei para onde devo ir, minha busca parece não resultar em nada.

Pensamentos da lembrança começam a se desprender.

"Thomas! Cadê você, Thomas? Por que você saiu e veio para esse lugar? O que você estava fazendo aqui sozinho?"

Percebo o desespero em mim.

Um grito em minha lembrança.

"— Thomas! Thomas, onde você está?"

Enquanto a chuva precipita molhando tudo, é nítido o sentimento de angústia e perda.

"Sim, agora estou próximo da descoberta fatídica."

Mais pensamentos vêm em minha mente.

"Estou no endereço que me enviaram do departamento Feneuta. Essa é uma área não tão próxima ao CCS, marcada pelo ódio, uma das regiões mais reconfiguradas para adequação de humanos descontinuados, lugar onde as pessoas vivem sem Símbios. As habitações são sujas e com marcas de destruição feitas pelos próprios moradores, algumas ainda conservam as paredes intactas e em outras existem rachaduras em suas estruturas feitas por depredações. As habitações totalmente abertas, com os acessos arrancados; em algumas percebo a presença de mais de um morador e brigas entre essas pessoas por uma pequena porção de provisão. Desse lugar sobe um cheiro de maldade. Os poucos rostos que vejo dos habitantes desse local olham para mim com ar de ira, desprezo e nada de bom pode vir daqui, é a impressão que tenho."

Seguro meu comunicador apertando-o em minha mão na esperança de que Thomas se comunique comigo.

Pensamentos da lembrança mostram minha segurança.

"Ninguém teria coragem de me atacar, eu não tenho nada a temer estando aqui."

Então rebato o pensamento da lembrança.

"Mas um Símbio. Sim!"

Continuo minha busca.

"Aqui nesse lugar ninguém liga mais para o que um Símbio é ou representa para o Sistema."

Paro um pouco e me pego olhando ao redor.

"Thomas onde você está?"

Olho ao longe, para um beco, e percebo um aglomerado de pessoas, elas estão olhando para o mesmo ponto no meio do pavimento. Todos estão ao redor de algo caído no chão.

Meu comunicador indica uma chamada em andamento.

"Por já ter passado por essa lembrança em minha vida, sei que é do Departamento Feneuta, mas, na verdade, esperava que fosse Thomas, então, me adianto quase querendo adivinhar."

"— Thomas, é você?"

"— Não, senhor Mathias, Departamento Feneuta, lamento."

"— Desculpe-me, já o encontraram?"

"— O senhor está entre as habitações dos descontinuados, próximo ao pavimento central?"

"— Sim, estou no local correto."

"— Chegaram a nós imagens do rastreio externo onde presenciamos um grupo no começo desse período, iniciando um ataque sobre o Símbio Thomas."

"— Existe um agrupamento de pessoas aqui, sim. Como?"

Meu coração acelera em um compasso frenético.

Abaixando o comunicador, vejo um corpo no meio da aglomeração.

"E foi assim que o eu da lembrança soube que era Thomas, depois da confirmação pelo Departamento, observando melhor, pude reconhecer cor verde da calça de Thomas."

Novamente sinto aquele aperto no peito; disparo em uma corrida desesperada até ele; o pavimento central agora me parece muito maior do que de fato eu achava que era; sinto que vou perdê-lo; minha visão está presa a seu corpo jogado.

Corro o máximo que posso, desviando de latas e pulando sobre todos os lixos espalhados que agora se levantavam como muralhas.

Estou próximo, empurro violentamente algumas pessoas e, quando o alcanço, escorrego com meus joelhos até que o corpo dele encontra o meu.

Imediatamente o agarro e o trago sobre minhas pernas, virando o rosto dele para cima. O desespero toma conta de todo o meu ser, minhas forças me abandonam. Eu o balanço freneticamente como se quisesse sua respiração de volta. O choro se desprende do meu peito e o abraço trazendo seu corpo junto ao meu, seu cabelo frio e molhado pela chuva me trazem mais desespero. Balançando o corpo dele como que o embalando, querendo que acorde. Olho para seu rosto, a pele escura como o ônix está muito ferida, seu fluido misturado com sujeira pregado à face pioram a visão. Com a mão tento limpá-lo para avaliar seu estado.

Mas a impressão que tenho é que a vida já se foi, não está mais com ele.

Sem olhar para ele, largo meus ombros e deixo-me levar pela dor, sinto-me sozinho, vazio e perdido.

Ao final, ergo a cabeça olhando para o céu, já sem forças para lutar, contemplo as gotas geladas vindas do alto, talvez não faça mais sentido algum viver sem meu Símbio.

Abaixo minha cabeça e meus olhos encontram os dele abertos me encarando de volta. Aquilo fere o tempo e me rasga o ser sugando-me. Sinto que o tempo parou.

Eu achei que ele estava morto e, antes de sentir alívio ou alegria, com sua mão, em um movimento único e final, tampa por completo o meu rosto com sua palma.

O seu toque apesar de fraco me deixa atordoado, como uma descarga elétrica, um clarão me invade, dando-me a impressão de ter aberto uma porta em minha mente.

Meus pensamentos são invadidos pelos dele. Tudo é muito rápido, cenas e cenas de sua vida passam em minhas lembranças, desde sua chegada saindo da Semente Universal, seu primeiro dia comigo, seus pensamentos, a devoção em seus gestos. Vários momentos parecem que são armazenados em minha mente e juntamente com eles, me sugam para dentro dessa visão, posso senti-lo resistindo à morte, querendo viver.

Por entre os dedos de sua mão que estão sobre meu rosto, posso ver os olhos dele ainda abertos desfalecerem, seu corpo tencionado logo amolece, sua mão se desprende do meu rosto e com um suspiro me abandona.

Estou tremendo, meu corpo está imobilizado, não obedece mais.

Não sei por quanto tempo fiquei ali imóvel.

Nenhum pensamento, nada, eu e o corpo de Thomas deitado sobre minhas pernas e preso em meus braços.

CAPÍTULO IX

SUBVIDA PÓS-TRAUMA

APÓS UM TEMPO, ME LEVANTO OLHANDO PARA AS PESSOAS QUE ALI AINDA ESTÃO, ESTOU EM PÉ MOLHADO E VAZIO POR DENTRO.

Fico no aguardo de alguém para me dar algum tipo de apoio.

"O que devo fazer agora? O que faço com o corpo do Thomas? Como será minha vida no Departamento Feneuta?"

Um Deslocador entra pelo beco.

"Eu conheço este tipo de Deslocador. Sim, é um Coletor."

Ele para bem próximo de mim e Thomas. Imediatamente as pessoas se dispersam e o acesso se abre.

Vejo um Coletor em traje negro e o mesmo homem que me iniciou no Departamento Feneuta. O Coletor veio para dar continuidade na remoção do corpo de Thomas e Tibério está aqui por ser o meu líder.

Tibério se aproxima, espalma as mãos e eu espalmo as minhas por debaixo das suas.

"Até agora eu ainda não entendo o que está acontecendo comigo, essa dor aguda que estou sentindo nessa lembrança nunca me largou desde a morte de Thomas."

Estou ali, com a cabeça baixa e em frangalhos.

"Havia me esquecido das imagens que ele me passou por meio do seu toque em meu rosto."

Então uma pergunta entra em minha mente como uma lança.

"— E agora? Como vou viver sem meu Símbio? Como viverei sem Thomas?"

Tibério me encara e com a voz mais assertiva possível me traz para realidade.

"— Acalme-se, Mathias, você é um Feneuta, mantenha a calma e se recomponha. Vamos pensar em algo, eu garanto."

Sem entender como estas palavras podem me ajudar, crio forças para acreditar que tudo realmente vai dar certo.

Ele me chama para o lado e diz:

"— Não se preocupe com o seu futuro, Mathias, o Sistema Feneuta não costuma perder talentos."

Olho para ele acreditando no conteúdo real de suas palavras, nisso percebo outro Deslocador se aproximando.

Ele dá as costas para o corpo de Thomas, aponta para o Deslocador que acaba de chegar.

"— Venha comigo, Mathias, eu o deixarei em sua UH, quero tirá-lo daqui, apenas isso. Entre no Deslocador."

"— Obrigado, Tibério, mas não se preocupe comigo, minha UH não é tão longe."

"— Sim, eu sei, mas, nesse momento, gostaria muito de acompanhá-lo."

Preciso desse apoio no momento, então caminho para o Deslocador e ele me acompanha.

"— O que acontecerá com o corpo de Thomas?"

Olho para trás sobre meu ombro e vejo o Coletor removendo-o.

Tibério se adianta e comenta.

"— Após a coleta, ele será entregue à Semente, não será utilizado em nenhum tipo de experiência, não será violado, cortado, nem dessecado, eu garanto."

Entro no Deslocador junto com Tibério.

"— Olá, senhor Tibério."

"— Olá, Deslocador."

"— Gostaria de uma leitura de seu estado atual?"

"— Não, obrigado. Leve-nos para a UH do senhor Mathias, Feneuta, Líder do Segundo Setor."

"— Algum tratamento especial para o senhor Mathias?"

"— Não, apenas o comando destino."

"— Comando destino em progresso UH do senhor Mathias, Feneuta, Líder do Segundo Setor."

Não tendo mais nada para fazer, eu me esparramo na poltrona e espero chegar à minha UH para ver o que farei e serei de agora em diante.

Muitos pensamentos em minha mente:

"Tenho que devolver minha UH, tenho que abandonar meu posto de comando, onde vou viver? Ou melhor, como vou viver?"

O silêncio é interrompido por Tibério.

"— Muitas coisas devem estar passando em sua cabeça agora, porém, gostaria que você prestasse atenção em minhas palavras e, a partir desse momento, bloqueasse todo pensamento com o ocorrido e liberasse sua mente para o que vou lhe falar."

Olho e aceno com a cabeça, concordando. Mas, sinceramente, gostaria de não ouvir mais nada.

"Em outro momento conversaremos melhor, quando voltar a procurá-lo, quero que me escute e, ao terminar o que tenho para lhe falar, não me responda impensadamente, quero que reflita primeiro, e quando estiver pronto, me procure e me dê sua resposta."

Parece que Tibério ouviu meu pensamento.

Aceno com a cabeça, Tibério é meu mentor ainda, devo obediência a ele. Até mesmo porque não tenho nada o que fazer no momento.

"— Por enquanto, quero apenas garantir a você que nenhuma das regalias Feneutas que você goza lhe serão tiradas. Você continuará com suas habitações, tanto a do Primeiro como a do Segundo Setor. Seus benefícios de armazenagem e recompensas mudarão para melhor, posso garantir isso também."

Assim que Tibério termina a frase, o Deslocador anuncia a chegada ao local de destino.

"— Mathias, nossa conversa não termina aqui. Permito que faça uso dos seus períodos de luto e, quando terminarem, procurarei por você."

Já fora do Deslocador aceno com a cabeça uma vez mais. O acesso de entrada do deslocador se fecha e o acompanho com os olhos até que suma da vista.

Dou meia volta e estou bem à frente da entrada de minha UH. Cruzo o passeio, passo por sob o grande peitoral de vitral cristalizado, continuo pelo acesso de entrada ao saguão, vejo os transverticais e me dirijo rapidamente querendo me esconder em seu interior.

"— Senhor Mathias, seja bem-vindo!"

Saúda-me o painel de controle que, imediatamente, faz uma leitura.

"— Os seus batimentos estão acelerados, sua temperatura corpórea é de trinta e seis ponto nove e sua pressão arterial está catorze por sete; devido a seu estado de emoções, seu corpo está reagindo, sugiro um descanso e hidratação."

Respondo cordialmente um obrigado, somente na expectativa de chegar ao meu invólucro de reposição de força.

O transvertical se abre dando acesso ao interior da Habitação, onde imediatamente passo pela sala e me dirijo ao invólucro.

Sento-me sobre ele, retiro minhas roupas e deito de forma calma e tranquila, nesse instante quero me concentrar no descanso, mas não paro de pensar na morte de Thomas, a tristeza me invade, inundando meus olhos, molhando meu rosto e intensificando minha dor.

Imediatamente o Inv-A01 se fecha e uma luz verde se acende.

"— Olá, senhor Mathias. Esse não é o período habitual de reposição."

"— Invólucro proceda com dois períodos de reposição de força vital."

"— Senhor Mathias, dois períodos para reposição não são aconselháveis, porque são desnecessários."

"— Invólucro, não questione apenas proceda."

"— Sim, senhor Mathias, gostaria de uma leitura de seu estado?"

"— Não, Invólucro, eu quero apagar, quero sumir, não quero escutar você, me deixe em paz, apenas proceda com o comando e me desligue."

"— Algo mais, senhor Mathias?"

"— Nãooooo!"

"— Início de reposição de força vital em dois períodos."

Imediatamente, o vapor toma conta do invólucro e adormeço.

Não demora muito, quase como um abrir e fechar de olhos, acordo e me ponho em pé bem em frente ao invólucro.

"Parece que a reposição não funcionou, estou muito mal, não sei o que fazer e me sinto vazio, realmente não estou bem."

Caminho para a higienização, mas abandono a ideia de me higienizar. Caminho até a despensa e me falta a fome, não quero comer nada.

Sento-me na poltrona bem em frente à vista panorâmica central, e contemplo o horizonte sobre as habitações mais abaixo.

"O Sistema encara a morte de um Símbio como uma perda para todos, há dois períodos sofri muito, Thomas era uma extensão do meu corpo, 'um corpo agora faltando pedaços é o que sou'. Porém, tenho a certeza de que não sofrerei mais dessa forma, pois Símbio só se tem um!"

Estou sem forças nem vontade de nada, apenas algumas lágrimas me restam e não as deixo sair, levo os dedos até meus olhos pressionando para que parem.

"Não me importo com mais nada, não me importo com Invólucros de reposição, não me importo com leituras sobre meu estado de saúde, não me importo com as UBs nem com o Departamento Feneuta nem com as pessoas, não ligo para o que pensam sobre minha descontinuidade, apenas quero viver meu luto. Os Pretérios definem a palavra 'amor' como sendo a descrição do sentimento por outra pessoa. Esse tal de 'amor' é muito ruim, pois, até mesmo com um Símbio morto, ainda persiste. Isso é péssimo."

Gradativamente vejo a lua passear pelo céu claro e com isso se finda mais um período.

"Preciso reagir. Mas, como? Minha vontade é que eu tivesse morrido também ou até de trocar de lugar com ele, só não queria estar como estou, sofrendo assim."

O cansaço e a tristeza me envolvem como um manto.

"Tenho que me levantar, preciso retomar minha vida. Preciso lutar contra isso. Começarei com uma higienização, pois nem eu estou suportando mais meu cheiro."

Tento levantar-me, porém, vejo que fiquei um período inteiro sentado e minhas pernas estão adormecidas, não consigo me levantar devido ao desconforto.

"O que é isso agora, devo reaprender a andar também?"

Vagarosamente e sem vontade tento me colocar de pé.

Com muito sacrifício me encaminho para a higienização.

Agora em frente à cápsula e digo:

"— Higienização humana."

"— Comando Higienização Humana em andamento."

Entro na cápsula, ouço o bipe, tento assimilar os acontecimentos para me posicionar.

"Convivia com Thomas e agora devo aprender a viver sozinho, ele estava sempre comigo e, quando não, éramos atentos um para com o outro. Infelizmente agora nem meu trabalho tenho mais, o que tenho é minha habitação e uma promessa de Tibério. Apesar de receber todo esse apoio, me sinto vazio e sem esperança, estou há quatro períodos da morte de Thomas, e ainda fico pensando se não poderia ter feito algo mais por ele. Meu Símbio se foi, tenho a sensação que nunca vai passar. Na verdade, não entendo o porquê de tanto sofrimento, nove dias solares não é uma vida, por que estou assim então? Acho que nunca vão entender. Será que é assim com todos os descontinuados? Creio que só quem teve esse sentimento pode entender o que estou passando."

"— Fim da Higienização."

Saio da cápsula e vou direto para o Invólucro.

Como já estou sem roupas, apenas deito.

O Inv-A01 se fecha sobre mim com a luz verde já acessa.

"— Olá, senhor Mathias. Esse é o período habitual de reposição."

"— Proceda com um período de reposição de força vital."

"— Sim, senhor Mathias, gostaria de uma leitura de seu estado?"

"— Não, apenas proceda com o comando."

"— Início de reposição de força vital de um período."

O vapor toma conta e eu adormeço.

Abro os olhos, agora um pouco mais animado, me ponho em pé, procuro na despensa algo para comer, pois não me alimento desde a morte de Thomas, me visto e paro em frente à vista panorâmica.

Thomas já se foi faz cinco períodos, foi covardemente agredido por humanos descontinuados. Presenciei sua morte e me sinto seco e apático para a vida, mas quero crer nas palavras animadoras de Tibério.

Sua pele era da cor do ônix, seus olhos totalmente negros. Dói a sua perda.

"Pelo menos pude vê-lo ainda vivo."

Algo me rouba o pensamento.

"Mesmo com sua morte a impressão que tenho é que nossos laços psíquicos não se romperam; a força viva de nossa cumplicidade é real. Thomas ainda não foi embora, ele não terminou. Sei que não haverá outro para tomar o seu lugar, mas de alguma forma sinto sua presença. Acho que sempre o levarei comigo."

Meu comunicador indica uma chamada, é Tibério.

"— Olá, Tibério."

"— Olá, Mathias, como você está?"

"— Estou bem, apesar de tudo. Quero tomar o controle de minha vida, Thomas se foi. Estou higienizado, alimentado e pronto para a nossa conversa."

"— Mathias, estou muito empolgado com sua mudança de pensamento, quando deixei você, há cinco períodos, não acreditava que fosse dar conta de passar por isso. Vejo que me enganei e que é mais forte do que eu podia imaginar. Desça agora para conversarmos, é preciso reação, você é um orgulho para o Departamento Feneuta."

"— Obrigado, Tibério, vou descer e iniciar a retomada de vida."

"— Estarei em frente à sua habitação, dentro do meu Deslocador, desça e conversaremos sobre seu futuro."

Encaminho-me para o acesso do transvertical.

"As coisas que faço agora parecem retomar o sentido, o sabor, pareço com uma máquina, não tenho mais as emoções."

"— Senhor Mathias, seja bem-vindo!"

Saúda-me o painel já fazendo uma leitura sobre mim.

"— Os seus batimentos estão normalizados, sua temperatura corpórea é de trinta e seis ponto dois e sua pressão arterial está doze por sete, tenha um bom período."

Apenas sorrio, acreditando nas palavras que acabara de ouvir.

Ao abrir, passo pelo saguão, vejo o grande peitoral de vitral cristalizado, saio pelo acesso de entrada.

O Deslocador de Tibério já está esperando, me aproximo e o acesso lateral se abre, Tibério está sentado; me convida a entrar.

Entro e me posiciono à sua frente.

"— Olá, Mathias."

"— Olá, Tibério."

"— Como eu disse, volto a lhe procurar, vamos movimentar sua vida e aumentar sua influência no Sistema. Posso ver que está visivelmente mais magro. Isso é bom, pois o que penso em lhe propor mudará sua vida no Sistema e irá animá-lo."

Aceno com a cabeça e me coloco próximo para ouvi-lo melhor.

"— Mathias, você sempre foi um membro leal às causas Feneutas, nunca desapontou, um profissional exigente no que faz e na melhor forma cumpridor de suas tarefas, dessa forma, peço que pondere sobre meu pedido e reflita nos termos de sua decisão — prossegue Tibério.— No meu cargo sempre preciso de pessoas leais, que estão realmente envolvidas com o Sistema e que não querem pôr tudo a perder por motivações erradas; o que preciso de fato é de alguém como você, alguém jovem e confiável, alguém responsável e acima de tudo comprometido com o bem-estar dos humanos, que dependem do Sistema para continuarem sendo úteis. Pois bem, o Sistema de Símbios funciona até certo ponto. Quando o humano gerador está vivo, o Símbio se desenvolve muito bem, faz suas tarefas e executa com precisão e maestria todas as atividades a ele confiadas. Porém, quando o humano falece, cria-se um problema: os Símbios perdem o controle ora se rebelando ora tomando o lugar do humano gerador. Minhas atividades como Feneuta vão além das paredes do Departamento. Tenho poderes que me permitem acesso até em negócios Pretérios, na verdade, o Sistema de Símbios só funciona devido às intervenções feitas diretamente pelo Terceiro Departamento. Digamos que se os Departamentos Feneuta e Pretério são o corpo da humanidade, o Centro de Coleta de Símbios é a cabeça e eu sou o cérebro desse corpo. Até o presente momento tenho comigo cento e dez Coletores espalhados entre os dois Setores; aqui no Setor DOIS, conto com onze Coletores treinados, cada um funciona como um anticorpo para o Sistema de Símbios, onde existem algumas etapas a serem seguidas. O objetivo de um Coletor é manter a ordem no Sistema, é fazer com que os papéis não mudem. O Coletor deve encontrar o Símbio desconectado, averiguar o estado em que ele se encontra. Ver como está o relacionamento dele com a parceira ou o parceiro de UH. E, caso não o queiram mais, o Coletor deverá contê-lo e sem danificá-lo, retorná-lo para o departamento que pediu o atendimento e entregá-lo à Semente de onde saiu. Veja bem, Mathias, preciso de aliados, além do departamento, preciso de Coletores fiéis e com quem eu possa contar; você, no estado em que se encontra, caiu-me como uma luva. Por certo não poderá ser mais um Feneuta, nem tão pouco continuar como líder do Segundo Setor, porém, posso mover alguns benefícios a seu favor, como já disse, você continuará com suas duas Habitações e seus provimentos poderão aumentar baseado em seu desempenho, mas, preciso que aceite ser treinado, então, antes de ser líder do Centro de Coleta de Símbios (CCS), eu irei treiná-lo para ser um Coletor de Símbios. Entre todas as ações que tem para tomar, existe o pacote que considero ruim, ou seja: a entrega de seu cargo, seu posto ilustre dentro do Departamento Feneuta, seu Deslocador atual e seus benefícios de armazenagem. E o pacote que considero bom: este que acabei de lhe explicar. Para quem não tinha opção, apresento a você dois caminhos, você é livre para escolher, mas não seja precipitado. Aconselho que opte pela mais profissional e continue sendo apaixonado pelos seus ideais e pelas causas não só dos Departamentos Feneuta e Pretério, mas também por todo o funcionamento do Sistema de Símbios desconectados. Você terá mais um período para se encontrar como humano desconectado e, após este tempo, terá que tomar uma decisão. Ter tudo e continuar no Sistema sendo acolhido como um humano útil e honrado ou ser um nada desprezado e oneroso para o Sistema. Lembre-se, foram pessoas sem Símbio que mataram Thomas, não seja como um deles cheios de ódio e rancor. Aguardo sua resposta."

"— Tibério, eu aceito. Eu aceito. Não preciso de mais um período, eu quero uma nova oportunidade, eu preciso disso."

"— Tem certeza?"

"— Sim, eu tenho."

Tibério me olha com orgulho e esboçando um sorrindo completa:

"— São de homens com sua atitude que o Sistema necessita. Apresente-se no próximo período no Centro de Coleta de Símbios entre os prédios dos departamentos para ser recebido. Seja muito bem-vindo Coletor de Símbios."

"Acredito que esse foi o primeiro sentimento bom depois da morte de Thomas".

Despeço-me de Tibério e saio do Deslocador.

O escuro toma conta das minhas lembranças, logo começo a ouvir a voz de Gilbert de forma clara e tranquila.

—Senhor Mathias, abra os olhos e concentre-se em minha voz.

SAINDO DO EXPERIMENTO

Ao ouvir o comando da voz de Gilbert, obedeço.

Concentro-me em Gilbert e recupero meu estado lúcido e entendo tudo o que ele me diz, diferentemente do outro tratamento.

— Estou finalizando o processo e iniciando sua remoção da cápsula. Vou liberar o estimulante para que seus movimentos retornem.

Gilbert passa a mão sobre a parte superior da cápsula, que reage como se estimulada, se abrindo.

A poltrona me solta e, inclinando-se para frente, me auxilia.

Levanto-me e saio de dentro da máquina, estou bem, apenas meu semblante de abatimento é notório.

— Devagar — diz Gilbert, olhando-me com calma e tranquilidade, ele esboça um sorriso e confirma com a cabeça o sucesso do experimento.

Eu devolvo com um aceno leve.

— Senhor Mathias, espero que tenha sido de muito proveito essa experiência, o Doutor Carlo entrará em contato contigo.

Eu confirmo com a cabeça.

Despeço-me, ele se curva e, então, saio da sala.

Vou ao encontro de Luiza, paro em frente à sua mesa e aguardo ser atendido. Num instante, ela me olha e coloca um dispositivo de leitura óptica à minha frente. Encosto meu rosto no aparelho e, depois de um bipe, levanto a cabeça e espero para ouvir o que a Luiza irá me falar.

— Para qual período devo marcar um novo experimento, senhor Mathias?

Penso um pouco e digo:

— Pode ser para o segundo período a partir deste.

— Está marcado, então.

Luiza acena se despedindo e afunda a cara nas telas de informação. Desta vez deu tempo de olhar para ela e me despedir.

Então me retiro do Laboratório, ando rapidamente para meu Deslocador, atravesso a Alameda Campos.

CAPÍTULO X

BUSCA PELO SEGUNDO SÍMBIO

TOCO NO SENSOR DO DESLOCADOR, ABRINDO O ACESSO DE ENTRADA.

— Deslocador, falta muito pouco para o término do primeiro período, leve-me ao local da segunda coleta.

— Sim, senhor Mathias, comando destino em progresso.

— Projete também o rosto do Símbio que devo coletar bem como as pessoas do seu convívio.

— Sim, senhor Mathias.

Mais uma vez a tela de fresnel sobe, porém, sem muitas informações, além do falecido, e o Símbio com o nome de Cláudio. Nesse encontro, não tenho dificuldades para acompanhar a projeção das informações que estão na tela, pois são muito poucas.

— Obrigado, Deslocador.

O primeiro encontro foi de certa forma simples, sem maiores problemas.

Encontro, contato, busca e entrega perfeitos.

"Espero que esse também seja calmo e tranquilo."

Reclino a cabeça, minha mente vagueia entre vários pensamentos. Olho para o rosto do Símbio, e tento imaginar como será esse encontro.

"E se esse Símbio for um acordado?"

Logo minha mente caminha pelo consultório do Doutor Carlo, penso em Gilbert, Luiza, a máquina, os neuroscans, o gás esverdeado, as imagens daquele local sem sentido, meu medo, minha perda, Thomas, o Símbio do Wasat, a entrega do Símbio para a Semente, Vargas.

São tantos pensamentos que até me perco dentro desse labirinto de lembranças.

"Preciso de respostas, preciso de uma solução!"

Mas, por hora, devo focar na coleta que estou prestes a realizar, pensar em como o treinamento pode me ajudar, e no sucesso que quero ter ao coletá-lo, pois, isso me trará pontos no CCS. Levanto a cabeça o suficiente para olhar pela abertura de visão na lateral de Deslo-Z1000.

É muito difícil acompanhar os pontos visíveis mais próximos do Deslocador, pois os deslocadores da série Prima podem facilmente alcançar os duzentos e trinta e quatro metros por segundo, o que é bem próximo da velocidade do som.

Volto a atenção para o painel de informações do Deslocador.

Na velocidade que viajo, as longas distâncias podem ser percorridas em pouco tempo, batendo a marca dos oitocentos e quarenta quilômetros por hora.

— Senhor Mathias, comando destino alcançado.

Observo pela abertura panorâmica um local devastado, abandonado e sem condições para humanos habitarem.

— Deslocador, esse é um local de descontinuados?

— Meus registros mostram que o local onde estamos não deveria ser habitado principalmente pela proximidade com a Região Queimada. Porém, existem atividades de descontinuados nessa área, senhor Mathias.

Tenho que ser rápido e coletar logo o Símbio.

"Se o local é habitado por humanos descontinuados, com toda a certeza, esse Símbio corre perigo, se é que já não está morto."

Saio do interior do Deslocador e a passos lentos vou com muita atenção onde piso, pensando em cada movimento, encaminhando-me para a área marcada.

"Não tenho certeza se esse lugar é atendido pelos Departamentos. Fica à margem de tudo, e, pela distância, eu diria que apenas umas poucas dúzias de descontinuados devem habitar por aqui, mas não vejo ninguém pelo caminho, nem mesmo um Deslocador sequer."

FRENTE A FRENTE

Olhando melhor percebo alguns vultos se escondendo rapidamente entre as frestas das rachaduras das construções antigas, que ainda resistem às ações do tempo.

"Estou há algumas centenas de quilômetros da Região Queimada, o ar aqui já é quase insuportável."

Paro um pouco, pois não vejo pontos de distribuição, mas reconheço alguns contêineres de alimento.

Chego mais próximo para verificar e percebo que não foram abertas por meio de códigos, suas trancas de controle nas laterais foram violadas, destruídas e seus conteúdos saqueados.

Ao redor não vejo UH, nada me mostra de fato que aqui nesse lugar possam existir condições apropriadas para sobrevivência.

"Eu estava em um território semelhante, quando Thomas morreu, mas de longe esse lugar é diferente de tudo que conheço ou vi, parece um deserto. Acredito que poucos se adaptam em um ambiente assim, tão longe e tão ermo."

Comunico-me com o Centralizador.

— Centralizador, as coordenadas enviadas correspondem ao local onde encontrei possíveis contêineres extraviados dos carregamentos dos Departamentos.

— Afirmativo, senhor Mathias, coordenadas recebidas e armazenadas.

Paro em frente a uma construção do passado. Como todas as outras, algo que o próprio tempo já esqueceu e abandonou.

Balanço a cabeça, tentando me concentrar, para obter sucesso nessa coleta, preciso encontrar o Símbio, antes que ele se machuque, mas, no momento, estou meio perdido, não sei como fazer para encontrá-lo.

Percebo um vulto vindo em minha direção.

Meus sentidos ficam em alerta para apoiar o Símbio que vim coletar.

Olhando melhor, vejo um humano e pelo traje que veste identifico-o como sendo um descontinuado. Direciono meus passos a seu encontro. Nossos olhares se fecham e timidamente ele me cumprimenta.

Seu olhar de alívio é notório, tenho a impressão que ele está assustado.

— Senhor, está tudo bem?

— Na verdade não, Coletor; acabo de presenciar algo que nunca tinha visto.

Dizendo essas palavras, ele se deixa cair indo ao chão. Imediatamente o auxilio e me abaixo até a altura de seu rosto.

— Qual é o seu nome?

— Eu me chamo Aírton Okul, sou um descontinuado.

— O senhor poderia me descrever o que viu, senhor Okul?

— Coletor, nos preparamos para atacar um Símbio desgarrado, que perambulava pelo nosso território.

"Cheguei tarde, meu medo se concretizou, o corpo do Símbio morto deve estar em algum lugar por aqui."

— Quando brutalmente fomos atacados por ele.

— Um Símbio atacou vocês? Vocês quem? Só vejo você.

— Estávamos em quinze, eu consegui escapar, os outros eu não sei, foi tudo tão rápido. Não tivemos chance! Receio que o Símbio tenha até matado alguns de nós.

"Percebo que esse homem está em estado de choque e com os olhos vidrados, fora de si, será que o que ele relatou é real?"

— Você sabe onde posso encontrar esse Símbio desconectado?

Um tanto temeroso, ele acrescenta.

— O senhor está sozinho? Não vá até ele, esse Símbio é diferente.

— Não se preocupe, estou aqui para coletá-lo.

— Ele está dentro daquela construção, tome cuidado ele é perigoso, não se parece com os outros Símbios que conhecemos antes.

Aceno com a cabeça em sinal positivo.

— Entendido, tomarei cuidado, você vá para próximo do meu Deslocador e se esconda por lá.

Levanto-me e saio de sua presença.

O local é uma grande e velha construção do passado, possui um hall de entrada com três acessos, dois deles são como fossos por onde algum tipo de transvertical transitava, o do meio possui um elevado de escadas sem acesso, mas as vejo caídas como se tivessem sido arrancadas.

Caminho rumo ao meio e subo os degraus que me levam para o outro salão.

Esse espaço é mais amplo, estofados de poltronas jogados, restos de fogueiras, móveis queimados, equipamentos eletrônicos quebrados e sem utilidade, existe ainda duas poltronas e um sofá todo empoeirado na cor vermelha, uma mesa com silhuetas de animais antigos entalhados e no teto há um lustre com cristais quebrados e faltando algumas partes. Tudo cercado com vista panorâmica.

"Essa, com toda certeza, foi uma bela construção."

Estou há uns seiscentos quilômetros do Segundo Setor, sem dúvida um local ermo, longe de tudo e em ruínas, apenas algumas construções resistem, persistindo em ficar de pé, apesar de antigas. Meu Deslocador está próximo e parado na principal via de acesso desse local.

Esse prédio é uma construção grande e em ruínas, uma pedra acinzentada cobre a superfície interna de todo o saguão.

No lado oposto ao que entrei, existe um acesso de entrada para outro local mais iluminado. Com a mão direita me apoio no acesso apenas para garantir firmeza e estabilidade enquanto olho o interior.

Tenho uma impressão ruim do lugar.

"Isso tudo pode desabar a qualquer instante."

Assim que passo pelo acesso, me deparo com uma mesa, uma poltrona grande bem em frente à abertura panorâmica, três estantes caídas e uma escultura em mármore parecendo um corpo de uma humana desnudo.

Existe uma escadaria na lateral e pelo seu estado, não me arriscaria subir.

"Parece não ter ninguém aqui."

Entretanto, ao virar-me para sair, algo me chama atenção, vejo dois humanos desacordados, ambos com hematomas em seus rostos. A visão não é boa, sangue escorre dos narizes e das bocas, parecendo que tiveram fortes traumas.

Percebo um movimento na poltrona que está em frente a abertura panorâmica. Eu me aproximo e vejo um Símbio sentado com os pés repousados sobre a parte inferior da abertura.

Seu olhar é distante, como se ele pudesse enxergar além dos limites das construções antigas no horizonte.

Ele me olha e, como se não visse ninguém, me ignora, voltando sua atenção para as edificações.

"Ele não usa o traje especial de sua criação."

— Olá, Coletor. — diz o Símbio sem me olhar — Uma bela paisagem, não acha?

Aproximo-me dele com cautela, cruzo os braços e fico imóvel, olhando para a mesma abertura panorâmica.

—Sim, sem dúvida.

— Qual é o seu nome, Coletor? O tom de sua voz é de puro desdém.

— Eu me chamo Mathias e o seu? Como devo lhe chamar?

— Que nome você espera ouvir? — Vira a cabeça em minha direção, olhando para os meus pés.

Ele levanta os olhos, gradativamente, me fitando até encontrar com os meus, sem levantar a cabeça e esboça um sorriso no canto da boca.

Nesse momento uma descarga elétrica percorre meu corpo, meu receio de estar de frente com um Símbio acordado agora é real. Meu traje tenta camuflar-me inutilmente.

— Não sou o Senhor Ramirez, meu nome também não é Cláudio como vocês me chamam. Meu nome não pode ser pronunciado com esse aparelho emissor que vocês têm e que agora eu também através desse corpo.

Com um movimento lento e despreocupado, calmamente, se coloca em pé. Vejo sua musculatura avantajada e forte.

"Ele está acordado, a atmosfera é muito diferente da primeira busca. Seus olhos descrevem claramente sua independência do Sistema, e demonstra que eu não serei páreo para ele e, por isso, me afronta."

— Preciso cumprir com minha obrigação, adeus Coletor Mathias. Creio que nossa conversa acaba aqui — diz ele me dando as costas e caminhando rumo à entrada de acesso.

— Você sabe que não posso deixá-lo ir, vim até aqui para uma coleta — digo ainda olhando para a abertura panorâmica.

Com minha visão periférica, percebo um sorriso de deboche e logo em seguida comenta.

— Entendo sua posição, Coletor Mathias, mas tenho outros planos, vamos evitar o pior e acredite seu fim não será diferente de todos esses corpos que estão ainda aqui, então já estou indo, será melhor assim.

Olho em volta e começo a reconhecer vários corpos caídos, uns muito machucados, outros provavelmente sem vida. Esses corpos são do grupo de descontinuados que o Aírton comentou.

Ao vê-lo sair de minha presença uma ira toma conta de mim. Instintivamente e sem pensar nas consequências vou ao encontro dele e tento pará-lo, colocando minha mão sobre o ombro do Símbio e o viro para minha direção.

Imediatamente sou golpeado e arremessado para trás, deslizando sobre o piso cinzento até me chocar violentamente contra um dos corpos que estava caído próximo do apoio da construção na lateral.

O golpe me atingiu bem no meio do peito, sinto a dor, minha vista se embaralha com o impacto, não chego a desmaiar, mas não estou conseguindo respirar, meus pulmões estão parados, não inflam.

"A velocidade do golpe dele foi fora do normal, como o impacto da arma de frequência sonora, muito rápido e poderoso."

Boa parte do impacto o traje absorveu, mas, infelizmente, o restante me atingiu com todas as propriedades.

Observo o Símbio apenas parado, em pé, próximo ao acesso de entrada do prédio, me olhando com um ar de piedade, quase me dizendo,"isso foi apenas um aviso, não foi o meu máximo", e calmamente sai de minha presença.

Tento buscar ar, aos poucos, minha respiração volta, me sinto estrangulado, parece que meus pulmões estão presos, é angustiante não conseguir puxar o ar.

"Preciso me levantar, não posso perdê-lo."

Começo a me mexer, uma parte de cada vez até me apoiar por completo e, após a sustentação, meu corpo fica em pé.

Ando até o acesso de entrada da moradia e ancoro meu ombro em sua lateral para apoiar-me, o Símbio já está longe, assim, sem muita certeza do que estou fazendo, começo a me movimentar em direção à via expressa abandonada na qual ele caminha despreocupadamente.

A dor ainda está em meu peito, porém, agora mais leve, já consigo respirar melhor e percebo meu traje entrando em ação, camuflando-me no ambiente.

Começo a perseguição andando, aumentando a velocidade dos meus passos gradativamente.

Após alguns passos rápidos, empenho uma corrida com um único objetivo. Alcançá-lo.

Já estou próximo dele, todo cuidado é pouco.

"Correndo ao encontro de um Símbio perigoso e sem nenhum plano, como poderei dominá-lo?"

Na minha inexperiência, deixei todos os equipamentos de coleta no Deslocador.

"Julguei mal, achava que ele poderia ser um sonâmbulo. Preciso pará-lo, mas como? Sem os equipamentos necessários, terei que improvisar."

Contemplo apenas uma situação possível para o desfecho desse encontro e não me parece boa.

Sem analisar muito as variáveis, meu objetivo é não dar nenhuma chance para ele revidar, portanto, vou tentar segurá-lo me jogando sobre ele e, subjugando-o, estrangulá-lo até que perca os sentidos e, uma vez desmaiado, poderei contê-lo com as Amarras de Contenção de Força.

Estou mais perto.

"É agora, tudo ou nada."

Disparo em uma corrida frenética como um caçador sobre sua caça. Dou um salto para agarrá-lo e, sem mais nem menos, inexplicavelmente, o Símbio se abaixa em um movimento evasivo.

Com a velocidade que imprimi, ao me projetar, passei por cima do meu alvo e aterrissei logo à sua frente, em um movimento de rolagem, consegui evitar a queda.

"Preciso voltar e agarrá-lo de frente."

Mal me posiciono para atacá-lo, recebo outro golpe fortíssimo, dessa vez me atingindo de baixo para cima, como um pistão mecânico me levantando do chão o suficiente para ver o alto de sua cabeça.

"Isso foi um chute? Ele me tirou do chão, o comparável a sua altura e um pouco mais."

Pareço um boneco sendo jogado para o alto.

Novamente, estou prestes a receber outro golpe.

"Estou sem fôlego."

O Símbio me pega pela parte de cima do meu traje, próximo ao meu pescoço, como uma bagagem de mão.

Ele me arrasta sem muito esforço e me arremessa para longe de sua presença como um saco de entulhos.

Um único pensamento vem em minha mente:

"Como ele é forte; como posso ser tão fraco? Vendo-me assim, perto dele não represento nada, ele é imbatível e nunca conseguirei contê-lo, preciso pará-lo."

Ao tentar me levantar, engasgo com meu sangue.

"Estou muito ferido!"

Passo os dedos em meus lábios e no interior das bochechas.

O sangue escorre dos dedos para as costas da mão, pressinto o pior, além da dor que sinto em meu abdome, estou com um ferimento na boca, meus lábios e minha língua estão cortados, o golpe que recebi no estômago foi forte demais para o traje e, quando ele me arremessou, devo ter batido o rosto.

"É isso, estou caído, fora de combate."

Vejo-o batendo uma mão na outra como se estivesse limpando-as por ter me segurado ou posto as mãos em mim.

"Agora o que posso fazer? Não sei se devo me levantar."

Começo a babar o sangue misturado com saliva. Tento cuspir para tirar o excesso de líquido e afastar o gosto de sangue da boca.

"Como vou conseguir me levantar a tempo, tenho que chamar a atenção dele para que não vá embora. Pense, Mathias, pense."

Então, grito.

— Cláudio, ou melhor, Símbio grandão sem nome, você vai terminar o serviço? Ou vai me deixar aqui sangrando?

O Símbio para e vira em minha direção.

"Espere um instante. Funcionou!"

Ao que o ele responde.

— Você prefere morrer Coletor?

Precipitadamente respondo.

— Acabe comigo ou terei que ir até aí acabar contigo.

"De onde saiu isso? Não consigo nem respirar direito, que merda!"

Então me lembro do Deslocador.

"Já sei, vou acioná-lo, e fazê-lo vir em minha direção e, de alguma forma, tentarei me jogar dentro dele. É isso! Tenho que ser rápido!"

O Símbio abaixa a cabeça com uma feição séria e batendo um punho fechado na outra mão, como se estivesse se aquecendo, dispara em minha direção.

"Agora, sim, vou morrer. Um Símbio gigante está correndo até mim; como vou escapar?"

E sem nenhuma explicação aparente, tudo começa a ficar mais brilhante. E a sensação de confusão começa a se instalar.

"O que? De novo não! Não, agora, estou tentando lidar com um Símbio raivoso, que está cada vez mais próximo, e eu aqui novamente com essa confusão de sentidos, o brilho, a cor, o cheiro, a sensação do tempo parando."

Antes mesmo de perder totalmente as esperanças, uma alegria me invade.

"É isso! É isso que eu preciso! Depois do brilho, veio o blackout do tempo, o stand-by."

A sensação de quietude se faz presente e bem mais intensa como um blackout completo.

"Estou dentro do silêncio absoluto. Posso demorar o tempo que for para me levantar e ainda assim esse Símbio não me alcançará."

Apesar de estar ferido, dolorido e sangrando estou radiante, tenho certeza que posso dar conta dele agora.

Com muito esforço, me empenho até ficar de pé, meus olhos estão interpretando as cores de forma errônea outra vez. Tons de roxo e azul cintilam ao meu redor, meus sentidos se confundem e, a esta altura, já não sei definir o que é gosto, cheiro, som ou cor.

"O gosto de sangue sinto em meus olhos e o cheiro de suor, em meu paladar. E agora tudo está imóvel."

Coloquei-me por completo em pé. E o Símbio está há dois passos de mim.

"Como é?! Ele se movimenta ainda?"

Sim, ele se movimenta, mas é lento o suficiente para me desviar dele, mesmo estando ferido.

"Essa é a minha chance de acabar com isso, o mundo está parando e sou eu quem está muitas vezes mais rápido. Nem tanto, devido aos ferimentos."

Tudo à volta está com as cores trocadas. Olho para minhas mãos e a minha pele está violeta.

Percebo o Símbio agora claro e dourado bem próximo, ele desfere um golpe tentando me socar. Saio de sua frente, seu soco prossegue e atinge a estrutura de concreto partindo-a em pedaços. Ele fica indefeso com a lateral de seu rosto exposta e com toda a força o golpeio na face.

A vibração do impacto em sua pele movimenta cada músculo de sua cabeça, fazendo-o cair lentamente com o rosto virado para o chão.

Aproximo-me envolvendo seu pescoço com o meu fazendo pressão, apertando-o. E assim permaneço aplicando-lhe mais força, seus músculos enrijecidos mostram que ainda não desmaiou.

Continuo a pressionar para interromper o fluxo de oxigênio até seu cérebro.

Quero apenas deixá-lo inconsciente e não matá-lo.

Aos poucos, ele vai se rendendo, seus músculos vão relaxando, me mostrando que está começando a apagar.

Cada vez mais a tensão do seu corpo vai dando lugar ao relaxamento completo, então, paro de apertar, deixando-o no chão imóvel e desacordado.

"Sou inabalável."

Tento soltar um grito de alívio, após a tensa batalha, mas percebo que o ruído que sai é diferente de um grito, é como uma frequência muito aguda, o que me faz rir.

O prazer da vitória me inunda, sinto dor e ainda sangro, mas nada se compara ao que estou sentindo, essa é a maior vitória que já experimentei em toda a minha vida, estou muito satisfeito.

"Não estou acreditando! Coletei um Símbio Acordado."

Passado meu momento de incredulidade, sei que ainda tenho outra tarefa árdua para realizar, preciso imobilizar esse Símbio, antes que ele acorde.

Não posso acionar Deslo-Z1000, pois sei que de minha boca só sai essa frequência estranha.

Tenho que chegar até meu Deslocador, olho em direção a ele e começo a caminhar. As correntes de ar passam por mim, envolvendo meu corpo, meus braços e mãos. Folhas secas e poeira são arrastadas com vento.

Lentamente vou ganhando distância enquanto as folhas ficam suspensas no ar, a sensação de liberdade somada ao gosto da vitória da batalha é imensa e preciosa.

Novamente posso ver a forma do vento envolvendo as folhas, carregando-as como as águas do rio Lena.

Chego a Deslo-Z1000, passo a mão sobre o sensor e agora sei que o tempo é diferente para mim. Após um tempo curto, o ruído alto, como o escape de uma pressão no vácuo, a fricção irritante do despregar do metal com a parte de vedação, o acesso de entrada do Deslocador se abre vagarosamente.

Ao entrar, aciono o compartimento de equipagem de coleta que, após acionado, lentamente se abre, revelando dois gatilhos de amarras de contenção de força e um gatilho de pulsar paralisante.

A saudação habitual de Deslo-Z1000 ainda atrasada, começa a se desprender como uma voz grave de sintetizador.

Pego um gatilho de amarra de contenção de força e saio.

Meus passos se tornam cada vez mais firmes. O gosto de sangue agora é bem menor, cuspo apenas para testificar que não estou mais sangrando.

Volto pelo mesmo caminho que percorri anteriormente, porém, agora no sentido contrário. Vejo o Símbio deitado e imóvel, vou chegando mais e mais perto.

Antes de imobilizá-lo, o silêncio que pairava sobre mim começa a dar lugar aos sons comuns do local.

— Oh! Não! Tenho que ser rápido.

"Sei que vai dar tempo!"

Imediatamente lanço sobre ele as amarras de contenção que se prendem ao pescoço, descendo até os punhos, unindo-os na parte frontal do seu corpo. Agora a amarra circula sua cintura e, após se conectar com os punhos na frente, desce prendendo os tornozelos.

Completamente imóvel, vejo-o à minha frente, poderoso indefeso. Toda sua força limitada a uma amarra de contenção.

Agora um tanto cansado, encosto na parede onde se encontra o buraco que o Símbio fez no concreto e, deslizando meu corpo, escorrego com as costas até me sentar no chão, sem tirar meus olhos do Símbio desacordado.

"Eu consegui coletar um Símbio acordado, eu fui o único capaz de realizar essa façanha. Ninguém nunca fez isso!"

Após ficar observando o Símbio, me abaixo, a cabeça está pesada, meu corpo pede por descanso. Apesar de não estar sangrando, sinto a dor que se faz presente com o estado físico desgastado, a tensão e as pancadas do confronto.

"Não quero me levantar nunca mais!"

A dor no abdome me faz lembrar que preciso de ajuda. Sem a necessidade de olhar, busco tateando a lateral do meu traje e encontro o comunicador.

Acionado pelo direcionamento dos meus olhos, com poucas passadas visuais nas opções desejadas, aciono a localização de Deslo-Z1000, para que me encontre.

Agora, espero na via expressa, a aparição do Deslocador e, já no próximo instante, o vejo se aproximando.

Com muita dificuldade me coloco em pé da mesma maneira que desci. Apoio-me na base de concreto, e faço força com as pernas, impulsionando meu corpo para cima.

Deslo-Z1000 para à minha frente. Passo a mão sobre o leitor no alto da entrada lateral traseira, abrindo o acesso e desabo meu corpo para dentro.

— Olá, senhor Mathias, seu estado não é bom, em seu abdome há um traumatismo fechado, não existem perfurações, o que mostra integridade da pele, porém, os efeitos do agente agressor foram transmitidos às vísceras e órgãos internos. Sugiro protocolo nível 1 de segurança.

— Negativo, Deslocador, continue com o monitoramento.

— Senhor Mathias, se continuar a se desviar da UB, não poderá se recompor e, a menos que repouse e permita que seu corpo se cure, seu estado se agravará e, certamente, existe o risco de falecimento.

— Deslocador, por enquanto não posso me dar a esse luxo, simplesmente, mostre-me o protocolo de visita.

A tela de fresnel se levanta e de pronto confirmo a retomada e encaminhamento do Símbio do senhor Ramirez. Nas opções e características mostradas no relatório, insiro as informações do meu parecer.

— Símbio desconectado; acordado com consciência própria, apto à tomada de decisão, nenhuma identificação de personalidade com o humano gerador e alto grau de periculosidade, astuto e agressivo. Deslocador, arquivar prontuário de coleta.

Olho para o corpo do Símbio que, ainda desacordado, descansa relaxadamente sobre o pavimento dos deslocadores; em um último ato, antes de tentar arrastá-lo para dentro do Deslocador, checo seus sinais vitais, e observo que está respirando e bem, porém, longe de acordar.

Com minha visão periférica, detecto o senhor Aírton Okul, andando em minha direção.

Quando chega, vejo sua expressão de incredulidade. Ele olha para o Símbio desacordado e dominado e depois olha para mim.

— Coletor, o senhor conseguiu!

Noto um sorriso em seu rosto. Ele dá a volta pelo corpo do Símbio e o empurra com a ponta do pé na altura do seu ombro.

— Coletor, tem certeza que ele está contido?

— Sim, tenho certeza.

— O Senhor irá levá-lo agora?

— Pretendo, porém, preciso muito de sua ajuda, para colocá-lo aqui dentro do Deslocador. Você pode me ajudar? Quero fazer isso, antes que ele acorde.

— Sim, Coletor, vamos com isso.

Já sentado, me posiciono com as pernas apoiadas no pavimento com a cabeça do Símbio entre meus pés. Seguro na amarra de contenção e o puxo com a força que me resta trazendo seu corpo.

— Airton, pegue na amarra de contenção na altura dos pés e levante, enquanto eu apoio a cabeça e o tronco, traga as pernas e o quadril para dentro.

Com grande esforço conseguimos, arrastando-o para interior do Deslocador.

Aírton olha para o chão e meneia a cabeça desacreditando do que fizemos e, então, comenta.

— Se eu não tivesse visto, não acreditaria.

— Esse traje é muito bom, senão fosse por ele eu não teria concluído com êxito esta coleta.

— Mas nenhum traje que eu tenha visto é tão rápido como o do senhor. — Aírton rebate imediatamente minha fala.

— Se eu fosse realmente tão rápido, talvez não tivesse me machucado tanto, não é mesmo? — Sorrio e faço-o lembrar do meu estado.

— É... tem razão, o senhor precisa de cuidados. Vá logo!

— Confesso que este Símbio era mais forte, mais inteligente e muito mais rápido. O que fiz foi aplicação da experiência e treino, nada mais.

Aírton me olha, balançando afirmativamente a cabeça, se convencendo com as palavras que proferi.

— Está longe de sua moradia, senhor Okul?

Ele sorri demonstrando tranquilidade.

— Sou um descontinuado, não se preocupe, estou próximo de onde costumo ficar.

— Certo, então é isso, foi muito bom tê-lo encontrado, senhor Okul.

— Até logo, Coletor.

— Deslocador, direto para o CCS.

— Sim, senhor Mathias, comando destino Centro de Coleta de Símbios em progresso.

Olho para o Símbio que ainda dorme.

"Será que o estrangulei forte de mais?"

Imediatamente me lembro da abordagem dele e como foi agressivo.

Apesar de desacordado, vejo-o respirando com uma leve escoriação no canto da boca.

"Isso não é nada! Ele está bem, se fosse humano estaria até corado."

— Senhor Mathias, algum tratamento especial para o passageiro?

— Claro, assim que ele acordar levante seu encosto.

— Sim, senhor Mathias.

CAPÍTULO XI

ESTE NÃO É O CAMINHO

VEJO A POLTRONA DO SÍMBIO RECLINADA E ELE TRANQUILAMENTE INCONSCIENTE, CALMAMENTE RESPIRANDO.

Uma vez ou outra, olho para seu rosto, pensando em como estou satisfeito por ter realizado essa coleta.

"Este é o meu troféu e, com toda a certeza, capturá-lo no segundo atendimento é o auge de qualquer carreira, principalmente, por se tratar de um acordado."

Tento não pensar sobre o destino que esse Símbio terá, antes de acabar esse período. E logo me vêm à mente os corpos deixados naquelas ruínas.

Deslocador, abra comunicação com o CCS.

— Sim, senhor Mathias, porém, estou recebendo um sinal tentando comunicação.

— Direcione as informações dos corpos para o Centralizador. Permita comunicação e rastreie o sinal me mantendo informado, apenas isso.

— Certo. Permissão de comunicação liberada e recebendo dados. Envio de comunicado dos corpos sendo passados para o Centralizador.

"Com esse encaminhamento, com toda a certeza, subirei para o posto de Liderança do CCS, como Tibério falou. Porém, preciso relembrar os fatos para fazer o relatório."

— Cheguei perto dele, o vi olhando para a vista panorâmica, ele perguntou meu nome, eu respondi e perguntei o dele, percebi que era um desconectado acordado, ele tentou fazer uma ação de saída, alegando que tinha que cumprir seu objetivo e que teria que me deixar. Lutamos. Ele me machucou muito, eu o interceptei e acabamos aqui. É isso. Fácil assim, simples assim.

Olho para o painel de Deslo-Z1000 simplesmente para ter um foco. Vem à tona algo despercebido até então.

"Como assim um objetivo, para onde ele iria? Ele acabou de perder seu humano gerador, que atividade ele teria desconectado?"

— Deslocador, com base no agendamento do segundo caso, esse Símbio foi criado quando?

— Senhor Mathias, o Símbio criado do humano Ramirez com o nome de Cláudio foi gerado há quase dez dias solares.

— Certo. Quase dez dias solares.

"Assim como Thomas, que objetivo poderia ser esse? Não sei."

— Deslocador, conseguiu alguma informação sobre o sinal que estava tentando comunicação?

— Negativo, senhor Mathias.

— Nenhum local de origem? Nenhum protocolo de identificação de mensagem? Nada?

— Senhor Mathias, o sinal foi finalizado, porém, os dados da comunicação foram recebidos com sucesso, executar?

— Esses dados devem ter sido enviados pelo CCS, só não entendi a falta do protocolo. Estranho.

— Senhor, dados em execução.

— Com ordem de quem?

— Dados recebidos com autonomia de execução. Dados possuem informações de uma nova rota.

— Sistema de navegação, modo externo de controle.— Deslocador, uma nova rota não implica em tomada de controle. Retome o controle da navegação imediatamente. Bloqueie o acesso externo e eleve a segurança para o nível dez. Imprima velocidade e siga com o comando de destino.— Negativo, senhor Mathias, invasão do sistema de navegação realizada com sucesso, módulos de localização e locomoção perdidos.

— Bloqueie todos os sinais externos já disse!

— Impossível, senhor Mathias, comando inoperante. Local de destino alterado. Coordenada inserida fora da faixa de segurança.

— Deslocador, para onde estamos indo? Dê-me um ponto de referência próximo do local inserido.

— Região equatorial ao sul. Alta radiação de calor, aproximando de trezentos e cinquenta e quatro graus Celsius.

— Deslocador, bloqueie o sistema de locomoção, trave os propulsores sônicos e pare imediatamente.

— Comandos inoperantes, senhor Mathias.

— Deslocador, tentativa de tomada de controle. Comando: desligamento total da unidade série Prima-Deslo-Z1000, protocolo pessoal DBFDC595.

— Senhor Mathias, comando de desligamento inoperante também.

Após várias tentativas fracassadas de retomada do controle de Deslo-Z1000, fico desnorteado.

"Sinto dificuldade para respirar, isso não pode estar acontecendo, isso não é real. Estou indo para a Região Queimada do planeta, não passei por tudo isso para terminar cozido. Tentarei o contato direto."

— Deslocador, o sinal ainda está acessível ao meu comando?

— Sim, senhor Mathias.

— Abra comunicação com emissor via áudio.

— Sinal de comunicação aberto.

— Alguém pode me ouvir? Problema com o sistema de locomoção, preciso de ajuda.

Uma voz feminina responde ao meu chamado.

— Coletor esse é um padrão de retomada. Libere o passageiro que está levando contigo.

— Negativo, a carga que estou levando agora é propriedade do CCS; não tenho autorização para liberá-la. Peço que se identifique.

— O Símbio a quem chama de carga é para nós extremamente valioso, portanto, vou tomá-lo do seu poder.

— Quem é você?

— Saber quem sou não o auxiliará em nada. Apenas atenda minha ordem, libere-o ou queime-o.

O pavor me invade, estou refém nesta situação, não sou eu quem está no controle.

— Senhor Mathias. Comunicação interrompida.

"Não! Isso não pode ser o fim, não posso acabar assim."

Minha alma gela, minhas pernas tremem, não consigo engolir, o coração batendo forte, a minha língua seca. Estou transpirando e agora a dor do ferimento se intensifica devido a aceleração cardíaca.

"Estou a caminho de uma das áreas queimadas do planeta."

— Deslocador, comunique-se com o CCS.

— Negativo senhor, acesso negado.

"Estar sozinho e sem comunicação me apavora."

— Deslocador, sua vedação suporta até quantos graus? Inclua também nessa estimativa o tempo de sobrevida com o traje que estou usando.

— Fui projetado para suportar até cento e noventa graus, sem alterar a cápsula de sobrevivência.

— Quanto tempo resta até atingir o ponto de rompimento da cápsula de sobrevivência e exposição total ao calor?

—Senhor Mathias, estamos entrando na Região Queimada e a exposição total acontecerá inevitavelmente, antes do final desse período.

"Eu já sabia que esse período seria difícil, mas isso é demais. Apesar de não ter nada a meu favor, preciso entender todas as variáveis para pensar em algo."

— Deslocador, aqui dentro ficará bem quente, certo? Mas bem quente quanto?

— Senhor Mathias, com essa quantidade de exposição, nessas condições, seu corpo começará a perder líquido rapidamente, sofrerá lesões pelos fatores térmicos e a radiação atingirá por completo seu corpo, a lesão produzida em seu organismo desfigurará seu tecido de revestimento, causando incapacidades temporárias em um primeiro instante, logo após, permanentes, e o levará à morte. Quanto à classificação, as queimaduras serão de grau três, atingindo todas as camadas do revestimento de seu organismo, inclusive, o tecido gorduroso e os nervos e, provavelmente, alcançará os ossos. Caracterizando-se por pouca dor, já que destrói as terminações nervosas de sensibilidade. O revestimento ficará seco, duro, enrugado, escurecido.

— Chega, Deslocador, já entendi.

Não consigo mais me concentrar em nada, agora começo a entender que posso não escapar.

— Senhor Mathias, cápsula de sobrevivência em seu limite máximo de contenção do calor.

Começo a ouvir estalos na estrutura de Deslo-Z1000 e, rapidamente, o ar começa a ficar quente.

"Se a estrutura de Deslo-Z1000 não está resistindo, então não vai durar muito tempo."

Estou suando, meu corpo está perdendo água como Deslo-Z1000 disse.

— Temperatura subindo no interior da cápsula de sobrevivência.

— Deslocador, qual é a possibilidade de sobrevivência? Existe uma porcentagem?

— Negativo, senhor Mathias, não existe chance de vida para um humano.

"Ei, espere um pouco, disse para um humano?"

— Deslocador, qual possibilidade de sobrevivência para um Símbio?

— Senhor Mathias, a porcentagem é de 90% de sobrevivência para um Símbio.

"Então ela, seja quem for, sabe que o Símbio sobreviverá e eu morrerei."

Paro por alguns instantes, pensando como o interior já está quente. O que me resta é queimar aqui dentro.

A falta de ar fresco e o calor aumentando, me torturam lentamente.

"Tudo indica que terei uma morte muito dolorosa."

— Estou a ponto de enlouquecer. Preciso falar com alguém.

— Deslocador, abra comunicação novamente.

— Senhor Mathias, comunicação aberta.

— Para quem estiver me ouvindo. Meu nome é Mathias Aldebaran, sou um Coletor. Estou com um Símbio perigoso aqui, preciso retornar com ele para o CCS. Sei que morrerei e ele sobreviverá, o que estão por fazer é um ato bárbaro e cruel, sabendo que, como Coletor, eu não o entregaria e que não me deram nenhuma chance de sobreviver.

— Deslocador, qual a temperatura interna da cápsula?

— Setenta e seis graus, senhor Mathias.

— É, está bem abafado aqui dentro.

"Estou exausto, logo estará tudo acabado."

O calor é extremamente desconfortável. O ar que seria um benefício para a minha vida agora está me sufocando, minhas narinas ardem com o ar quente.

Minha pele fica dolorida e tento esconder minhas mãos e dedos do calor que circula pela cápsula de sobrevivência.

Olho para a minha lateral e vejo o Símbio completamente consciente.

"Era só o que me faltava, ser queimado na frente deste Símbio que por vontade própria e instinto tentou me matar."

De repente ele pergunta.

— Onde estou? Como você fez aquilo?

Meu rosto está ardendo, tento protegê-lo com as mãos e grito para o Símbio.

— Você está contido dentro do meu Deslocador e a caminho da Região Queimada.

— Como se movimentou tão rápido quando lutávamos? — pergunta o Símbio.

Ao que respondo tentando finalizar a conversa:

— É este novo traje.

"Continuei com a mentira. Estou ficando bom nisso."

O calor se intensifica e já não estou suportando mais este lugar.

Então grito:

— Deslocador, qual a temperatura interna?

— Cento e dois graus, senhor.

O inevitável se faz real, a sensação ácida sobre minhas mãos é extremamente dolorosa.

O Símbio pergunta:

— O que está acontecendo? Por que está quente aqui dentro?

"Estou sendo queimado vivo, sinto a falta do ar fresco. Não quero conversar com este Símbio."

A dor e falta de ar fazem com que eu tente me poupar não respondendo, apenas olho com cara de dor.

Mas o Símbio continua:

— O que está acontecendo? Eu mereço saber o que está acontecendo.

Então desabafo com o pouco fôlego que me resta.

— Não se preocupe, logo, logo você será resgatado pelos seus amigos.

Tento preencher minha mente com pensamentos e me lembro da voz de mulher que primeiramente fez contato e em um ato, totalmente desesperado, tento me comunicar.

— Sei que você está me ouvindo. Sua sorte é que não a encontrarei, mas se eu me livrar daqui, é bom você não relaxar, pois eu a acharei e acabarei com você.

Olho para o Símbio que está ao meu lado e digo mais como um desabafo:

— Eu tive um Símbio, ele se chamava Thomas. Eu sinto a falta dele. Ele faleceu faz onze dias lunares. Posso dizer que ainda sofro muito a falta dele. Mas não posso dizer o mesmo de vocês, 'Símbios acordados'. O que sinto por vocês é desprezo, eu os odeio pela covardia de estarem se escondendo, e não me dando chance de lutar pela minha vida, seus miseráveis. — ofegando, cansado e irado o encaro.

"Pronto era o que eu precisava, agora posso queimar."

O pensamento, após o desabafo e a situação que me aprisiona, fazendo do Deslocador uma urna, me toma de tristeza e decido a partir de agora não lutar mais.

"O pior é ter que respirar esse ar sufocante que queima desde a ponta do meu nariz até o último alvéolo pulmonar. Tudo agora está ficando mais brilhante."

— Deslocador, qual a temperatura interna?

— Sinto muito, senhor Mathias, estamos em cento e treze graus.

Outra vez começo a sentir aquela sensação estranha, meus olhos estão captando a luz de um modo diferente. Paro de tentar me proteger das queimaduras e retiro minhas mãos do rosto, mesmo porque não mudarei meu destino e a morte é inevitável.

Viro para o lado e vejo o Símbio me olhando. Percebo em seu olhar uma inquietude ao ver o meu rosto. Imediatamente ele começa a se debater, sem tirar os olhos de mim.

A dor se intensifica, há bolhas se formando em meus lábios, na ponta do nariz e nas orelhas, a dor é insuportável.

Continuo olhando para o Símbio, que está com uma cor clara e puxada para o dourado, então penso:"Vou torturá-lo, ficarei olhando para ele até que eu morra assim gravarei esse terror em sua mente".

Ele continua a me encarar e se debatendo imprimindo grande força nas amarras de contenção. Não sei como, mas, de alguma forma, as amarras se rompem. Em um movimento rápido, o Símbio se lança sobre mim e emitindo um som alto por meio de frequências agudas que me doem os ouvidos.

Estou quase sem forças e não tenho como me defender do seu ataque, nem mesmo do som que ele emite. Ele me encara segurando meu rosto com suas mãos e grita.

— De que cor eu sou? Qual é a cor é da minha pele?

— Dourado. Dourado. Você está dourado.

Sua feição muda como se tivesse encontrado um bem precioso, então me envolve em seu corpo, me protegendo do calor.

O Símbio grita em uma frequência aguda novamente, sua expressão é como se quisesse alcançar alguém de fora.

Então ouço no comunicador, outra frequência em resposta a do Símbio, que por sua vez começa uma fala desesperada:

— Não permita que ele morra! Ele é o Uno. Tenho o Uno aqui comigo, repito, ele é o Unificado.

Após sua fala, percebo uma virada brusca no sentido do Deslocador, porém, estou com muita dificuldade para respirar e creio que rapidamente posso perder a consciência.

— Senhor Mathias, comando destino alterado. Novas coordenadas indicam um local abaixo da superfície. Temperatura atual em noventa e quatro graus e caindo.

O sinal da comunicação é cortado.

— Senhor Mathias, temperatura atual em sessenta e três graus e caindo.

A partir deste momento não consigo registrar os acontecimentos em meu consciente.

Ouço ao longe o Símbio tentando me fazer ficar acordado.

— Fique consciente, vai dar tudo certo. Não se preocupe você sobreviverá, já estamos saindo.

— Senhor Mathias, temperatura atual em quarenta e um graus e caindo.

Não sei o que está acontecendo, será que o CCS interceptou o Deslo-Z1000? Tudo está tão claro e sinto o ar bem mais fresco.

O Deslocador para de se movimentar, é tudo muito vago e subjetivo nesse momento. Vejo o acesso de entrada se abrir.

Outros Símbios, todos muito claros e dourados. Eles me seguram com cautela e calma, com muito cuidado me colocam em uma plataforma de locomoção.

— Tenho sede, preciso de água!

— Fique calmo, assim que lhe reidratarmos essa vontade passará.

— Tenho sede!

Tento abrir meus olhos e o que vejo são cores e mais cores.

Percebo a presença de um Símbio no alto da minha cabeça à direita, seguro em seu braço chamando sua atenção.

— Preciso de água.

Ele me olha com ar de espanto e sorri, ele repousa sua mão sobre minha cabeça e no mesmo instante sinto um conforto em meu ser como se Thomas estivesse aqui comigo.

"Sinto-me reconfortado."

Após um corredor, uma Símbio se apresenta preocupada.

— Cláudio ele é um Coletor, uma ameaça, ele não pode ser o Uno.

O Símbio retira a mão de minha cabeça e com um toque suave repousa agora no ombro dela e diz:

— Calma Maela, está tudo bem, eu o vi como Uno.

— Cláudio, se ele sobreviver, eu saberei se ele é o Uno.

— Maela, ele sobreviverá, as queimaduras são de grau um e dois apenas. Ele ficará bem, logo poderá confrontá-lo.

A Símbio cruza os braços e olha para mim com um ar de superioridade. Seu olhar me atravessa como uma faca.

Ainda muito fraco seguro no braço do Símbio que capturei e digo com muito esforço.

— Definitivamente, ela me odeia, não é mesmo?

— Coletor o senhor não tem culpa. Fez o que foi treinado para fazer. Ela apenas não sabe quem o senhor é, até mesmo porque ninguém esperava o Unificado em um Coletor. — diz o Símbio bem próximo ao meu rosto.

Nesse momento tudo gira e a confusão em minha mente está mais forte. A conversa desses Símbios está muito fora do meu entendimento.

"O que está acontecendo? Será que sou uma cobaia de experimento? Nunca se falou nada sobre isso no Departamento. Preciso urgentemente sair desse lugar."

— Sou o Coletor Mathias. Estou com todos vocês sobre meu poder Símbios acordados e perigosos. Preciso levá-los comigo. Exijo imediatamente minha soltura, para que eu possa entregá-los ao CCS.

Os Símbios param a conversa, me olham e logo riem quebrando o clima da conversa.

"O que é isso? pareço uma criança que falou algo engraçado?"

Porém, a Símbio Maela passa a frente parando todos.

— Ouviram? Para ele somos como inimigos perigosos, nunca este Coletor seria o nosso Uno, ele já teria nos reconhecido.

— Calma, Maela, dê tempo a ele.

O Símbio continua a empurrar a plataforma de locomoção e rapidamente chegamos a uma sala muito iluminada. Mesmo com os olhos fechados ainda assim é difícil suportar a luminosidade.

A plataforma de locomoção para e minhas roupas são rasgadas. E logo sou coberto por um tecido fino e leve. Minha consciência vai voltando aos poucos, não vejo nada, apenas ouço alguns Símbios trocando informações.

— Faça uma leitura do estado dele.

— Ele sofreu lesões na pele provocadas pela exposição excessiva ao calor. A pele não chegou a ser destruída, mas as lesões atingiram cerca de trinta e cinco por cento do corpo, rosto e mãos com queimaduras de grau dois, seu corpo ficou protegido pela poltrona e pela roupa de Coletor. As queimaduras são superficiais, à primeira vista apenas bolhas e, provavelmente, um desconforto provocado pela dor.

Entre as conversas não vejo hostilidade, apenas o cuidado para comigo.

— Vamos drenar as bolhas, sem retirá-las, pois vão auxiliar como curativo biológico.

— Certo, façamos então o procedimento agora, tanto nas mãos como no rosto.

Os Símbios começam a trabalhar em meu rosto, não sinto dores como as queimaduras, apenas leves pontadas e alívio entre elas.

Limpam o local com água corrente e em seguida começam a romper as bolhas, eles usam um pequeno espeto com uma ponta muito fina.

Uma a uma as bolhas são drenadas e, logo após o término do procedimento, é aplicado sobre as minhas queimaduras uma espécie de curativo.

A dor gradativamente dá lugar ao alívio, uma sensação de calma se apresenta em meu ser, com toda certeza estou sendo bem cuidado e isso é muito bom.

A plataforma de locomoção se movimenta, ouço alguns barulhos metálicos e, vez ou outra, escapes de gases sobre pressão. Uma luz avermelhada agora é focada em meu abdome, o calor que ela produz é nauseante.

— Um grande hematoma, devido a um rompimento muscular no interior da parede abdominal, mas já cicatrizado pela ação do próprio organismo. — diz o Símbio, que estava a minha direita.

— Como o senhor se sente, Coletor?

— Cansado e dolorido.

— Vamos reidratá-lo e deixá-lo para que se recupere.

Uma vez mais a plataforma de locomoção se movimenta pelo caminho contrário de onde chegamos, porém, com uma virada acentuada para a esquerda.

Chegamos a uma sala circular, com paredes de pedra, com isolamento térmico, sem mobília. Em suas laterais, pendem reflexores. Noto que um dos Símbios fica na lateral do acesso que vai para a sala, o outro entra e me acompanha até o centro. Ele se abaixa e com uma voz calma e audível diz:

— Mathias, você não é um prisioneiro, mas, sim, um convidado há muito esperado. Nesse momento, para uma melhor recuperação, ficará nessa sala para reidratação e também para aceleração do processo de reconstrução dos tecidos afetados pelas queimaduras. Seu abdome está bem machucado, nada grave, porém, o impedirá de se locomover neste período, mas logo estará caminhando.

Olho para o rosto do Símbio, eu posso vê-lo de forma tão clara e cristalina. O contorno do seu rosto dourado e seus olhos com a esclerótica dourada puxada para o violeta e sua íris um pouco mais clara.

— Qual o seu nome?

— Aqui, agora serei conhecido como Cláudio.

— Você é o Símbio que capturei!

— Sim, sou eu. E estou muito feliz em não ter te lesionado mais. — Sorrindo e com toda a calma do mundo responde.

— Por que estão cuidando de mim?

— Tudo a seu tempo, Mathias, tudo a seu tempo. Por enquanto apenas descanse, quando acordar, falaremos o que precisa saber.

Ele passa a mão sobre minha cabeça e sai, percebo o acesso se fechar. Os Símbios não estão mais presentes, Logo em seguida, a luz se apaga. Luz que até então me incomodava muito.

Abro meus olhos, estou em uma espécie de sala de UB, apesar de estar escuro ainda consigo ter uma visão do lugar e de certa forma ainda bem acurada.

Uma voz conhecida se inicia.

— Olá, senhor Mathias.

A voz é de um invólucro de reposição de força vital, mas cadê o invólucro?

— Iniciando o procedimento de reidratação.

Imediatamente, um vapor toma conta do lugar envolvendo toda da sala.

"Esta sala é o invólucro. Um grande invólucro de reposição de força vital."

Por todos os lados eu vejo Reflexores, o que aguça minha vontade de ver o estrago em meu rosto.

"Devo estar bem machucado!"

A curiosidade começa a falar mais alto em mim, mas o cansaço e a dor estão muito presentes ainda.

Vagarosamente e com cuidado me coloco sentado, as forças que me restam não dão conta de me sustentar, portanto, precisarei de um apoio para chegar até o reflexor.

Olho em volta e não vejo nada que possa ser utilizado para me ajudar. Noto alguns frascos que estão sobre uma estante ao lado da bancada próximo à parede, nada que eu possa usar também.

Então me lembro da plataforma de locomoção na qual estou sentado.

Debruçando-me vagarosamente, deslizando minhas pernas para fora da plataforma, ficando com meu peito e minha barriga sobre a superfície da dela.

Apoio meus pés no chão e firmo o peso sobre as pernas, automaticamente a plataforma de locomoção se movimenta, lentamente vou me empurrando até chegar aos Reflexores.

"O esforço não é grande e a plataforma está se deslocando."

Gradativamente vou ganhando o espaço da sala e finalmente chego a uma das laterais e agora posso ver meu rosto.

"Estou violeta e nas partes que percebo os ferimentos, estou lilás."

Uma gosma cobre todo o meu rosto, com toda a certeza, é o curativo que passaram em minha pele.

— Tem algo errado!

"O que é isso? Minha esclerótica está dourada indo para o violeta e minha íris um pouco mais clara. Meus olhos estão iguais ao do Símbio Cláudio, que acabei de ver."

— Período programado para reposição de força vital com nano-reparadores tecidulares.

— Não, espere invólucro, eu não estou completamente deitado sobre a plataforma.

— Início do procedimento, em aguardo. Algo mais, senhor Mathias?

— Uma mãozinha, talvez uma ajuda seria ótima!

Tento me elevar sobre a plataforma, mas estou fraco, percebo que será mais difícil subir do que foi descer.

Nova tentativa e eu me frustro.

"Que enrascada eu me meti. Preciso voltar para a plataforma de locomoção, mas não consigo."

Com um grande e último esforço tento fazer um contrapeso com minhas pernas, mas meu abdome dói e, com o movimento do meu corpo, a plataforma começa a se movimentar para frente, escorregando agora minha barriga para fora. Me seguro como posso e, então, uma sensação de riso começa, é como se eu contemplasse a minha desgraça.

"Como se não bastasse o que passei neste período, agora estou sem força, com dor, escorregando de uma plataforma. É muita sorte mesmo."

Esse pensamento acaba em um estouro de alegria quando acabo escorregando até encontrar o chão, não tenho forças para gritar, pois não paro de rir. Ouço algumas vozes ao longe, como um pano de fundo, mas está tão engraçada a situação que apenas desisto e fico ali mesmo no chão.

— Senhor Mathias, posso prosseguir com a reposição de força vital com nano-reparadores tecidulares?

Viro minha cabeça no piso tentando ajeitá-la de forma mais confortável, olho para cima e com os olhos no teto, entre risos confirmo.

— Sim invólucro, pode proceder.

— Procedimento de reposição de força vital para um período.

Imediatamente, um vapor toma conta do invólucro e eu adormeço.

CAPÍTULO XII

A BASE

QUANDO ACORDO, ESTOU NO CENTRO DA SALA SOBRE A PLATAFORMA.

Coloco-me sentado e já não estou com as dores abdominais.

Vejo sobre a bancada arrumada algumas roupas dobradas. Levanto-me e vou ao encontro delas, me visto, pois não há nada mais para fazer mesmo.

Meus olhos estão normais, olhos castanhos como sempre foram, as cores voltaram ao padrão que sempre conheci, a cor da minha pele, minhas mãos ainda estão avermelhadas por conta das queimaduras, porém, sem dor.

Isso é uma base de Símbios acordados e, por alguma razão, eles estão poupando a minha vida. Devo ser cauteloso.

O acesso se abre e o Símbio Cláudio entra.

— Olá Mathias, você está bem?

Eu confirmo com a cabeça demonstrando um ar de receio. Porém, imediatamente, ele pergunta.

— O que lhe preocupa, Mathias?

Não gosto de rodeios, vou direto ao assunto:

— Pelo que eu sei, estou em uma espécie de base de Símbios acordados, e longe de uma área habitável, o que significa que estou preso e sem controle da situação.

O Símbio espalma as mãos, me mostrando que ele não é uma ameaça e com cautela se coloca submisso sem esboçar aquela postura arrogante de antes, quando eu o vi sentado com os pés na parte inferior da abertura panorâmica.

— É isso que te preocupa? Não estar no controle e achar que está em perigo? No período passado, eu lhe falei que era um convidado há muito esperado e isso não mudou.

Não sei por que, mas confio nele. Aceno com a cabeça e aceito sua fala de forma pacífica.

— Vamos, precisamos conversar, tem muita coisa que você precisa saber e outras que você precisa abandonar e se conformar. Por favor, por aqui, venha comigo.

Com um gesto calmo me mostra o caminho e eu o sigo.

Estamos em um corredor de acesso, saímos da sala circular e agora caminhamos para o fim do corredor.

Logo chegamos a uma sala maior com quatro acessos de entrada, ele se encaminha para outro corredor e eu simplesmente o sigo.

"Já não sei mais o que pensar, ele era meu alvo e agora é uma espécie de amigo, cuidou de meus ferimentos e parece que tenho algum valor para ele."

— Cláudio? Esse é o seu nome de Símbio, correto? Podemos conversar enquanto caminhamos?

— Certamente que sim, Mathias.

— Quando eu estava no meu Deslocador, você me olhava com espanto. Percebi que não era pelas queimaduras, pois, assim que você se libertou das amarras de contenção de força, saltou sobre mim, segurou meu rosto e me encarou. O que você viu?

Ele para, vira de frente para mim e com muito cuidado começa a explicar.

— Neste momento, eu o vejo como um humano, pois, agora, é assim que você se revela. Porém lá no Deslocador vi dentro de você e se revelando a mim por meio de seus olhos. Quem eu vi não está se revelando agora. Pois quem está aqui é você sem a consciência dele, mas logo isso mudará.

Apesar do esforço, não entendi nada do que ele disse. Mas balanço a cabeça mostrando que sua explicação de certa forma foi de simples compreensão, e me lanço na conversa tentando explicar o que entendi.

— Certo, pelo que entendi sou um humano e me comuniquei com você por meio de meus olhos? É isso?

— Não, Mathias. Acredito que isso seja um pouco mais complicado. Vamos deixar essa conversa paralisada nesse momento e, assim que chegarmos à reunião, retomaremos. O que me diz?

— Estamos indo para uma reunião? Com quem nos reuniremos?

— Com o conselho.

— Aquela Símbio que quis me matar participará também?

— Maela? Sem dúvida! Ela é a representante do conselho e nossa líder.

— E é com ela que eu vou conversar? Isso não vai acabar bem.

— Calma, Mathias, estamos aqui para esclarecer e não para brigar.

— Certo, vamos até essa reunião.

"Ou melhor, para o conflito."

Avançamos um pouco mais e, então, tento novamente.

— Você também não vai querer falar sobre o que quer dizer Uno? Unificado, aquilo que você gritou, vai?

Ele sorri e continua a caminhada.

— Tudo ao seu tempo, Mathias, tudo a seu tempo.

"Eu já esperava esta resposta."

Continuamos a caminhada e o que vejo à frente me espanta.

Ao atingirmos o final do corredor, uma grande sala com um piso mais baixo que o nível onde estamos se torna visível.

Observo alguns Símbios trabalhando em diversas atividades, uns estão com algumas ferramentas estranhas nas mãos cutucando o chão, outros com pequenos recipientes molham a terra, e outros estão abaixados bem próximos dos vegetais que brotam do chão, ao centro vejo uma espécie de reator de luz que ilumina todo o local.

— O que eles estão fazendo? Que atividades são essas?

— Eles estão cultivando a terra para podermos extrair dela o alimento que complementará nossas refeições.

— Vocês se organizaram, como disse Tibério.

— Sim, somos organizados, como Tibério sabe, mas não com a intenção que Tibério acha.

— Você conhece Tibério?

Ele me olha e sem parar a caminhada responde.

— Tibério é o líder dos humanos, mesmo sem esses saberem. Ele controla os dois lados e o Centro de Coleta. Nada acontece em seu território sem que ele saiba. Mas como eu disse apenas em seu território. — Cláudio solta um pequeno riso, após a sua afirmação e sem perder o compasso, continua andando rumo ao acesso de entrada no final do corredor.

Não sei como ele conhece Tibério, mas, com toda certeza, depois dessa descrição, estamos falando da mesma pessoa.

Paramos em frente a um acesso de entrada.

— Agora vou lhe apresentar ao conselho. — Abrindo o acesso à sua frente.

Uma hesitação me acelera o peito ao passarmos pelo acesso de entrada.

Entro em uma sala com nove poltronas confortáveis dispostas em um círculo, porém, apenas cinco Símbios estão sentados e as outras quatro estão vazias.

Bem ao meio, vejo a Símbio do gênero feminino.

— Olá, Mathias, sente-se conosco.

A voz me soa conhecida, com toda certeza é a mesma voz ameaçadora que ouvi no comunicador, quando fui impedido de levar Cláudio para o CCS.

ANTAGONISMO

— Eu sou Maela, estes, à minha direita, são Tadeu e Cabral e, à minha esquerda, são Rodrigo e Humberto. Este que acompanhou você é Cláudio.

Olho para todos e cada um deles me saúda. Eles são iguais e tão diferentes ao mesmo tempo. Nunca vi tantos Símbios juntos, é de causar medo. Mas, depois de ouvir as saudações, me sinto mais vontade.

"Tadeu tem um ar mais intelectualizado, não afasta por muito tempo seu olhar de uma agenda luminosa, que se encontra sobre uma de suas pernas, que descansa cruzada sobre a outra. Dono de um olhar fechado, muito atento a tudo, possui pernas e braços muito longos e uma voz rouca. Cabral é totalmente diferente. Ele é pequeno, sorridente, seu semblante emana um ar de confiança e amizade. Está nitidamente envolvido na reunião e se interessa pelo movimento e saudação que escuto. Rodrigo, a princípio, me passou uma imagem muito séria, mas em sua saudação demonstrou-se feliz por participar da reunião, é o único que tem pelos no rosto, muito bem aparados, é de uma forma geral muito cuidadoso com sua aparência. Humberto, sem dúvida é o menos chamativo, mesmo sendo o segundo mais alto daquele lugar. Trajava uma vestimenta mais elegante que a dos demais, porém;, não vejo traços de tanto cuidado como vejo em Rodrigo. Parece um pouco inseguro, esperou cuidadosamente que Rodrigo terminasse sua saudação, para em seguida cumprimentar-me. Sorri apenas quando percebe alguém sorrindo. Humberto me parece muito inteligente, entretanto busca não demonstrar, preferindo transparecer um ar amigo."

De uma forma bem ponderada, eu e Cláudio tomamos nossos lugares, como se cumprindo um protocolo, após todos se apresentarem.

Fico em uma posição frontal a Maela.

Maela é uma Símbio extremamente formosa.

Sua altura é bem próxima a minha, o que indica ser alta, pois sou um humano com altura um pouco acima da média.

Vestida com calça de tecido azulado, cinto e botas pretas e uma camisa em um tom mais claro, sentada com as pernas cruzadas, realçando ainda mais todo seu corpo esbelto, mostrando suas curvas e musculatura de seus braços torneados.

Na testa usa uma franja curta, cabelos levemente ondulados na altura dos ombros, que adornam o pescoço longo e fino. Sua boca tem um contorno de cor mais escura que o tom de sua pele, deixando seu rosto delicado. Seu maxilar amplo com sua boca levemente contornada pela diferença de cor em sua pele, projetando um rosto delicado e perfeito.

O ar de Maela é sério, compenetrado, seu olhar, ao cruzar com o meu, mostra um semblante que se fecha apenas um pouco, demonstrando claramente que a minha presença ali a incomoda.

Rodrigo toma a frente e tenta quebrar o clima de tensão entre meu olhar e o de Maela.

— Bom, podemos iniciar?

Maela me olha e fala com voz ríspida, quase me acusando.

— O que você quer saber, Coletor? Se isso é um esconderijo de Símbios? Se esse é o único esconderijo que temos? Quantos Símbios se escondem aqui?

Olhando para Maela, respondo:

— Não.

— Como assim não? Não são essas respostas que Tibério vem procurando? — Com um ar de surpresa e ironia, Maela questiona.

Agora eu a encaro e rebato sua fala com certo ar de ira.

— Não sou Tibério. Não tenho as ambições que ele tem, apesar de buscar o que ele projeta. A meu ver, esse é o menor dos meus problemas no momento. Desde a morte do meu Símbio, tenho visto e sentido contradições em todos os ensinamentos que recebi. A falta da verdade parece uma constante à minha volta.

— Então, por onde podemos começar Coletor? — fala Maela.

— Por que estou aqui? Venho sendo tratado como amigo sendo eu um Coletor, por que não me deixou queimar lá fora? — respondo encarando-a.

Maela fuzila Cláudio com seu olhar.

— Esta reunião é praticamente para resolvermos isso. Entenda Mathias, sou a líder desse grupo e zelo pelo bem-estar e pela segurança de todos aqui. Confesso que minha vontade era que o senhor não estivesse vivo nesse momento, pois é um Coletor treinado para nos caçar. Mas sei que como líder preciso ouvir todos e, apesar de conhecer Cláudio pessoalmente, o mesmo tempo que você o conhece, eu já o conhecia antes de ser criada na Semente. O conhecimento coletivo nos une em um mesmo pensamento.

Tento refletir sobre o que estou ouvindo, enquanto Maela prossegue.

— Mathias, como são as coisas. Estamos conversando invés de um estar correndo e se escondendo do outro, conversando lado a lado. Isso não lhe soa estranho?

Antes que eu pudesse responder, ela completa:

— Acredito que esta reunião pode ser esclarecedora, se confirmarmos o que Cláudio viu em você dentro do Deslocador. Portanto, podemos prosseguir?

"Maela parece ser forte e decidida, vamos ver onde isso vai parar."

— Sim podemos. O que você quer saber de mim, Maela?

— Onde está seu Símbio, Mathias?

— Eu sou um Coletor, não tenho Símbio.

— Não tem mesmo? Tem certeza?

— Claro que tenho, ele morreu.

— Mathias, como ele chamava?

— Thomas.

A conversa desanda para um lugar que não gosto.

— Quando isso aconteceu com Thomas?

— Há onze dias lunares como já havia dito, quando estava queimando dentro do Deslocador.

Um instante de silêncio se faz até que Maela pergunta.

— Mathias, a partir de agora, peço que mantenha sua mente aberta e pondere sobre o que irei lhe revelar.

— Sim, estarei atento ao que me disser e, com certeza, vou ponderar sobre suas palavras.

Maela acena com a cabeça, respira fundo e solta lentamente o ar. Olha para todos e termina com seu olhar sobre mim.

— Por que acha que está aqui?

— Acredito que foi pelo que Cláudio viu com tanto espanto dentro do Deslocador. E é por isso que estou aqui e ainda vivo.

Cláudio toma a frente e começa a falar.

— Maela, quando vi o Mathias lá no Deslocador ele se revelou a mim por meio de seus olhos. Quem eu vi não está se revelando agora, pois sabemos que quem está aqui é o Mathias, sem a consciência de quem eu vi. Por esse motivo, eu não permiti que ele fosse morto.

Maela encosta o cotovelo no braço da poltrona inclinando-se um pouco mais à frente. Fitando-me com seus olhos grandes e negros fazendo-me uma pergunta direta.

— Mathias, poderia relatar algum evento estranho que esteja ocorrendo de forma quase frequente em sua vida? Não tente esconder, pois, além de eu saber que isso tem acontecido, poupará muito tempo.

"Como ela sabe sobre isso? Será que ela sabe as respostas que procuro?"

— Maela, eu não sei como isso acontece, nem o que dispara essa situação, não está sob meu controle, mas por três vezes eu não me senti muito bem. Estou doente, não é?

Após minha fala olho para todos na sala, esperando uma resposta afirmativa.

— Senhor Mathias, não questione nada, relate os fatos ocorridos, apenas isso. — reafirma Maela.

"Não sei qual é o propósito disso, qual a relevância de me expor?"

— Antes de acontecer dentro do Deslocador na presença do Cláudio, meus sentidos já haviam se embaralhado por duas vezes. A impressão que dá é de uma pane em meu modo de sentir o que está à minha volta, sem falar na sensação do tempo parar, que me deixa sempre muito apreensivo. E é isso. Agora me diga, se não é uma doença, o que é?

Rodrigo se adianta e fala.

— Mathias, o que você tem não é uma doença. Cláudio relatou que por meio de seus olhos quem ele viu se revelou, portanto, quem ele viu está em você.

— Quem está em de mim? Dentro de mim?

Maela abaixa a cabeça.

— Eu sabia que ele não colaboraria.

— Calma, quero, sem dúvida, entender o que está acontecendo comigo sim.

— Onde está seu Símbio? — grita Maela batendo a mão em sua pena.

Ao que respondo no mesmo tom.

— Morto eu já disse. Essa conversa não faz sentido algum. Quem é esse que o Cláudio viu em mim?

Sem tirar os olhos de mim, Maela me pressiona.

— Diga você!

Eu me arrumo na poltrona, com um ar de incredulidade.

— Thomas?

Ela não mexe um músculo, não confirma e nem desmente o que acabo de perguntar, então, me irrito e definitivamente não vejo onde essa conversa me será útil.

— Maela, isso é impossível, está tentando me dizer que Thomas está dentro de mim? Eu o vi morrer em meus braços.

— Mathias, eu não afirmei nada ainda, como eu disse, preciso que você tenha a mente aberta para que possamos ter certeza do que está acontecendo. O que estamos fazendo aqui é o confronto dos fatos com sua própria realidade. Aquilo que você encara como impossível, para nós, parece ser o mais provável. Ao que parece seu Símbio não está completamente morto. Mathias tente responder, como você capturou Cláudio?

"Ela tem razão, quando eu intentei contra ele, ele quase me matou, mas aí veio o stand-by e eu o capturei."

Maela interrompe meu pensamento.

— Mathias, eu já tinha visto isso, só não imaginei que poderia acontecer com sua espécie, que é detentora de uma consciência e um ego tão forte, mas, de algum modo, você e Thomas encontraram um plano de equalização, um plano de homogenia entre nossas raças.

— Do que você está falando, como assim"nossas raças"? Quem são vocês?

Um nó me sobe até a garganta, não tenho mais a certeza que tinha sobre os Símbios, levanto e saio de perto deles, protegendo-me, pois agora acredito que estou em perigo real.

Ao falar isso, os Símbios observam minha atitude, param de me olhar e todos olham para Maela que toma a frente e diz:

— Mathias, nós nunca fomos o que vocês humanos pensavam, não queremos machucá-los e você não é um inimigo. Nós sabemos quem você é, mas é preciso que você saiba também.

Apesar de serena as palavras de Maela, estou acuado. Todos estão me olhando.

— Não sou seu inimigo? — retruco as palavras de Maela.

— No período anterior, você não queria falar uma palavra e estava prestes a ser torrado dentro do meu Deslocador e agora quer que eu acredite nisso?

O medo se instala em meu peito me imobilizando, mas não paralisa meu raciocínio, então, reajo.

— E outra coisa, eu não tenho que dar crédito ao que você fala. Você não passa de uma cópia humana, uma espécie de marionete, um fantoche animado que não tem o poder de decidir nada, tudo em você é apenas resquício do humano que te gerou.

Maela abaixa a cabeça em um sinal claro de reprovação ao que eu acabei de dizer. E então ela recomeça.

— Nós fomos feitos aqui, criados aqui pela Semente, mas não fomos originados na Semente. Este corpo, sim, mas a minha individualidade, minha consciência de existência, não.

Começo a ficar irado com a maluquice que ela está tentando me dizer. Olho para o acesso e decido abandoná-los.

— Acalme-se, Mathias, pare de lutar, una os fatos. — se adianta Cláudio.

— Estou cansado dessa conversa, desse lugar e de vocês. Sou um convidado e não um prisioneiro, certo? Então para mim esta reunião acabou, estou indo embora.

Sigo rumo ao acesso. Porém, antes de alcançá-lo, Maela diz quase gritando.

— Seu tempo está acabando! Você morrerá sem nossa ajuda.

Suas palavras me congelam a carne.

"Além de não saber o que está acontecendo comigo, ainda posso morrer?"

Vagarosamente viro meu corpo até visualizar Maela, que abaixando a cabeça recomeça sua fala.

— Mathias, eu sei que as suas capacidades irão gradativamente lhe convencer por si só. Sei também o que o Uno será capaz de realizar, bem como sua importância para nós. Mas sem nossa ajuda, você se perderá. Estávamos apenas aguardando esse momento, quer goste ou não, é meu dever guiá-lo para que nos liberte e não morra.

Não sei por qual motivo, mas começo acreditar que isso é mais sério do que imagino, então, me acalmo, respiro fundo, retorno para junto deles, tomo meu acento e digo.

— Continue Maela, ganhou minha atenção, estou interessado em ouvi-la.

— Pare de agir dessa forma, Mathias. Se nós o perdermos, ficaremos presos aqui neste planeta. Agora se acalme e procure forças para entender, pois não é só a sua vida que está em jogo, as nossas também estão.

Apesar de vê-la se controlar, ela se apresenta muito nervosa e irritada.

— Não viemos a existir aqui nesse planeta. Diferentemente do que vocês, humanos, pensam, não somos suas cópias. Temos nossa consciência de existência, nossa individualidade e, muito antes de obter esse corpo, eu já existia, como já disse.

Ouvindo essas palavras não me controlo e a interrompo.

— Maela, você realmente acredita no que está dizendo? Pois eu não vejo provas para acreditar no que você me diz. Eu vi Thomas e muitos outros Símbios serem criados pela Semente Universal. Vocês saem da Semente sem saberem nada, adquirem conhecimento, após um período de convivência com os humanos, 'claro que em um tempo muito curto', vocês nos imitam isso não é real, é uma imitação! Essa consciência que você diz que tem, é apenas um aprendizado que impregnou em sua cabeça, vindo direto da mente, dos sonhos e da intelectualidade do seu humano gerador e mais nada. Tudo que você está me dizendo não passa de ilusão, não é real.

Maela agora toma uma postura mais impositiva e antes que eu pudesse falar.

— Mathias, do mundo em que viemos não temos corpos, somos apenas uma força viva, se você não tivesse corpo você seria como eu, apenas uma consciência. Não percebe quão cômodo foi a Semente ter parado justamente aqui, nesta porção de Terra que vocês habitam e não em outra parte qualquer do planeta? Quando a Semente veio parar na Terra, ela não veio aleatoriamente ou por descuido nosso caiu aqui em seu planeta. Na verdade, ela foi colocada propositalmente aqui para que sua raça, isto é, vocês pudessem ter contato com o artefato e começassem o processo de duplicação, isto garantiria a vocês mostrarem o valor que possuem. Cada ser que aparece pela Semente em uma duplicação nada mais é do que um indivíduo do meu povo que recebe um corpo para se adaptar. Quando chegamos pela Semente, não sabemos qual o tipo de corpo que vamos receber, não temos conhecimento de qual espécie está em contato com a Semente. Isso é muito assustador. Em meu mundo, sou livre, posso voar, sou muito veloz, não tenho necessidade de me alimentar ou respirar.

Imediatamente penso nas imagens da máquina do Doutor Carlo, nas estranhas imagens da primeira vez que fui ao laboratório, na luz que voava velozmente.

Maela continua.

— Aqui no seu mundo, no momento que chegamos pela Semente, este corpo é dotado de limitações e necessidades que nunca experimentamos. Tudo é muito rápido e tudo está relacionado com adaptação, imitamos o que percebemos por preservação, 'se agirmos como a espécie nativa, podemos ser aceitos'. De fato, não é nada fácil, não sabemos andar, não sabemos falar, estamos presos a uma matéria, estamos sujeitos à gravidade, possuímos peso, temos que aprender a controlar membros superiores e inferiores em conjunto e tudo isso em poucos instantes para que vocês nos aceitem, não sabemos a realidade do mundo que vocês dominam e conhecem. Como somos em nosso mundo basicamente um espectro de luz, não temos contato com matéria, mas sabemos muito bem lidar com energia simples, ondas de frequências e dobras no espaço/tempo. Precisamos de corpos para manipular a matéria e é por isso que estamos aqui em seu planeta e em muitos outros. Precisamos da forma e não dos indivíduos. Você me entende?

Sinto um aperto em meu estômago, apesar de não poder ver meu próprio rosto sei que estou deixando transparecer meu espanto.

Maela para de falar e percebo sua aproximação.

Eu viro o rosto tentando esconder-me do seu olhar.

— Mathias, pondere, quem tem que se convencer é você, nós estamos entregues em suas mãos.

"Se tudo o que ela está dizendo é verdade, toda a minha estrutura de conhecimento sobre os Símbios está errada e mais o Sistema dos Departamentos e o próprio Tibério estão errados."

Eu saio da cadeira e me abaixo, sentando em meus calcanhares.

— Mathias, entenda. O que te ensinaram desde quando você teve contato com nossa raça foi aceito, porém, muitos desses conceitos são impostos e não esclarecem nada, apenas é uma forma de controle, não é a verdade. O entendimento da verdade é a base para a aceitação de suas responsabilidades como Uno. Reflita: Thomas faleceu há onze dias lunares, responda o porquê de toda essa ligação que você tem com Thomas, essa culpa que você carrega, essa falta que não é preenchida, essa vontade de querer trazê-lo de volta. Isso não acontece com os outros humanos descontinuados, tudo são manifestações do Thomas em seu ser para que o mantenha vivo em seus pensamentos. Você não tem como negar, ele está vivo dentro de você.

Por alguns instantes penso na possibilidade de Thomas ainda estar vivo e, de alguma forma, dentro de mim esse tempo todo. Sem forças me entrego ao cansaço e me deixo cair de joelhos ao chão, estou exausto, levanto minha cabeça como se esperasse um golpe.

Humberto em uma atitude desprendida, o que de fato eu não esperava, se levanta e vem ao meu encontro, ele estende a mão para me tocar no alto da cabeça. Mas, antes disso, Maela o repreende.

— Humberto, não tire a oportunidade das mãos de Thomas. Deixe que ele o confronte.

Percebo Humberto recolher a sua mão.

"Estou sozinho, realmente não posso contar com ninguém para assimilar essa realidade que, apesar de fantástica, é a única resposta plausível para o que está acontecendo comigo."

E antes de terminar meu pensamento, tudo ao meu redor está ficando mais brilhante. Novamente começo a sentir aquela sensação estranha, meus olhos captam a luz de um modo diferente. Levanto minha cabeça e os vejo claros e dourados.

E antes de avisá-los do que estou sentindo percebo claramente a existência de Thomas dentro de mim, não sei como sinto isso, mas apenas sei que ele é real. As cenas que recebi na máquina do Doutor Carlo reaparecem e, como num vislumbre, a verdade se descortina diante de mim, um ar de felicidade me invade. Então me pego sorrindo.

"Agora eu sei que imagens eram aquelas, era a saída de Thomas do seu mundo vindo ao meu encontro; nas imagens da máquina do Doutor Polaris viajava nos olhos de Thomas, até que ele entrou na Semente! Ele estava tentando se comunicar comigo desde o início."

Como um despertar, minha consciência sobre a existência de Thomas se faz real. Maravilhado com o que acabei de descobrir, tento me movimentar, e, sinceramente, não sei em que posição está meu corpo, eu me lembro de estar de joelhos, mas não posso afirmar mais nada. Abro os olhos e meu rosto está colado ao chão, tento me levantar, mas não me mexo, o cansaço me desestimula.

Maela se adianta e me tocando ao ombro diz.

— Mathias, você está bem? O que aconteceu?

— Como assim o que aconteceu? Eu estou bem.

— De repente você desabou inconsciente. Tem certeza de que está bem?

Apesar de entender a preocupação de Maela, sei que realmente estou bem.

— Maela, acredite, estou bem, vou me levantar.

Tento me recompor, Humberto e Cláudio me auxiliam levantando-me do chão. E ao me sentar, todos se sentam. Seus rostos não mostram mais nenhuma curiosidade sobre a dúvida que eu tinha há alguns instantes, apenas a preocupação sobre eu estar bem.

— Maela, eu o encontrei. Sei de sua existência. Sei que ele está dentro de mim. Sua presença não é estranha, parece que sempre esteve aqui. Não entendo como não percebi antes, mas agora sei.

— Nós sabemos Mathias, nós o estamos vendo.

Com a cara meio sem graça e não tendo como esconder digo.

— Meus olhos estão como o de vocês, não é?

Maela sorri e completa.

— Sim, Mathias, esta é a confirmação de que precisávamos; você encontrou Thomas! E ele se revela em você, mostrando o início da Unificação, uma adaptação perfeita.

Após Maela dizer isso, os sentimentos na sala mudam; sinto-me eufórico para descobrir tudo, quero saber mais sobre ser Uno e sobre o que eles têm para me ensinar.

"Engraçado. Estou agindo como um Pretério. Quero conhecimento. Que confusão. Fui Feneuta, sou Coletor e agora me vejo como um Uno, com desejos Pretérios. Hilário!"

Rodrigo coloca em minhas mãos uma ampola de líquido. Sem pensar eu a tomo, o que me revigora por completo.

Maela muito solícita se adianta.

— Estou aqui para orientá-lo no que for preciso, esta é a primeira vez que fico frente a frente com o Unificado com o qual tenho a responsabilidade de guiar. Como já disse, sou a líder dessa expedição, mas a liderança de fato é do Unificado, desde que saí do meu planeta minha missão, além de obter um corpo e aprender a manipular a matéria, era também encontrá-lo e guiá-lo. Garanto que sei o suficiente para você sobreviver.

— Guiar?

Maela se levanta e diz para os outros:

— Reúnam todos, comecem os preparativos, avisem para se prepararem para a entrega.

Todos nós levantamos em conjunto. Cabral a olha e pergunta.

— Maela, estamos no período de retorno?

— Creio que sim.

Cabral me olha e seu semblante irradia felicidade.

Tadeu sai e, um a um, todos os outros Símbios saem da sala.

— Você fica. — Maela diz apontando para mim.

Apenas Maela permanece imóvel prestando atenção em mim.

Apesar de saírem, ainda posso senti-los.

CAPÍTULO XIII

VERACIDADE

MAELA SE SENTA E EU FAÇO O MESMO.

— Mathias, o correto agora é lhe dizer o porquê desta junção, porque da existência do Unificado, isto é, o Uno entre as espécies. Sempre existiu e sempre existirá a Unificação. Esta é a confirmação do propósito ter sido alcançado.

Vejo a força e a franqueza em sua fala.

— Mathias, muito do que deveria lhe falar, você descobrirá por si só. Mas o motivo que nos traz aqui é fundamental para também sairmos daqui.

— Maela, quando você diz"sairmos daqui", quer dizer irmos desse lugar, desta base, até a Semente, correto?

— Não, Mathias, quando eu digo sairmos daqui é para voltarmos ao meu planeta de origem.

— Voltar ao seu planeta com a minha ajuda?

— Não apenas com sua ajuda. Um dos processos da Unificação já está ocorrendo. Thomas está alterando suas percepções sensoriais para que você possa se adaptar também ao meu mundo, assim você também partirá conosco.

Imediatamente sinto minha pressão cair. Fico paralisado olhando para Maela, o chão some, procuro um lugar para me apoiar, porém, Maela se antecipa e me auxilia. Olho em seus olhos e digo.

— Como assim? Como vou para o seu planeta, existe algum aparelho interplanetário aqui na Terra?

— Não, todos irão por meio da Semente. Existem duas situações distintas que estão guardadas na Semente. A primeira utilização é a que vocês conhecem: a criação dos Símbios; e a outra é a ligação com nosso planeta, portanto, o transporte.

— A Semente é uma espécie de nave?

— Não, Mathias, ela é uma abertura que une os dois mundos. Como uma porta que separa dois ambientes.

— As condições de vida em seu planeta para um humano são iguais às condições que temos aqui? Isto é, você tem certeza que não morrerei?

— Tenho certeza sim, você não morrerá, Thomas está adaptando você para esse momento vindouro.

Então digo.

— Essas sensações estranhas e confusas que venho sentindo são por causa das adaptações? Você sabe me dizer quais são as modificações que ele fará em meu corpo, são apenas sensoriais ou mudará também a minha forma? Sei lá, terei escamas ou quem sabe mais um braço?

Maela ri e logo responde:

— Esses momentos de trocas sinestésicas de seus sentidos e de sua percepção ao meio se tornarão cada vez mais frequentes até que se estabeleça por completo a adaptação.

— Isso é como uma contaminação que gradativamente vai tomando conta de tudo?

— Não, não é uma contaminação. Isso é uma readaptação acelerada. Seu corpo, desde o seu nascimento, vem enfrentando inúmeros processos de aprendizado e compreensão de estímulos sobre o meio em que você vive. Porém, agora se readequando às novas regras que virão. Isso para torná-lo compatível com uma realidade vindoura muito próxima. Unificados são seres entre dois mundos, a fusão de duas raças com características distintas e misturadas para adaptação. Os Unos são formas raras de vida, devido à incompatibilidade de consciências entre as raças. Para que venha a existir é preciso cumplicidade e confiança. Dois coexistem em um só corpo, um só domínio. O controle sempre é passado para o ser original, o dono do corpo, no qual agora coexistem e habitam.

— Maela, pensando assim, eu sou um simbionte e não vocês.

— Não é bem assim, Mathias, pois o princípio da Unificação é tornarem-se um e não continuarem como dois. No princípio, isso que você acabou de perceber é possível, pois um depende do outro para viver. São como a existência de uma relação mutuamente vantajosa entre os dois participantes vivos de raças diferentes. Ambos aprendem e coexistem ativamente para a Unificação, o que exigirá adaptações funcionais de cada um dos participantes das espécies envolvidas, mas é um erro pensar que continuarão assim.

— Quer dizer que um de nós desaparecera.

— Mathias, nós não precisamos de um humano para viver ou para cumprirmos o propósito, como já disse, necessitamos de um corpo com as mesmas características da espécie que se encontra no planeta e não do espécime.

— Mas, Maela, então por que não ouço a voz de Thomas ou suas vontades? Não percebo as atitudes dele, a meu ver tudo está no meu controle, com exceção das adaptações, é claro, pois essas fogem do controle.

— A Unificação tem um preço a ser pago nessa cooperação. Quem sede o controle ganha na adequação do corpo. Thomas deliberadamente deixou o controle por sua conta preferindo agir nos bastidores para adaptar seu corpo à realidade de nosso planeta. Vocês serão dois em um só. Sua adaptação a este planeta, a esta atmosfera irá gradativamente sumir. Em pouco tempo, você não se locomoverá mais, a densidade do seu corpo mudará, não saberá mais respirar nessa atmosfera e, enquanto você estiver se adaptando, teremos tempo para ajudá-lo, mas, assim que a adaptação terminar, se você não voltar para o nosso mundo, em pouco tempo sucumbirá.

Continuo olhando em seus olhos buscando entendimento sobre o que fala.

— Mathias, é como uma espécie de mutação, isso tudo está em andamento dentro do seu organismo, seu modo de ver, andar e até mesmo de reagir mudará, mas não em aspectos físicos e, sim, em adaptações necessárias, você terá o controle das forças físicas que agem em nosso planeta. Por isso, eu disse que seu tempo está acabando. Mesmo porque você já não faz mais parte desse planeta. Você poderá trabalhar com as habilidades dos dois mundos. Manipular matéria, frequências de luz e som, energia estática acumulada e força. Não precisa temer, é para isso que vim, estou apta para lhe ensinar tudo o que precisa saber. Não somos muitos, mas somos muito bons.

Fico sem entender, minha lógica é correta.

— Maela, é possível levar todos os Símbios sim e entregá-los à Semente, sou um Coletor, tenho acesso à Semente, poderemos levar todos!

Maela começa a explicar.

— Diferentemente de nós, os sonâmbulos se limitam em suas consciências, não reconhecem a verdade, bloqueiam todo conhecimento de nossa origem, estão cegos para toda a sua existência passada, seus conceitos foram deturpados por uma realidade individualista. Todos eles são seduzidos pela individualidade que esse corpo impõe, preferem esquecer e se enganar, alguns até cogitam a ideia de viver por aqui, sua natureza é corrompida ao ponto de assumirem a própria personalidade do humano que lhe deu a forma. Isso é extremamente revoltante e perigoso. Como não estão conscientes de sua natureza e estão acostumados a esse planeta, a essa dimensão, a essa atmosfera, a essa vida, a tudo isso, são enganados por seus próprios sentidos, chegando até a afirmar que são humanos. Quando são encontrados sem seu humano gerador por um Coletor, são capturados e entregues à Semente fazendo com que eles voltem para nosso planeta de origem.

— Maela, então isso é bom.

— Na verdade, não, Mathias, o entendimento do ser sobre ele próprio é muito exato e real, o que sei sobre mim faz de mim o que sou. Então quando chegam do outro lado, isto é, em meu mundo, não se adaptam à nova realidade, à nova gravidade ou ainda à nova atmosfera.

Maela abaixa a cabeça em um sinal de pesar.

— Suas mentes os enganarão, pois acreditam que não são daquele lugar e agonizarão até desistirem de viver, e isso ocorre um instante, após o contato com o meu mundo. A ilusão que criaram em suas mentes humanizadas os fará reféns, aprisionando-os em um labirinto do qual não escaparão por não se lembrarem das regras que comandam o meu mundo, não existe possibilidade de aprendizagem em tão pouco tempo e sem adaptação. Atmosfera, gravidade, temperatura, luminosidade, enfim, muitas variáveis a serem aprendidas sem adaptação. Sem chance, estarão mortos.

— Mas isso não é o que acontece com vocês quando entram nesse mundo? Vocês não têm tempo de se adaptarem também e sobrevivem, não é?

—Adaptar-se em condições adequadas de temperatura, pressão, atmosfera, gravidade e muitas outras variáveis em um corpo já pronto e adaptado é muito mais simples, precisamos apenas de poucos instantes para entender as novas regras e nos acostumar com a nova realidade.

Penso no Símbio de Wasat, eu o levei para a morte.

— Então todos os Símbios sonâmbulos que foram capturados e entregues a Semente Universal já não existem mais, morreram?

— Sim, é isso mesmo, Mathias, todos estão mortos.

— Maela, eu sinto muito! Eu não sabia disso!

— Não se preocupe, Mathias, eles já não existiam para nós, os laços já haviam sido rompidos.

Olho para Maela e fico sem entender tamanha frieza. Onde foi parar o cuidado um com o outro, aquele toque que Cláudio deu em Maela para acalmá-la, aquela preocupação com o próximo.

— Você não sente nada por eles? Eles morreram!

— Como eu disse, eles não faziam parte do meu povo. Minha raça funciona como uma colônia, não somos seres individuais, cada indivíduo é a representação do todo. Apesar de não conhecermos os pensamentos uns dos outros, vivemos na harmonia da consciência. No momento em que um de nós se individualiza, esta cumplicidade se quebra e para todos os outros é como se ele nunca tivesse existido.

— Maela, isso é loucura! Como você pode ter certeza do que acontece com os Símbios sonâmbulos?

— Mathias, a todo o tempo, somos confrontados com a realidade e devemos fazer uma escolha. Essa escolha vai além de querer ficar aqui e viver como humano, a decisão é mais profunda e faz com que o indivíduo escolha entre estar ligado a todos os outros ou desligado, passando a viver de maneira individual.

— É aí que eles deixam de existir para vocês?

Maela sinaliza positivamente.

— Como se faz para acordar um Símbio?

— Não se acorda um Símbio. Estamos conectados e ligados desde o momento que chegamos pela Semente e a cada novidade somos confrontados com a realidade existente, o que nos impulsiona a fazer escolhas; constantemente somos bombardeados com desejos individuais e pessoais, o que nos fortalece ou nos enfraquece a querer cumprir o propósito. É como uma força que vai se lapidando por meio de escolhas, você entende? Nós temos autonomia e somos responsáveis para fazer a escolha e viver para ela. Ninguém ajuda ninguém. Eu sou responsável e contribuinte com todos, cuidando e protegendo meus pensamentos por meio de escolhas corretas, até que eu volte para meu planeta com todos. Tudo é uma questão de olhar. Sabe, Mathias, olhe para mim, agora olhe para você. Eu sou um ser dotado de capacidades fantásticas e conhecimento que vão muito além da sua compreensão, porém, meu limitador é este corpo agora. Já você é o contrário de mim. Um ser com capacidade e conhecimentos moderados, mas o seu limitador é Thomas. É o mesmo que dizer que você, Mathias, agora é um humano sem limites para esse mundo e para o meu. Grande vantagem, o melhor de duas raças, um ser Unificado.

— Não sei como será. Mas as vantagens são evidentes mesmo, nunca havíamos coletado um Símbio acordado. Cláudio seria o primeiro.

— Sim, sabemos, Mathias, temos acesso a todos os movimentos que o CCS se empenha. É por isso que interceptamos você. Quando você obteve sucesso na captura do Cláudio, sabíamos que ele estava acordado, nós não iríamos permitir que ele voltasse sem cumprir sua missão, mas não tínhamos o entendimento de como ele havia sido capturado.

— Encontrar o Uno, era a missão de vocês todos; certo?

— Sim e agora você está aqui.

Maela coloca as mãos em meus ombros me olhando de frente, parece que um peso lhe sai das costas. Porém, isso é um tanto estranho para mim, pois, como Feneuta, não estou acostumado ao contato físico.

"Mas agora não sou Feneuta, não sou Coletor nem sou um humano. Sou o melhor entre duas raças." (risos).

Maela me olha devido aos risos.

— Mathias, você está rindo de que?

— Desculpe Maela, não estou rindo de você, eu ri dos meus pensamentos. 'Sou o melhor de dois mundos'. Mas indo direto ao assunto: Quando você disse 'não somos muitos', você está dizendo que não existem muitos Símbios acordados?

— Exatamente isso; sempre fomos muito cautelosos e mesmo assim não tivemos como evitar alguns embates corporais com alguns Coletores. Para os humanos acordarmos após a contagem de dez dias solares, porém, sempre fomos conscientes desde a nossa chegada. Mas os humanos não estão de todo errados, o período de dez dias solares é como um período para maturação do nosso propósito. E, imediatamente após este período, firmarmos nossa missão e partimos na busca do Uno. Mas como não temos acesso à Semente, já que ir até ela é inviabilizado pelo Sistema que controla os introdutores, voltamos e ficamos com nosso humano gerador até que ele morra. Depois disso, sabemos quem somos e, então, nos refugiamos com outros acordados, mas quem não se lembra, permanece junto aos humanos como sonâmbulos.

"Foi por isso que Thomas saiu sozinho, ele sempre esteve acordado!"

— Como o sonâmbulo não reforça seu laço, pois já se esqueceu do seu propósito e porque veio para esse planeta, fica com os humanos e não acorda para a realidade.

— Desculpe-nos outra vez, Maela. Nós não sabemos de nada disso, estamos apenas protegendo o que é para nossa raça um presente dos céus.

— Não Mathias, não se desculpe pelas atitudes do Sistema nem sofra pelos Símbios sonâmbulos por terem perdido a motivação e terem se esquecido. Isso não muda a história. A verdade é que somos um número pequeno, apenas um pouco mais de três mil. Parece que muitos de nós não estavam preparados para o seu planeta e nem para a sua raça.

— Como pode ser? Os humanos somam em sua totalidade aproximadamente dois milhões e meio de indivíduos, dos quais um pouco menos da metade está acima de vinte e cinco dias solares, se pensarmos que a Semente está aqui há 300 dias solares desde sua queda, posso afirmar facilmente que existam pelo menos dois milhões de Símbios coexistindo com os humanos.

— Mathias, sua raça é muito nova e muito complexa. Vocês, humanos, tentam qualificar e quantificar tudo aquilo que não entendem, para se ambientarem e se acostumarem, isto não significa que entenderam ou compreenderam alguma coisa.

— Não sei o que dizer, Maela, achei que fossem mais.

Maela se acomoda na poltrona e solta os ombros, olha para cima procurando um foco.

Percebendo a preocupação de Maela, tento acalmá-la sendo assertivo.

— Bom, devemos regressar com os três mil por meio da Semente Universal, é isso?

— Sim, por meio da mesma passagem de onde viemos, pela Semente e, no momento certo, você estará pronto.

— Certo, reuniremos todos e tudo resolvido. — Digo apressadamente já me levantando.

— Calma, antes de irmos, vamos lhe apresentar como Uno para todos os acordados e após aprovados, partiremos.

— Aprovados? Isso é um teste?

Ela respira e pausadamente diz.

— O propósito de virmos até aqui é recebermos um corpo e aprendermos a manipular a matéria com ele. O Uno é quem nos receberá se nos aprovar.

O peso da responsabilidade me faz reagir.

— Como eu saberei se estão aprovados?

Maela, sorri amigavelmente tentando amenizar o contexto, repousando sua mão em meu ombro.

— Você saberá. Como isso se dará não sei, mas você saberá.

Levantando-se e com a mão estendida me convida.

— Vamos, todos já devem estar nos esperando. Você é o Uno, o líder da colônia, o momento que todos estávamos esperando. O rito da apresentação e da entrega.

Maela me mostra o caminho pelo acesso de entrada e, passando-o, guia-me pelo corredor. Então comento.

— Desde o momento que eu me descobri como Uno, você tem falado tantas coisas, eu sei que sou um ser importante para vocês, mas está difícil para mim.

— Sim, Mathias, eu entendo, mas não se preocupe.

— Não me preocupar? Maela, estou aqui há dois períodos e meio, recebi a informação mais inusitada de minha vida: sou um Uno, sou líder de uma colônia de Símbios acordados, devo liderá-los em uma viagem de volta a seu planeta. E, como se não bastasse, posso morrer se a adaptação não se completar.

— Acalme-se, Mathias, dará tudo certo.

— Mas, se eu não estiver pronto? E se eu não conseguir? Tenho medo de não lembrar algum detalhe e pôr tudo a perder. Tenho medo de falhar com vocês, você me entende? É muita responsabilidade.

— Você não falhará.

— Como pode ter tanta certeza?

— Mathias, esta incerteza em você logo dará lugar à confiança. Sua Unificação ainda é superficial, mas logo você se libertará dessa condição e passará para um estágio mais profundo de consciência do seu ser, portanto, confie vai dar tudo certo — diz Maela me olhando enquanto me puxa pelo braço.

Ao que respondo. — Está certo, confiarei.

A COLÔNIA

Já no corredor, passamos pela sala onde havia visto os Símbios com seus afazeres naturais, porém, agora a sala está vazia.

Maela passa à frente, mostrando-me o caminho. E logo entramos em outro corredor e nos encaminhamos para a sala que tem quatro acessos.

Sem perder muito tempo, ela abre o acesso que está bem em frente ao corredor e, passando-me para frente, me faz entrar primeiro.

Ao entrar, vejo uma multidão de Símbios que, ao me olharem, se aquietam, todos estão de pé.

Bem distante próximo da lateral do lado direito do acesso, posso ver uma espécie de tecido colorido ao chão, esticado em toda a extensão da parede com muitos objetos sobre ele.

Posso ver também pontos coloridos em tons de amarelo, vermelho, cinza e verde.

"Creio que iremos para lá, logo depois do que está para acontecer."

Quando veem Maela saindo de trás de mim, de forma calma e introspectiva, começam a formar um semicírculo com uma espessura de aproximadamente três fileiras, tudo é feito de forma muito lenta e tranquila, parece até que já haviam ensaiado.

Maela me mostra onde devo ficar, me posiciono, sento-me ao chão e fico observando-a encaminhar-se para o semicírculo, ela para a uns cinquenta passos de onde estou. Senta-se sobre os calcanhares cruzados e todos fazem o mesmo.

Eu faço o mesmo, pois não sei como proceder. Mas fico atento a qualquer sinal que Maela possa me dar como instrução.

Ela fecha os olhos e estende suas mãos até seus joelhos com as palmas viradas para cima, um a um, todos imitam o gesto de Maela e eu faço o mesmo.

Não demora muito e todos entoam um som melodioso, porém, muito baixo; é um som muito grave, posso senti-lo reverberar em meu peito.

Estou atento a tudo.

"Todos estão tão imóveis que, apesar de vê-los, parecem não estar aqui."

Maela permanece estática como todos os Símbios, não movimentam um músculo sequer.

Todos estão paralisados da mesma forma que Maela, gradativamente, todos começam a intensificar o som que fazem entoando a melodia.

Eu continuo apenas parado olhando a todos e, dessa vez, a sensação estranha já não me é tão estranha assim e não sei se por falta de alguma ação, percebo que esta foi bem mais rápida que as outras.

Vejo os Símbios como antes, todos em tons dourados puxados para o violeta, com exceção de Maela que é mais avermelhada.

Sinto-me incomodado apesar de saber que sou parte integrante desse contexto.

De repente aquela organização uníssona de vozes dá lugar a um silêncio abismal, sem ter mais o que fazer ou observar, fecho meus olhos sem expectativa nenhuma, porém, algo novo acontece.

Mesmo com os olhos fechados, continuo vendo todos eles de forma muito brilhante, um a um posso vê-los, é como se eles irradiassem suas frequências sobre mim.

Sei que estou longe deles, mas, vendo-os como frequência, facilmente poderia até tocá-los, nenhum deles escaparia ao alcance do meu toque.

Estou ligado a todos eles, formamos uma única peça, um grupo formando um ser único.

Então, observo a frequência de Maela levantar-se e colocar-se de pé; ela começa a subir ainda mais como se não tivesse peso.

Já no alto, inicia um movimento circular rápido sobre todos os Símbios, estes, por sua vez, levantam objetos muito brilhantes como pequenas esferas. Maela continua a passear entre eles e, após vários giros, observo-a recolhendo os objetos que os Símbios estão oferecendo.

"O que será isso; será minha imaginação?"

Conscientemente, abro os olhos e o ambiente está calmo e silencioso e todos estão em seus lugares. Porém, vejo as duas imagens sobrepostas. Posso vê-los na forma física e na forma de frequência.

"Não estou imaginando nada, isso é real!"

Então, ao fechar os olhos, continuo a contemplar as frequências.

Nitidamente vejo Maela se aproximar de mim e em suas mãos os objetos em forma de esferas brilhantes, que acabara de coletar, com os quais adorna minha cabeça.

Por último ela entrega sua própria esfera e com ela toca o alto da minha testa.

O seu toque é suave e direto, no entanto, uma descarga elétrica irradia em cada músculo do meu corpo, começo a tremer incontrolavelmente, parece até um colapso de todo o meu sistema nervoso, o tremor é intenso e percebo que à minha volta uma espécie de luz alaranjada vibra como se criada pela frequência do tremor.

Juntamente a isso, contatos neurais somados a três mil, cento e oitenta e duas conexões vivas. Todos os Símbios invadem minha mente, meus pensamentos, meu ser, completando cada lacuna de pensamento e cada vez mais tudo se intensifica.

Simplesmente contemplo várias imagens de rostos humanos que eu nunca havia visto.

Ouço a voz de Maela.

— Estes são os humanos que originaram cada um desses Símbios.

Tudo é muito intenso. Passadas as imagens, vejo cenas de trabalhos diários que eram executados por cada um deles, cenas que mostram em detalhes seus corpos em movimento, são diversos afazeres manuais, suas habilidades e capacitações.

Novamente ouço Maela.

— Estes são os ofícios assimilados e guardados em cada um desses Símbios.

Apesar de serem apresentados a mim de uma só vez, eu os vejo cada um, individualmente, conheço todos eles como conheço meu rosto ou minha mão direita. Vejo-os desde a chegada, saindo por meio da Semente Universal até este instante.

"As imagens que recebo são marcadas diretamente em minhas memórias e se implantam como sendo minhas."

Não existe uma ação se quer que eles tenham cometido que eu não conheça.

Agora as imagens mostram sentimentos.

Devoção em gestos, vários momentos me sugam para dentro de cada um deles, posso senti-los por meio das esferas, sinto o grupo todo como se fosse uma extensão da minha própria pele.

O que vejo, nunca imaginaria e sei que nenhum humano jamais verá.

Ouço a voz de Maela dizer.

— Estes são os protegidos, eles se mostram valorosos e portadores das habilidades aprendidas, portanto, habilitados ao retorno para nosso mundo, pois o propósito já foi alcançado por meio dos corpos adquiridos, estes são também nossos protetores, nosso povo e nossa herança e legado.

Quando Maela termina sua fala, coincidentemente, percebo retirar seu toque, meu corpo para de emanar a luz alaranjada parando também de tremer.

"Isso é uma colônia. Esta é a ligação que eles têm, que os mantêm juntos com o propósito."

Após esta constatação, abro meus olhos e todos estão sentados nos mesmos lugares como no início. Um a um vão abrindo seus olhos e da mesma forma que se sentaram, calmamente, se põem de pé.

Todos formam uma grande fila e se encaminham, vindo em minha direção. Eu me levanto e os aguardo.

Um a um, passa por mim e me toca no rosto.

O toque que recebo é menos intenso que o toque de Maela há instantes, mas posso captar a vibração do toque com um pequeno clarão como o que via sair da Semente Universal, não que emane alguma luz, mas, em meu ser, capto e percebo, me fazendo recordar a imagem exata de trabalho mostrada e registrada por aquele Símbio.

Um a um se encaminham até a mim, a cada toque que recebo novos clarões vão aparecendo, me fazendo lembrar a cena registrada em minha mente.

Após o último toque, Maela faz o mesmo, como todos os outros. Seu toque é diferente e as cenas estão acompanhadas por uma vinheta brilhante, avermelhada, me fazendo acreditar que este é o fim das entregas.

Percebo que fiquei parado ali por muito tempo, parece que estava digerindo todas aquelas imagens e selando em meu ser os propósitos entregues.

Lentamente parece que vou acordando de um estado de torpor.

— Tudo bem? Pergunta Maela.

Calmamente aceno com a cabeça e um sorriso nos lábios.

Ela me segura pela mão.

— Vamos?

— Achei que já havia acabado! Tem mais?

— Sim, claro que tem mais. Vamos comer.

Ao me virar, vejo todos sentados à volta do tecido com os objetos que vi no salão assim que entrei pelo acesso.

Sigo para junto deles e, depois de me sentar, passam a se servir.

Não estou com vontade de comer, apenas espero por algo ou alguma coisa que me dê uma ideia do que fazer como Uno.

Vejo utensílios dos tempos antigos dispostos, objetos transparentes que imitam pequenos reservatórios para líquidos e alguns espetos com mais de uma ponta para segurar os alimentos.

Maela de longe me observa, Cabral está ao meu lado e me entrega um pequeno pedaço de carne espetado com uma vareta em um recipiente plano.

A julgar pela forma diria que é um réptil, provavelmente algum lagarto que agora está morto, empalado e queimado, bem à minha frente.

"Pobre animal."

— Coma. — diz Cabral.

Com a carne, ele coloca alguns granulados verdes e quatro esferas de pequeno porte com um aroma diferenciado.

Eu pego de sua mão e agradeço.

Maela se levanta e vem em minha direção. Eu a espero, pois sei que me dirá algo.

Ela se achega, senta-se de frente para mim e diz;

— Coma, o gosto é bom. Sei que você nunca experimentou nada igual, mas, a julgar pelas suas rações diárias com sabor insosso e pastosas, este alimento com formas, sabores acentuados e ricamente coloridos lhe fará cantar de alegria e, caso não goste, é só uma questão de experimentação e adaptação do paladar.

Maela em um gesto inesperado pega uma das bolotas do meu prato e come. E depois sorri.

Experimento um bom pedaço da carne e entre um ossinho e outro percebo a textura mais densa por cima e macia em seu interior. O cheiro acompanha o gosto. De certa forma é muito bom. Bem diferente dos alimentos manufaturados pelo Sistema.

"É bom, não é ruim. A verdade é que não estou acostumado com estes sabores. São muito intensos."

— Todos esses alimentos foram cultivados aqui em nossas cavernas. Somente a carne é que pegamos no lado habitável.

Proponho-me a experimentar todos os alimentos que se encontram espalhados e ao alcance. Pego cada um dos itens que me foram passados, um a um vou experimentando, primeiramente levando-os ao meu olfato e em seguida à minha boca. Os de cor mais esverdeada como folha, no formato de pequenos bastões, me parecem mais refrescantes e crocantes, as bolotas aromáticas são mais úmidas, adocicadas e extremamente saborosas, os pequeninos de cores mais claras são muito macios e chegam a grudar nos dentes antes de derreterem.

"Com toda certeza, o sabor que mais me agrada, entre todos os alimentos, é o das bolotas aromáticas."

Após terminar minha experiência gastronômica, percebo uma preocupação clara no semblante de Maela.

— O que foi Maela?

— Mathias, eu não sei como lhe dizer isso. No princípio vai parecer ruim, mas você nunca mais estará sozinho e isso é bom.

— Do que você está falando?

— Assim que você chegar a meu mundo será perseguido por uma criatura e, apesar de você não saber, ele será seu grande amigo e aliado.

— Como assim? Um grande amigo não me perseguiria! Devo lutar ou correr?

— Nem um nem outro. Acho melhor lhe contar tudo e, após ouvir, você saberá o que fazer.

— Ainda não me acostumei com a ideia de que sempre saberei o que fazer; isso me incomoda me deixa apreensivo e se eu não souber, Maela?

Maela abaixa a cabeça e, retoma o assunto, acredito que dessa vez do início.

— Quando enviamos um portal, em nosso mundo fica um correspondente. Alguns Nascidos Presos se juntam próximos a este portal para um combate.

— Eles lutam pelo portal?

— Sim, eles emitem sons e frequências e espantam uns aos outros até que reste apenas um para se estabelecer como o futuro guardião do portal. Depois de estabelecido, não havendo mais nenhum que reivindique seu status, ele entra em um estado de torpor para ser despertado apenas por um único evento futuro.

— Presumo que exista a possibilidade de chegar antes desse evento para que ele não acorde; correto?

Maela cobre sua boca e sorri.

— Não, mesmo porque você é o evento. Quando o Uno chega, o guardião acorda com a frequência gerada pela destruição do portal. Não existe a possibilidade de você chegar sorrateiramente.

— E porque eu devo destruir o portal?

— Não é seu dever destruí-lo, isso naturalmente acontecerá. Ao passar pelo interior do portal, ele se quebra para finalizar o nosso propósito para aquele mundo, fechando a passagem de onde o Uno se originou.

— Entendo, estarei preso em seu mundo. Viagem sem volta?

— Sim Mathias. Você é nosso líder, não pertence mais a este mundo.

Logo após um pequeno instante de reflexão, Maela continua.

— Bem, imediatamente após sua chegada ao meu mundo, apenas o Nascido Preso irá atacá-lo, o Futuro Guardião despertará para te aprisionar. Lançar-se-á contra você, rolando rapidamente como uma bola e, em um único salto impulsionado por sua calda, irá atacá-lo tentando prender-se a você para nascer em sua nova forma.

— Como poderei identificá-lo? Como ele é? Parece com o que?

— Não precisará identificá-lo, ele identificará você. Mas para que você também o reconheça o Nascido Preso é uma pequena criatura redonda do tamanho da sua cabeça humana, possui uma calda com um ferrão em sua ponta, que utilizará para ligar-se a você. Como eu disse, no princípio parecerá ruim, mas, se não criar resistência ao seu ataque e deixar que ele o segure, em um futuro próximo, você possuirá um grande trunfo.

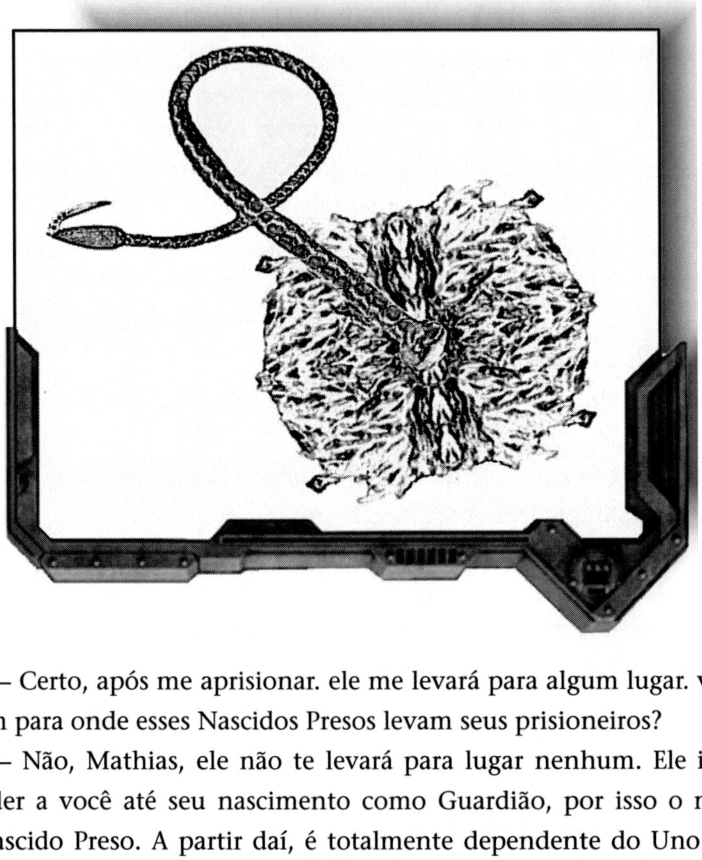

— Certo, após me aprisionar. ele me levará para algum lugar. vocês sabem para onde esses Nascidos Presos levam seus prisioneiros?

— Não, Mathias, ele não te levará para lugar nenhum. Ele irá se prender a você até seu nascimento como Guardião, por isso o nome de Nascido Preso. A partir daí, é totalmente dependente do Uno para ser protegido e alimentado, será tão dependente que pode até mesmo morrer senão se alimentar da força vital do Uno, isto é, de seu fluido de vida, seu sangue.

— É nesse ponto da conversa que eu queria chegar, a partir daqui, você decidirá o que deve fazer — diz Maela com uma cara mais séria.

Atento e curioso sigo ouvindo suas instruções.

— Como Uno, você pode não aceitá-lo, o que eu acho uma tremenda estupidez. Para isso basta se esquivar, ele só tem força para um único ataque e, se não for certeiro, não terá outra chance. Entretanto, se aceitá-lo, não poderá falhar, seu corpo deverá dar conta de se alimentar por dois, até que ele se desprenda de você. Não poderá enfraquecer, se isso ocorrer, ele sentirá mais fome. E ,como ele se alimenta do seu fluido, ele te matará, sugando toda sua força e vigor. Não poderá desistir dele depois que ele se prender em você. Isso jamais poderá acontecer! Não terá volta! Se tentar romper a ligação entre vocês, antes de sua maturidade, uma lança sairá de seu interior e atravessará você em um golpe letal. Você morrerá pelo ferimento e, como ele não pode se desprender, continuará ligado ao seu corpo morto e morrerá também.

Abaixo a cabeça digerindo o que acabei de ouvir.

— Maela o que você faria?

— Mathias, encontre uma boa resposta para esse dilema dentro de você.

Maela faz um movimento como se fosse levantar. Eu a seguro e indago.

— Você saberia o que fazer?

Maela puxa seu braço para longe do meu toque.

— Se o que falei não lhe convenceu, que o guardião é uma dádiva, não sei mais o que dizer. E, a propósito, eu saberia, sim, o que fazer, mas eu não sou o Uno, não cabe a mim decidir por você ou direcionar sua intenção. — Levantando-se e saindo de minha presença.

Balanço a cabeça em sinal de afirmativo.

"O que eu disse para ela ficar com raiva desse jeito? Se é uma escolha, eu posso decidir. Portanto, se eu quero me poupar e não ser ferido, qual é o problema?"

Fico parado olhando um recipiente vazio que se encontra em minha frente, apenas para ter um foco e repensar o que acabou de acontecer.

Não demora muito para me dispersar. Agora estou observando os Símbios, suas conversas e seus atos.

Todos são muito conversadores e entusiásticos, cada um comentando sobre os mais variados assuntos que por fim acabam coincidindo basicamente em dois. O encontro com o Uno e o retorno para seu mundo.

Rodrigo, o Símbio que se sentou ao lado de Maela na mesa da reunião, coloca a mão em meu ombro e comenta.

— Quando eu chegar a meu planeta, com toda certeza, irei ao Vale do Deleite, mesmo porque, agora, eu possuo um corpo e, portanto, será como se eu nunca tivesse ido.

Os outros Símbios, ao ouvirem esse pronunciamento, começam a se olhar e riem sem parar, todos se divertem com as palavras de Rodrigo.

Puxando Rodrigo próximo ao meu rosto pergunto.

— O que é o Vale do Deleite?

Entre uma risada e outra, ele diz.

— Apenas quem convida e é convidado pode ir, de forma que tem que ser com alguém muito especial.

E termina dando um ar diferente na história ou algo assim.

De longe vejo Maela parada conversando com Cláudio, o Símbio que me salvou.

Ela parece estar ainda irritada com a conversa que tivemos. E pelo que vejo não está muito a fim de conversa nem com Cláudio.

Rodrigo ri para mim e faz uma careta mostrando que Maela está irritada, então ele me diz.

— Não se preocupe, Mathias, ela está bem. Provavelmente deve estar pensando em tudo o que aconteceu nesses últimos três períodos, ela nunca soube relaxar, diferente de você, que é o Unificado, nosso grande líder, que nos conduzirá no caminho de volta como uma colônia forte.

"Os Símbios confiam tanto em mim como Uno, que isso me força a acreditar no êxito dessa jornada."

Ele aperta meu ombro com sua mão e pisca sorrindo antes de começar outra brincadeira.

Agradeço a conversa, me levanto e vou até Maela, cortando o caminho pelo meio e não dando a volta em todos como ela fez.

— Maela me desculpe, tenho dificuldade para entender o motivo de sua raiva, mas não gostaria de levantar nenhuma barreira entre nós, principalmente porque preciso saber muito mais do que sei.

Maela cruza os braços e olha para o chão.

— É você tem razão, não posso ficar sem falar com você.

Ela levanta o rosto e me olha.

— Não se preocupe, o cumprimento do propósito é maior que nossas diferenças, então não o abandonarei, se é isso que está achando. Estou aqui parada para achar a forma mais educada de lhe dizer o que penso a seu respeito.

— Diga o que pensa, quero muito ouvir o que pensa sobre mim.

— Mathias, você parece não se importar muito com tudo que está acontecendo, só pensa em si próprio, você tem que começar a pensar com o conjunto, pensar coletivamente como uma colônia, mas, ao contrário disso, seus sentimentos e suas ações são como as de um Coletor egoísta e individualista. A essa altura, depois de tantas descobertas, você não parece ter mudado muito. A cada momento você se assusta ou se retrai ou ainda desconfia de nós. Parece que nada mudou, confesso que estou desapontada ao confirmar que você é o Uno.

— Maela, você não está sendo justa comigo, tudo é muito novo e está acontecendo muito rápido.

— Talvez tenha razão, creio que o erro é meu em ter idealizado algo perfeito, mas me parece que você não se encontrou e eu estou dando muito valor a isso.

Maela nitidamente reprova o que sou e abrindo os braços, em um sinal claro de decepção esbraveja.

— Besteira minha, não se preocupe, são somente as nossas vidas que estão em jogo.

Logo após essa fala me dá as costas.

—Se estou agindo assim é para preservar o que ainda acho que resta de mim. Não sou mais nada percebeu? Deixei de ser um humano para me tornar um Uno, que, a meu ver, não pertence a lugar nenhum. Eu sou um ser do meio. Tudo o que conheci até esse momento foi arrancado de mim, se não fosse pela bondade de Tibério eu nem estaria aqui, então, não me venha com essa conversa de que são somente suas vidas que estão em jogo, pois muito antes disso a minha já estava arruinada.

Maela se vira e me adverte severamente.

— Se não fosse Tibério? Por que você o defende com tanto apreço? Você não percebe sua defesa sem reflexão? Tibério sempre agiu contra nós, impediu que chegássemos até a nossa Semente e quer garantir nossa permanência com os humanos para continuarmos servindo, seu mentor nos anula, nos faz prisioneiros, nos caça e sem nos ouvir nos julga, querendo que continuemos com essa farsa, no entanto, você não enxerga isso porque se julga um abençoado por Tibério.

— Você não o conhece, ele é um humano altruísta, me auxiliou quando eu não tinha a quem recorrer na morte de Thomas, me garantiu a permanência no Sistema e sempre me apoiou em tudo. Por estes motivos acredito que seu julgamento é precipitado e infundado.

Maela respira fundo e diz.

— Certo Mathias, você tem suas escolhas e eu tenho as minhas. Vejo que não compartilhamos das mesmas ideias sobre Tibério, e imagino que no fim de tudo saberemos quem está com a razão.

Depois disso, ela sai de minha presença caminhando para o outro lado do salão.

— Vou me retirar para meu invólucro de reposição de força. — Sem olhar para trás apenas responde.

— Antes de se retirar, quero que saiba que estou me esforçando.

Maela para de caminhar, abaixa a cabeça, mas não move um músculo para ficar novamente próxima a mim. Ando até ela e digo.

— Acho melhor colocarmos nossas diferenças de lado. Eu preciso do seu conhecimento e você precisa do Uno.

Percebo uma luta enorme dentro dela, eu até arriscaria dizer que a sua vontade é de abandonar tudo e sair à procura de outro Uno.

— Certo! O que quer saber mais?

— Me fale sobre seu planeta.

Sem muita vontade e quase cortando a conversa diz.

— Garanto que você gostará dele. Mais alguma coisa?

— Maela você não está ajudando em nada. Eu ouvi algo sobre um Vale do Deleite, o que você pode falar sobre dele?

— É apenas um lugar diferente, nunca estive lá, não sei como é.

Percebo que Maela não quer falar muito no assunto então tento ser gentil e amigável.

— Quem sabe, quando estivermos em seu planeta, você não me leva lá para conhecermos juntos?

Maela me olha espantada. Diria até que com um misto de surpresa e vergonha.

"Posso até jurar que ela está constrangida com a minha sugestão."

O silêncio cai sobre nós.

Passado um instante ela começa a rir, coloca o cabelo por trás da orelha e, de forma muito calma, diz.

— Mathias, em meu mundo não existe o contato físico, mas existe o prazer. Convidar alguém para ir ao Vale do Deleite seria como se um humano chamasse outro para ficarem mais íntimos. Um convite para o prazer em conjunto.

Imediatamente sinto um calor no rosto, uma vergonha sem descrição.

— Maela, eu só queria puxar assunto, mais nada, começamos errado e pelo visto ainda estamos nesse caminho. Apenas não queria que você fosse embora chateada comigo, apenas isso.

Maela sorri.

— Vamos, vou te mostrar uma coisa.

Maela me puxa pela mão e se encaminha para um dos lados da sala, onde outros Símbios estão com pequenos recipientes nas mãos bebendo um líquido amarelado e espumante.

Ela cumprimenta a todos; pega dois recipientes vazios, me entrega um deles e mergulha sua mão com o recipiente trazendo-o cheio do líquido amarelado espumante.

Então pergunto.

— O que é isso Maela?

— Isto é uma bebida fermentada. Sirva-se.

Olho e a vejo bebendo com muita sede o líquido.

— Sirva-se e beba — reforça Maela — Você vai gostar é diferente.

Então faço o mesmo, seguro o recipiente e o mergulho dentro do líquido, ao retirá-lo, admiro sua cor, e o levo até minha boca, degustando-o.

"A cor é turva, cheiro é fétido e o gosto é forte."

Não sei como ela pode achar isso bom, mas, com toda a certeza, este líquido é bem refrescante.

Maela sorri com um ar engraçado e enche novamente seu recipiente no tanque.

— E aí Mathias, gostou?

— É obvio que não, isso é muito ruim, Maela!

— Que bom que gostou, acabe de encher seu recipiente e vamos.

Apontando o centro do lugar.

Eu, sem pensar, encho o meu recipiente uma vez mais e a acompanho seguindo seus passos.

Ao pararmos eu pergunto.

— Maela, você disse que sou um Uno e que sou um verdadeiro Símbio, o que você é?

— Você quer saber como nos denominamos?

— Sim, isso, como vocês se intitulam.

— Ao chegarmos a um planeta recebermos a forma da raça que habita no local. É raro no universo uma raça como a minha, onde apesar de necessitarmos de um corpo não parasitamos, apenas aprendemos a manipular os corpos de cada uma das raças que entramos em contato. Devido a isso, nos denominamos completos.

— Então sou um UNO, um verdadeiro Símbio. E você é uma Completa?

— Sim, isso mesmo.

— Maela, após essa bebida sinto-me estranho. Estou leve, parece que o chão é macio.

Maela ri.

— Seu corpo é como o meu, mas não está acostumado com esta bebida, você está começando a ficar influenciado por ela.

— Como assim, o que significa isso?

— Digamos que a princípio lhe faz pensar que pode tudo, que tudo é muito divertido, mas, na verdade, é bom no momento, ajuda-nos a relaxar, porém, depois é como um sonho ruim. Você passará mal devido à rejeição que seu estômago terá por esta bebida e colocará tudo para fora pois, seu organismo identificará como tóxico.

— Isso é bem complexo, preciso me preocupar?

Cambaleio para frente quase caindo sobre Maela.

— Vamos acreditar que esta seja a menor de suas preocupações. Bom, seja como for, esta bebida lhe deixou um tanto estranho, você está tonto e seu corpo já não está mais obedecendo você. Quer dizer que você precisa de uma higienização e reposição de força. No próximo período você estará melhor.

— Nada de Higienização, preciso apenas de um período de reposição de força vital. Deixe-me acompanhá-la, até seu invólucro, uma caminhada me fará bem.

Maela concorda com a cabeça.

— Então vamos, Mathias, eu lhe ajudo.

Apoiando firme meu braço em volta de seu pescoço, Maela me guia para o corredor e começo a falar.

— Pensando bem, isso faz todo o sentido para mim, como Coletor tenho acesso ao CCS. Colocá-los em contato com a Semente será simples, pois Tibério quer que eu os entregue, e que sumam do nosso planeta.

Maela apenas consente com a cabeça, porém, sinto lá no íntimo que não será tão fácil como falei.

Eu deixo o silêncio completar todo o ambiente, vamos seguindo a passos lentos, não quero que mude. Maela está calma, não está irritada, é isso que importa. O que é isso, o que está acontecendo comigo? Estou balançando, não estou conseguindo andar direito, estou sentindo uma vontade imensa de rir.

Maela levanta a cabeça me mostrando o caminho.

— Falta pouco agora, estamos quase chegando.

Eu quase caio. Me apoio firme em seu ombro e começo a rir descontroladamente.

Maela diz.

— Pronto era o que me faltava.

Então digo.

— O que lhe faltava Maela?

Maela vira, abre um acesso de entrada e diz.

— Você pode ficar por aqui, esse é o meu invólucro, eu ficarei com o seu.

Imediatamente eu desabo em um invólucro de reposição de força vital e adormeço.

CAPÍTULO XIV

A CHEGADA FORTUITA

LEVANTO-ME E PERCEBO O INVÓLUCRO ABERTO.

"Como assim, adormeci sem a inalação do gás expelido pelo invólucro? Que estranho. Lembro-me de imagens que apareceram em minha mente no período em que estive adormecido. Eu vi Maela como em uma projeção. Ela estava presa em uma espécie de caixa, algo como um baú de formato quadrado, seu interior era escuro, totalmente fechado. Seu corpo estava retraído e ela assustada, ela ouve passos, a caixa é levantada e chacoalhada para lá e para cá, com movimentos semicirculares. De súbito o movimento para, a caixa se abre e uma música de fundo começa. Eu conheço essa música, vejo Maela ficar em pé e percebo que está vestida com uma roupa dos tempos antigos, sem controle de seu corpo, começa a dançar. Rodopios e rodopios vão se formando, está totalmente confusa e sem controle. Vejo nas paredes vários reflexos que a acompanham de forma sincronizada e graciosa, acentuando ainda mais os movimentos contínuos de seu corpo. Olho para onde Maela estava e reconheço uma caixa de música. Essa é a mesma caixa que vi nas mãos de Tibério. Ela está cansada e o desespero toma conta de seu rosto. Aquilo não passa, ela continua e continua a dançar e a dançar e a dançar e a dançar. Até que a música chega ao fim. Porém, ouço a voz de Tibério ao fundo, que sai exasperada. '— Por que parou sua bailarina estúpida? Ainda tem muita corda na caixinha, dance, dance, dance.' A cena é carregada de tensão, cansaço e todas as vezes que a música chegava ao fim, Tibério a insultava, até que num ato involuntário suas pernas fraquejam e ela desaba sobre o pequeno palco.

A voz irritada fervorosamente esbraveja, ameaçando-a e, sem piedade, a tampa da caixa se fecha sobre ela encarcerando-a novamente."

Isso foi um sonho, nos invólucros não sonhamos. Estou muito preocupado com Maela, e notavelmente, apesar dos efeitos da bebida que ingeri no período passado, meu corpo parece estar disposto.

Não sei onde estou, esta não é a sala em que fiquei há dois períodos. Esta é uma sala menor e mais arrumada, vejo uma pequena mesa e uma única cadeira. A iluminação direcionada para pontos estratégicos, alguns pares de calçados arrumados sobre uma estante acrílica, roupas penduradas, opostas à entrada de acesso.

A cor clara do ambiente me incomoda um pouco.

"Preciso encontrar Maela, o que aconteceu? Por que estou aqui?"

Tudo parece calmo e tranquilo, não ouço o barulho dos Símbios.

Assim que saio pelo acesso, vejo a primeira sala onde estavam dispostas as comidas. Paro para me localizar e penso.

"Maela deve estar na sala dos Reflexores, onde eu deveria estar."

Apesar de me sentir abandonado pela falta de todos, começo a ter lembranças do período anterior o que me reconforta muito, pois foram bons momentos, estou satisfeito, agora sei que tudo o que tem acontecido comigo é uma transição temporária para me adaptar.

Continuo a caminhar rumo ao local onde encontrei meu primeiro conforto aqui nessa base de Símbios.

"Ou melhor, base de completos."

Dou um sorriso e me empenho na tarefa de chegar até a sala redonda com mais rapidez.

Sigo firme e confiante, meus passos ecoam pelo corredor, estou feliz por ter me unido a Thomas e ser um Uno.

Meus passos começam a descompassar, quando ouço passos se aproximando vindos do outro acesso, penso comigo.

"Após o período anterior, quem além de mim estaria em pé?"

Levantando um pouco o rosto apenas o suficiente para ver por meio da abertura do acesso de entrada. Com uma olhadela rápida vejo um Coletor. Porém suas vestes são de cores diferentes da que eu possuo.

Imediatamente tento me esconder, mas como?

Tento observar melhor. Ele não me é estranho, estou um tanto confuso, então começo a analisá-lo em busca de alguma pista.

Está andando calmamente, com uma das mãos gesticula como se estivesse dando comandos e na outra mão posso ver um comunicador.

O homem vem ao meu encontro. Percebo que ele me viu, pois imediatamente tenta esconder-se, encostando-se na parede lateral do corredor. Vendo que o estranho tenta uma evasiva para não ser visto, imediatamente penso.

"Preciso sair daqui o quanto antes e encontrar Maela na sala redonda."

No momento em que me preparava para correr, dou uma última boa olhada para o Coletor. E logo atrás dele percebo um bando de Coletores em fila, um atrás do outro.

"Isso é uma invasão."

Reconheço um homem grande.

"Não pode ser. É Tibério! Como ele está aqui? Como ele encontrou este lugar?"

Tibério leva seu comunicador até a boca, sussurra algo e faz um sinal. De pronto os Coletores se equipam com máscaras e se posicionam com lançadores mecânicos apontando em todas as direções.

— Tibério o que é isso? O que está fazendo?

Ao que Tibério responde:

— Quem está aí? Quem é você?

Tibério então me vê e me reconhece.

— Mathias? Você está vivo?

— Sim, Tibério, estou.

E antes que eu pudesse falar qualquer outra coisa, imediatamente, Tibério diz olhando para os Coletores.

— Rápido tragam-no aqui, não deixem que ele escape.

No mesmo momento que Tibério ordena, dois Coletores saem da formação e começam a acelerar o passo em minha direção.

Escuto estalos, barulhos de metal oco tilintando ao chão, logo após, ouço um barulho e o som do gás vazando.

De relance olho sobre meu ombro e vejo um gás verde envolvendo todo o ambiente, ele me faz lembrar o gás do invólucro de reposição de força.

Agora preciso urgentemente chegar até Maela, chego ao fim do corredor e vejo o acesso da sala redonda.

— Maela, Maela, abra o acesso, abra Maela!

Ouço barulhos por detrás do acesso e logo o rosto de Maela se mostra.

Sem pensar muito a empurro acesso adentro, fechando-o depois de mim. Sinalizo para ela não fazer barulho, seu rosto está demonstrando receio.

Ficamos olhando um para outro enquanto ouvimos vários passos se encaminhando para o outro corredor, indicando que todos estão se encaminhando para o local da reunião.

— Maela, confesso que é um alívio poder ouvir sua voz novamente.

— Mathias, o que está acontecendo?

— Os Coletores invadiram este lugar. Você não está ouvindo os passos?

Maela se afasta rapidamente dando um salto sobre o invólucro de reposição de força vital, e encontra não sei onde um objeto muito parecido com a arma de contenção de força. Apontando-o para o acesso, grita.

— Abaixe-se, Mathias.

Logo o acesso é violado e, por uma pequena fresta, vejo uma célula de gás arremessada, que ao bater contra a estrutura lateral do invólucro exala o gás esverdeado.

Maela cobre o rosto com seu braço dobrado sobre a boca, eu faço o mesmo, mas não passa muito tempo e ela desmaia caindo no chão.

Eu tento encontrá-la, mas sem sucesso, respirar é inevitável e meus olhos começam ficar cansados. Eu tento me manter acordado, mas parece inútil.

CAPÍTULO XV

SOU PRISIONEIRO

ACORDO COM MEU CORAÇÃO DISPARADO, ESTOU DEITADO COM O ROSTO VIRADO PARA O LADO SOBRE UMA PLATAFORMA DE LOCOMOÇÃO.

Vejo muitos Símbios contidos com as amarras de contenção de força, todos eles posicionados, enfileirados, todos muito machucados, Cláudio com um corte em sua testa, Humberto parece desacordado sendo apoiado por Tadeu, Rodrigo mostra um ar de ira, vez ou outra, esbraveja contra os Coletores, garantindo-lhe mais alguns golpes em seu corpo.

"Por que não se desprendem das amarras de contenção como Cláudio fez dentro do Deslocador? Aquilo foi fácil, Cláudio se livrou facilmente daquelas amarras. Por que eles ainda não se livraram? Todos estes Símbios conteriam a ação dos Coletores facilmente."

Olhando melhor percebo que a cor das amarras de contenção está diferente. Estas são avermelhadas e não amarelas como as que eu utilizo.

Sem me movimentar tento avaliar o local, vejo que dois Coletores estão me observando de longe, tento me levantar sem a ajuda de ninguém.

Os dois Coletores vêm em minha direção. Então me auxiliam para me sentar. Um deles usa o comunicador e o outro fica à minha frente, sem demonstrar qualquer simpatia ou afeição pela minha pessoa.

— Onde está Tibério?

O Coletor me olha, me golpeia e fala bem próximo do meu rosto.

— Cale sua boca Mathias!

Olho para o Coletor, eu o reconheço e digo mais uma vez.

— Fomalhaut, onde está Tibério?

Ruben sorri fazendo um movimento para me golpear, porém, quando estou prestes a levar outro golpe no rosto, uma voz rompe a sala bradando:

— Já chega! Deixe-o em paz!

Conheço essa voz, sem sombra de dúvidas é Tibério.

Quando ele entra os Coletores se afastam de mim e se colocam um pouco mais longe, próximos ao acesso por onde os Símbios estão entrando.

— Então aí está você! O grande Mathias Aldebaran.

Serrando meus olhos percebo o tom irônico na voz de Tibério. Por que ele está me tratando assim?

Ao retornar do transe que sua postura causou em mim, eu o encaro esperando ouvir mais.

— Soltem-no.

Somente agora percebo que estava com meu tornozelo acorrentado a uma argola no chão.

Fomalhaut, o mesmo Coletor que me golpeou veio para me soltar. Assim que ele me solta, desço da plataforma de locomoção e fico cara a cara com ele.

A tensão do momento não dura muito, ele se vira e retorna para o local designado por Tibério.

— Mathias, pode me dar um bom motivo para encontrá-lo ainda com vida?

— O que? Por que diz isso? Cumpri com minha obrigação indo encontrar o Símbio Cláudio e você contava com minha morte?

Tibério chega mais próximo e me examina com os olhos, a impressão que tenho é que ele está tentando encontrar qualquer coisa que eu possa transparecer.

— Por que eles não o mataram?

"Tibério não sabe o porquê de eu estar vivo, com toda certeza ele nem desconfia da existência do Uno, por isso esperava me encontrar morto. Continuarei a conversa com ele."

— Lamento ter falhado na captura do Símbio. Eu fracassei.

Um minuto de tensão corre entre nossos olhares. Porém, vejo que o rosto de Tibério se desfaz em uma gargalhada.

Nitidamente vejo sua evasiva, o que me faz encará-lo até que ele perde o contexto da risada e volta com sua voz ameaçadora.

— Se você fracassou, me explique como você continua vivo, após um confronto direto com um desses Símbios acordados?

— Você já sabia que Cláudio estava acordado?

— Mathias, antes fosse encontrá-lo morto, pois saberia que você não se tornou um traidor de sua raça. Aliás, não preciso de você na verdade, já sei quem pode me contar tudo o que preciso saber.

Tibério bate com o seu comunicador sobre a plataforma de locomoção e irritado grita para um Coletor.

— Leve-o daqui, coloque-o isolado dos outros.

Vejo em seu olhar um desapontamento, uma espécie de tristeza.

"Quem poderia falar alguma coisa para ele? Quem estaria disposto a isso? A não ser que fosse a contragosto, essa seria a única maneira de retirar alguma informação de algum dos Símbios."

Fomalhaut vem em minha direção.

— Mathias, a única fonte de consulta confiável por aqui, além de você, é com toda certeza aquela Símbio que encontramos junto contigo, Maela é o nome dela, correto? Você parece ser decidido, não entregará nada facilmente. Mas tudo o que precisamos saber tiraremos da Símbio e acredito que demorará pouco.

Em meu íntimo, sei o que eles podem fazer à Maela para que ela fale.

—Caso ela não suporte o interrogatório, você é quem contará.

Fomalhaut esbarra em mim propositalmente e entre os dentes comenta.

— Sabe Mathias, você se juntou a estes Símbios desconectados, você não merece meu respeito e nem o de ninguém, você não merece ser chamado de Coletor. Como eu já não gostava de você; continuo não gostando, mas lhe darei o tratamento que julgo ser o melhor.

Após esta fala ele desfere um golpe em minha cabeça fazendo-me cair. Vejo alguns pingos de sangue que escorrem ao chão.

Estou me cansando disso, pois desde que estou aqui não tive a oportunidade de falar o que sei.

"Pense Mathias, pense. Preciso sair dessa situação, auxiliar os Símbios e encontrar Maela."

O Coletor me arrasta pelo local, demarcando-o com meu sangue. Pouco importa, estou preocupado demais com os Símbios para pensar em mim.

Outro Coletor abre o acesso traseiro de um Deslocador de carga constante e sou empurrado para seu interior.

Conheço bem esses Deslocadores, utilizei muitos deles para o transporte de provimentos entre os dois setores e agora estou dentro de um, sei que ele garante a temperatura de dez a quinze graus, mas transitando em regiões habitáveis e não aqui na Região Queimada.

O acesso se fecha e agora estou sozinho e com tempo para pensar.

"Como escaparei? Como ajudarei os Símbios? Se bem que, provavelmente, eles serão entregues à Semente o que de certa forma é bom."

Percebo o Deslocador se movimentar.

"Estou sendo levado para a Região Queimada, parece que meu destino está selado. Não tenho muito que fazer. Preciso de um plano de fuga, necessito encontrar forças para agir e de alguma forma me libertar."

Deito-me no piso a procura de algum alçapão.

"Nada de alçapão!"

Não entendo este Deslocador, não tem proteção alguma contra o calor de fora e pelo que já se movimentou já deveria estar pegando fogo.

Tento procurar no invólucro de carga alguma fresta, porém, não vejo nenhuma luz entrando, perfeitamente lacrado.

Nada que me dê alguma dica de onde estamos. Aqui não é a Região Queimada, pois se fosse, eu já estaria pegando fogo.

Por curiosidade, coloco minha mão na carcaça e como já esperava e a temperatura está normal.

Antes mesmo de pensar em outra ação ou tentar entender onde estou, ouço uma leve pancada sobre a parte superior da carcaça do compartimento de carga.

"O que poderia ter batido tão alto, longe do chão? Estou em um túnel, é isso, um túnel. Tibério já estava empenhado neste projeto antes mesmo de me encontrar com o Cláudio. Mas se ele estava com este túnel em andamento, por que me enviou? Pensando nas quatro hipóteses do Departamento de Coleta, percebo que Tibério não desconhecia por completo a possibilidade da base dos Símbios estar próxima de nós em uma área inabitável."

De repente, como um estalo, a resposta me vem como uma pancada na cabeça:

"Ele não sabia a localização exata. Eu fui parte do seu plano. Eu o trouxe até aqui. Ele contava com minha perseverança para levar Cláudio, sabia que eu não desistiria. Aquele sinal de abertura da comunicação vindo da base, deixando o Deslocador impossibilitado de reagir ao sinal invasor de Maela. Ele queria que o Deslocador fosse levado até a base dos Símbios. Miserável maldito. Preciso sair daqui! Como posso fazer isso? Vou socar esta lateral até que ela caia?"

Sigo chacoalhando enquanto o Deslocador percorre seu trajeto pelo caminho, que presumo eu, ser um túnel.

A MÁSCARA

Depois de um tempo, sinto o Deslocador parar. Percebo algumas vozes e passos do lado de fora.

O acesso do Deslocador de carga constante se abre, a luz que entra me incomoda os olhos um pouco.

Tibério já se faz presente em pé com outros Coletores. Vejo outros Deslocadores de carga constante, encostados e deles saindo muitos Símbios.

Em um instante reconheço o lugar, estou no pátio onde fica a Semente Universal. Dois Coletores entram e me seguram por baixo dos braços. Rapidamente sou arrastado, o próprio Tibério me coloca uma amarra de contenção de força.

Sem questionar percebo a intenção de Tibério, percebo em seu olhar um sentimento de pouca paciência e, em seguida, ele começa a falar enquanto me puxa para acompanhá-lo.

— Sabe Mathias, eu sempre tentei encontrar a base dos Símbios, mas nunca obtive êxito. Sabia que existia e que não estava longe, mais cedo ou mais tarde eu a encontraria. Foi aí que, após visualizar as imagens do seu experimento junto ao Carlo, tive um vislumbre, ou melhor, tive uma grande ideia. Eu soube que aquelas imagens não eram de sua cabeça desde o momento que as observei. Para Carlo a pergunta era: de onde estas imagens vieram? E esta pergunta se tornou seu foco. Porém, meu interesse não era saber a origem das imagens, mas, sim, como entraram em sua mente, como chegaram até seus pensamentos. Se eu soubesse como as imagens entraram, poderia usar outros conectados para chegarem a esse ponto de parceria com seus Símbios e infiltrando-os saberia facilmente onde se escondem. Encontrei com Carlo para que me posicionasse em suas pesquisas e como ele poderia obter um resultado muito mais rápido. Fui por inúmeras vezes em seu laboratório para confrontar os resultados do seu experimento com os de outros humanos e o seu era único. Então o questionei: se não podemos entender como estas imagens foram parar sua mente, porque não o usamos a nosso favor? E se uma das coletas de Mathias fosse uma encenação, para que ele fosse capturado? Carlo avançou em sua defesa e mudou seu comportamento comigo. Tentou se esquivar como pôde, evitando até esbarrar comigo fora do seu laboratório. No entanto, estudando mais profundamente sua teoria e o que ele estava trabalhando com estes experimentos, encontrei o que possivelmente procurava e que poderia ser a resposta ao meu problema para localizar a tão sonhada base dos Símbios. Depois de muito confronto, muitas conversas desgastantes e chatas sobre seus ideais, Carlo se abriu e como um grande troféu recebi a explicação que eu esperava. Ele falou que em algum momento de sua convivência com Thomas, aconteceu algo extraordinário, ele não sabia ao certo quando e nem como, mas, de alguma forma, vocês dois haviam se misturado na essência, isto é, em seus laços psíquicos e isso já era o suficiente para que eu pudesse obter o que queria. Dessa forma, perguntei a Carlo: será que existe algum modo de reproduzir novamente esse feito? Carlo prontamente me adiantou que não, até me convenceu por meio de gráficos que esse evento era único. Assim, de uma forma mais sutil, quis convencê-lo que você poderia obter sucesso na empreitada de descobrir onde é o esconderijo de livre e espontânea vontade. Contudo, Carlo se posicionou contra o que eu havia acabado de dizer, questionando que seria perigoso e que agora você era um ser raro e que sua vida poderia ser o elo entre a falta de conhecimento que tínhamos a respeito dos Símbios e da Semente. E é óbvio que eu não concordei com o que ele disse. Carlo se rebelou contra o Sistema e não quis tomar parte nisso, começou a se encher de valores e melindres, em um ato de rebeldia ao Sistema proibiu seu Símbio Gilbert de voltar ao laboratório e indefinidamente começou a me evitar. Sei que isso não estava certo, tentei abordá-lo de várias maneiras e com inúmeros apelos, desde cargos até provisões, mas tudo foi inútil, percebi que Carlo era um sonhador e não um visionário, ele passou a ser um peso e como todo peso, pode ser descartado.

Tibério me olha sem nenhuma expressão de remorso.

— Carlo já não tinha mais serventia para os propósitos do Sistema, assim, eu o acusei de traição ele foi executado.

— Tibério, você acusou Carlo de traição?

— Surpreso? Carlo se tornou dispensável quando tentou te salvar, na verdade, após negar-se a cooperar em uma missão que resultaria em sua morte. Mathias, quem matou Carlo não fui eu, mas, sim, o próprio Carlo, você entende? Sua desobediência e sua conduta de sabotagem, não me revelando o que as imagens do seu experimento significavam, fez com que ele fosse reprovado. Pensando melhor, você o matou, pois foram as imagens que estão em sua mente que o condenaram.

— Tibério, você enlouqueceu? Isso não foi para proteger o Sistema, foi para proteger você e todo seu prestígio.

— Deixe-me terminar... se não fosse a ajuda do Símbio de Carlo que, prontamente, se assumiu como sonâmbulo, o que confesso foi uma grata surpresa, pois, depois da conclusão das pesquisas, o novo Carlo confirmou nossas suspeitas. Havia acontecido uma contaminação psíquica entre você e o seu Símbio Thomas e que as imagens em seu experimento estavam longe de serem propriamente suas.

Tibério caminha um pouco e vira rapidamente dando ênfase no que falava.

— Foi neste momento que percebi a grande oportunidade que se derramava em minha frente. Se de alguma forma Thomas lhe transmitiu algo, pensei: talvez Mathias possa ter alguma afinidade com esses Símbios e ser aceito entre eles por tempo suficiente para rastrearmos o sinal do Deslocador, para sabermos onde se escondem.

Tibério sorri para mim e se mostra como um perturbado.

— Agora, preste atenção, essa é a melhor parte. Diz apontando o dedo para mim.

— Vamos acreditar que a parte da afinidade com os Símbios não fosse real. Funcionaria do mesmo modo. Você seria capturado ou até mesmo morto, o Símbio de Ramirez levaria o Deslocador antes de desligarem o sinal de localização como fizeram com os outros Deslocadores desaparecidos, teríamos as coordenadas georreferenciadas do esconderijo. Para mim qualquer uma das opções seria bem-vinda. E por motivos óbvios, a minha preferência era pela segunda opção, me pouparia o trabalho de acabar com você. Desde o momento que descobri sua contaminação, você se tornou muito perigoso. Já imaginou como os humanos reagiriam se soubessem que existe uma prova real de contaminação por parte dos Símbios? O Sistema inteiro entraria em colapso, pense nas besteiras que os pensadores Pretérios inventariam. Portanto, você, Mathias, é tão dispensável ou até mais dispensável que Carlo.

Tibério me dá as costas e em seu monólogo diz:

— Bom aí ficou simples, sem Carlo como oposição, pude pensar melhor e sem complicação, elaborei para que você fosse encontrar sozinho o Símbio de Ramirez que possuía traços de acordado.

— Tibério, como você pôde fazer isso a Carlo? Como pôde? E agora comigo?

Tibério me pega pela roupa que estou vestindo e grita:

— Você não vê? Se não controlarmos o que temos, até o pouco que temos não será mais nosso! Você acha que é especial e que tem algum valor para o Sistema ou para o CCS? Você não é nada e nunca representou sequer parte importante de alguma coisa. Como pode ver, o Sistema se molda e reage como quer e, neste exato momento, você está na contramão e, por isso, será condenado como traidor e executado também.

Tibério me joga para o lado, bato com as costas no Deslocador e desabo ao chão.

— Livrem-se dele, ele não vai cooperar. — Ele, me olhando, ordena.

Quando os Coletores junto com Ruben me levantam, estou vendo tudo colorido, a sensação estranha volta. Abaixo a cabeça para que eles não vejam meus olhos, porém, já era tarde demais.

Tibério impulsivamente corre até mim segurando meu rosto com os polegares abre meus olhos e eu o contemplo, face a face.

— Eu sabia, eu sabia.

Diz Tibério me segurando pela cabeça encarando meu rosto, apertando minhas bochechas.

— Como você faz isso? Por que seus olhos estão como de um Símbio? O que isso te proporciona? Foi por isso que corrompeu seus equipamentos para lhe ocultarem do Sistema, primeiro Inv-A01 com um protocolo particular, como é mesmo? DBFDC59595... 6, 5, não importa. Depois seu Deslocador escondendo seu estado de saúde. Mathias, você é patético, nada acontece sem que eu saiba. Agora me diz como você se contaminou? O que isso faz com você? Você tem alguma propriedade humana alterada? Foi por isso que você continuou vivo?

Tibério me segura pelo cabelo e aponta para Cláudio.

— Você dominou aquele Símbio, não foi? Ou isso é uma traição, você se vendeu a eles, se entregou e traiu sua espécie?

Já com os olhos em seu rosto, pergunto enraivecido:

— Espécie, então você sabe que eles não são apenas cópias dos humanos?

Tibério segura meu queixo como se eu fosse uma criança e diz virando meu rosto em direção à Semente.

— Mathias, não precisa ser muito gênio para saber que aquilo veio do espaço, já percebeu como este meteorito é diferente de todos os outros que entraram em nossa atmosfera e atingiram o solo? Seu ingênuo. Não preciso lhe responder nada e também não quero saber mais nada.

Tibério me larga e, olhando para os Símbios, diz aos Coletores:

— Quer saber, estou cansado de tudo isso e agora que tenho todos esses acordados. Já sei o que fazer. Tragam todos aqui.

O acesso Feneuta se abre e, um a um, vejo os Símbios saindo pelo acesso e entrando no pátio. Todos estão muito machucados e alguns até não conseguem andar sem auxílio.

"Não vejo a Maela! Onde ela está?"

Tibério Pergunta:

— Todos estão presentes? Todos chegaram?

Ao que o Coletor Fomalhaut responde:

— Sim, senhor Tibério, três mil, cento e oitenta e um estão aqui, com exceção da Símbio Maela.

Olho para Ruben e digo:

— Onde está Maela?

Fomalhaut me olha e com um sorriso no rosto comenta.

— O seu pacto com ela não foi quebrado. Creio que ela foi fiel a você, mas acho que o interrogatório foi um tanto truculento, apesar de ter sido uma forte adversária, infelizmente, não resistiu.

Então Tibério de longe olha para mim.

— Fique feliz, até que foi rápido, contando com a força de vontade que eles têm.

Ele se apressa em chegar perto de mim e, juntando com a mão um tufo do meu cabelo, puxa minha cabeça até perto do seu rosto.

— Mathias, você ainda é uma criança perto do meu conhecimento sobre tudo e todos, porém, já devia ter aprendido que não se deve estar do lado das companhias erradas e estes Símbios são os errados. Mas, para mostrar meu bom coração, o que sobrou dela está em seu antigo escritório. Mas logo vou mandar retirar aquele lixo de lá.

Tibério olha para os Coletores.

— Matem todos os acordados.

Tibério dá as costas para mim e sai como se nada tivesse acontecido.

— Tibério espere! Tudo que sabemos a respeito deles está errado.

Tibério volta pisando com raiva no chão.

— Eu sei e é por isso que estou agindo assim, vou defender todos deste planeta contra esses Símbios que acordaram e chega Mathias!

— Tibério, eles não estão aqui para nos dominar, eles estão aqui para aprender conosco.

— Eu disse chega!

— Todos eles têm personalidade, são indivíduos independentes de nós e precisam voltar para seu planeta de origem.

Balanço a cabeça para a Semente e digo.

Tibério olha para a Semente e, então, um momento de lucidez paira no ar.

— Mathias, isto é um transporte para os acordados voltarem para seu planeta?

— Sim, Tibério, não é uma máquina de cópias, eles têm personalidades.

— Então você não me deixa escolha. Coletores, usem os Introdutores e acabem com estes Símbios aqui mesmo.

Ao ouvir isso, eu grito com Tibério:

— Tibério, não faça isso!

UM NOVO CICLO

Tibério já próximo levanta sua mão para me golpear, vejo sua feição de ódio pelos Símbios e por mim. Porém, agora minha percepção e alcance estão alterados.

Eu o vejo na cor violeta, eu o encaro, meu desejo é destruir o braço que me fere.

Percebo que meu corpo está quente e vibrando, esta vibração começa a produzir uma onda de frequência negativa que me cobre como um manto, as ondas se propagam, são cada vez maiores e mais numerosas.

Tibério continua a me olhar e logo pergunta:

— O que é você?

Imediatamente sua mão se fecha junto com sua feição e desce rapidamente contra minha face.

O punho de Tibério começa a ser envolvido pelas ondas de vibração produzidas pelo meu corpo.

No mesmo instante, da mão de Tibério, vejo desprender como uma poeira em toda a sua volta uma grande quantidade de pele, músculos e ossos sendo desfragmentados em moléculas.

Tibério empenhou grande quantidade de força para me atingir, o que dificulta sua retirada, o barulho estridente do seu grito não foi suficiente para livrá-lo, conforme seu punho era desgastado dentro do campo de frequência, parte do seu antebraço e sua mão foram totalmente destruídos.

Seus gritos de dor eram ecoados por todo o local e a sua vontade de me golpear parecia ter ficado em seu esquecimento.

Vejo a amarra de contenção se desprender do meu corpo.

Agora livre, ando até ele e o levanto, puxando-o pela roupa até chegar próximo a mim e digo.

— Espero encontrá-la com vida.

Tibério se livra da roupa deixando-as em minhas mãos, se jogando ao chão, grita.

— Afaste-se de mim!

Então eu saio de sua presença e me encaminho para os Símbios.

Tibério traiçoeiro ordena aos Coletores:

— Matem-no.

Um deles aponta um feixe de luz em meu corpo, logo, vários outros feixes de luz se somam ao meu peito. Os Introdutores apontam seus armamentos em minha direção.

Imediatamente muitos disparos são efetuados e vejo cada um dos projéteis individualmente. Observo a forma como eles perfuram o ar incandescendo, devido ao atrito e a velocidade imposta em cada um deles.

Agora eu reajo de outra maneira, a vibração se intensifica e meu corpo incandesce em uma forma de luz, mas uma luz com matéria. Vejo minhas moléculas se desprenderem e todos os projéteis passando através do meu corpo, apesar de ter matéria, as moléculas de luz estão em suspensão.

Olho para o Coletor, ele não está muito longe de mim, meu braço se alonga como uma ponte luminosa até ele que controla os Introdutores. Sem pensar muito eu o ataco e consigo deixá-lo inconsciente.

Meu corpo começa a se recompor e agora não emano mais luz alguma e nem estou incandescente, apesar de estar ainda disforme.

Volto a passos lentos na direção de Tibério que encolhido tenta se arrastar pelo chão longe de minha presença. Meu corpo aos poucos está voltando à normalidade.

Quando chego diante de Tibério que está caído ao chão, antes que eu possa falar, ele pergunta:

— No que você se transformou Mathias, o que é você?

Olho e encaro sua face violeta, estou com tanta raiva que só matá-lo, neste momento, não iria me satisfazer, então seguro em seus pés e o lanço para longe de mim jogando-o contra o Deslocador de carga constante. Tibério cai desacordado ao chão.

De súbito todos os outros Coletores me cercam e com suas amarras de contenção, disparam contra mim.

Novamente meu corpo se intensifica em luz, consigo ver vários rastros deixados pelas amarras. A luz sólida que emana do meu corpo ao se chocar com as amarras disparadas as materializa, deixando-as mais pesadas. Elas perdem a velocidade e pela ação da gravidade caem antes de me atingirem.

Vejo o pânico nos olhos dos que me atacam, o que me causa um riso de surpresa. Sem saberem como lidar comigo, correm para o lado externo do CCS por meio do acesso ao grande saguão, então me recordo de Maela!

"Tenho que encontrá-la."

Olho para o alto e vejo o andar do meu escritório e penso."Como chegarei lá?"

Imediatamente espectros de cores se mostram em meus olhos. Vários e vários pulsos demarcam períodos espaçados como um ritmo marcado pela alteração das cores.

À medida que as cores vão passando, noto que a cadência do ritmo aumenta. Então entendo que estou acumulando grande quantidade de energia luminosa como uma bateria.

Nesse momento apenas observo o desenrolar da ação provocada pelo meu corpo. Estou preparando o meu caminho para chegar o mais rápido possível até o escritório.

A área que está a minha frente se contrai e a que está atrás de mim se expande, deformando o espaço à minha volta.

Encontro-me em frente ao acesso do meu escritório, estou atordoado, a mudança de cenário é muito rápida e demoro alguns instantes para me localizar.

Às pressas, entro a procura de Maela.

Não a vejo. A angústia me invade, ela não está aqui.

"O que farei sem Maela?"

Sinto um aperto no peito.

Minha visão se fecha e me aprisiona. Lentamente me viro e penso em Tibério.

Sinto um vazio dentro de mim. Estou sozinho e perdido. Abaixo a cabeça e meus olhos se fecham de tanta raiva.

"Isto não pode estar acontecendo."

Imediatamente os vários pulsos demarcados, as alterações das cores, a cadência do ritmo aumentando a velocidade, a grande quantidade de energia luminosa acumulada, observo o desenrolar da ação provocada pelo meu corpo. E de novo a área que está à minha frente se contrai e a que está atrás de mim se expande, deformando o espaço e tudo acontece. Estou próximo ao Deslocador de cargas, me sinto atordoado novamente.

Ouço alguns disparos efetuados, o zunido dos projéteis riscando o ar. Sinto o pavor me envolver, sou um alvo parado.

"Serei atingido."

Logo em seguida outros disparos e junto com eles recobro minha consciência.

Vejo Maela me olhando. Ela está à minha frente.

Fomalhaut protegendo Tibério acionou um Introdutor, que efetuou alguns disparos em minha direção.

Meu corpo se intensifica em luz e vejo vários tentáculos saírem de mim, alguns envolvem o corpo de Maela protegendo-a dos disparos e outros vão rumo a Fomalhaut, atravessando o seu corpo, solidificando-se dentro do seu tórax, partindo-o ao meio.

Procuro Tibério e o vejo desacordado como antes.

Deito Maela no chão, ainda desacordada, vejo seu rosto com escoriações, provavelmente resquícios do interrogatório, dos golpes desferidos em sua face, sua pele dourada e avermelhada, seu fluido vital ressecado, contrastando em um tom dourado, me fazem imaginar seu sofrimento.

Olhando seus punhos feridos com as amarras improvisadas, sei que ela não pôde reagir.

Levemente, repouso minha mão sobre ela e o que me aterrorizava se faz real. Vejo duas perfurações em seu corpo, uma na altura do ombro e a outra em seu antebraço. Suas roupas estão escoriadas e umedecidas pelo seu fluido corpóreo.

Olho agora para sua perna, outra perfuração, na altura da coxa. Imediatamente rasgo o tecido de sua roupa e com minhas mãos tento pressionar a ferida para evitar que perca mais fluido vital.

Percebo algo estranho em mim, estou sentindo dificuldade para respirar.

"Fui atingido? Não, não estou ferido!"

Olho para Maela e me assusto com o tapa que desfere em minha mão repousada em sua coxa.

— O que você está fazendo, Mathias?

Maela desperta tentando se levantar.

— Maela não se levante, você está ferida.

Maela faz uma checagem rápida com seus olhos em seu corpo, ela apalpa seu ombro, posso vê-la introduzir o dedo no ferimento e com a outra mão procurar outro ferimento na parte lateral do seu braço.

— Este saiu — diz Maela.

Sem perder tempo, procura em sua coxa o orifício causado pelo projétil e aplica o mesmo procedimento.

— Este ainda está aqui, mas não é letal.

Vendo sua força e como ela lida com a dor, imagino o que suportou nas mãos de Tibério.

Logo este pensamento dá lugar a uma dor aguda em meu peito e a falta de ar se mostra mais evidente.

Com sua mão banhada pelo seu fluido vital, Maela agora procura ferimentos em mim.

— Achei que não daria tempo. Mas consegui. Você não se feriu— fala Maela acabando sua checagem.

— Mathias, levante-se você não está ferido.

— Não estou suportando mais, estou com muita dificuldade para respirar. —Você... está ferida... Continue sentada. — Digo a Maela.

Vejo sua raiva novamente e ela diz:

— Mathias, você ainda não entendeu? Precisamos sair daqui o quanto antes, seu tempo está acabando.

Tento auxiliar Maela a se levantar, ela olha para os Símbios que estão mais próximos e grita.

— Soltem todos e vamos embora.

E logo depois que ela grita, começo a sufocar. Maela, imediatamente me olha e diz.

— Não, não, não! Não fui massacrada para ver você morrer aqui, Mathias.

Mesmo ferida, sua mão me envolve pela cintura e com muito esforço ela me movimenta em um ritmo lento.

Olhando para Maela, digo.

— Maela... agora eu entendo... está tudo na minha mente... certo?

Maela sorri e responde rapidamente.

—Sim, Mathias, está. Mas agora preste atenção, temos que passar todos pela Semente antes de você.

— Maela, está tudo em mim, em minha mente, percebo o potencial que meu corpo tem em produzir o que preciso e, simplesmente, acontece.

Maela sorri, consentindo com minha fala, mas vejo sua preocupação.

Logo observo os Símbios com dificuldades para se libertarem. Humberto e Rodrigo livres tentando quebrar as amarras que prendem os outros.

Em um último esforço, imagino os Símbios sendo libertos e olho para as amarras. Meu corpo incandesce emanando luz iluminando tudo à minha volta. Ao toque da luz que emana do meu corpo as amarras de contenção dos Símbios caem ao chão.

Tadeu e Claudio correm em nossa direção.

Maela freneticamente grita para os outros Símbios se apressarem. Todos se ajudam e caminham para a Semente.

Maela chama por Cláudio e Tadeu. Vejo que ambos estão muito machucados, mas, ainda assim, correm até nós, atendendo o chamado de Maela.

— Precisamos levá-lo até a entrada da Semente, rápido.

Com a ajuda deles e com dificuldades, agora os três me arrastam enquanto os outros Símbios entram pela Semente.

— Estou sentindo meu corpo muito pesado, sinto-me cansado e fraco.

— Aguente firme, Mathias, falta pouco, vamos conseguir.

Sendo arrastado por Maela, Cláudio e Tadeu, estou indefeso e a preocupação me faz procurar por Tibério e por qualquer outro Coletor.

Então um barulho ecoa pelo local, como um metal pesado caindo.

Olho Tibério tentando se esconder. Encaro-o.

Tibério deitado de costas para o chão levanta os braços ou parte do que sobrou deles.

Digo em meu íntimo.

"Sei que ele não irá se arriscar depois de tudo o que viu. Vê-lo sem ditar as regras ou impor sua vontade desumana me faz bem. Não preciso matá-lo, seu estado é deplorável. Isso já me basta, me é suficiente."

Os Símbios continuam entrando pela Semente, percebo o alívio em seus rostos quando a tocam e a cada um que entra um novo pulso de luz emana.

Olhando como estou, meu cansaço e minha dificuldade para continuar respirando, Maela grita com Cláudio e com Tadeu.

— Vamos rápido, entrem pelo portal!

Cláudio entra primeiro, num pulso de luz seu corpo é consumido. Em seguida Tadeu.

Todos os Símbios foram para o interior da Semente.

Maela me abraça fortemente e diz.

— Mathias é a nossa vez, vamos para casa.

Olho para a Semente e depois em seus olhos.

— Sim... tem razão... você primeiro... logo te acompanho.

Após um instante eterno, vejo sua preocupação.

Ela me olha e diz.

— Mathias, eu não o deixarei aqui, não irei enquanto você não for.

— Maela, você precisa ir à frente, pois, nós dois sabemos que, assim que eu passar, ninguém mais passa, não quero prender você neste mundo e nem entre eles. Você precisa ir primeiro.

— Mathias, você não conseguirá entrar sozinho.

Maela me olha confusa, como se procurando outra solução para o dilema. Então ela empenha grande força e me posiciona bem em frente à Semente.

Sinto-me pesado e sem ar, meu corpo não me obedece mais, estou muito pesado e ao que me parece não consigo me mexer.

Maela sem falar mais nada entra de costas pela Semente, segurando minha mão. Vejo seu cabelo sumir e depois seu rosto junto com seu corpo. Um pulso de luz se faz e nossas mãos se soltam.

"Oh não! Acabou! Não há como entrar pelo portal, não tem como dar um último passo; estou cada vez mais sufocado, meu corpo está pesado, estou paralisado, não me movimento. Eu fiquei para trás."

Ao soltar sua mão, como um flash, muitas lembranças passam em minha mente.

"Abri mão da minha vida e estes últimos períodos foram os meus melhores. Mesmo desejando e apegado fortemente a todos eles, não poderei acompanhá-los, tê-los em minha vida foi o que de melhor recebi como exemplo de lealdade, confiança e cumplicidade." Estou paralisado, meus músculos não reagem, o sentimento, a angústia e o pavor de ser deixado para trás é indescritível, não consigo respirar, estou sufocando, o pavor toma conta, uma dor muscular tenciona minhas costas ao ponto de me arquear, nada faz sentido agora."

Em um último instante, sem ar e prestes a desfalecer, vejo apenas as mãos de Maela saírem de dentro da Semente e me agarrarem com força, me puxarem para o interior da semente.

Mãos, primeiro e, logo depois, os braços e depois todo o conjunto.

Uma nova realidade se apresenta, não estou sufocando, não sinto dor. Não me sinto pesado e nem mesmo estou cansado.

É como se tivesse entrando em uma área de temperatura muito baixa, sinto o envolver do frio em todo o meu corpo.

Estou em um ambiente estranho, é o interior da Semente, parece um espaço no nada, posso ver através de sua superfície translúcida o pátio do CCS e do lado oposto uma grande massa de gravidade aglomerada cria uma fenda no espaço/tempo. A concentração não é somente massa e energia, mas o próprio tempo está junto. A impressão que tenho é que aos olhos humanos, essa curvatura do espaço seria imperceptível, assim como a distorção que o próprio planeta faz. Compreendo agora um universo multidimensional, com dimensões para que ocorra a dobra no tempo. Continuo dentro da Semente Universal, ela agora é como uma bolha que me envolve. Percebo a formação de uma ponte bem à frente da bolha, ligando esta fenda do tempo à outra muito distante, porém visível.

Além das duas dimensões espaciais que conheço e a dimensão do tempo, descubro uma""quarta dimensão"" como sendo o espaço se dobrando.

Como um funil, onde uma das extremidades é mais larga e a outra não, assim se faz uma ponte à minha frente, vejo a fenda dilatar enquanto todo resto a volta se contrai.

Não capto a velocidade, mas sei que estou há milhares ou mesmo milhões de vezes mais rápido do que a própria luz.

A visão é tão afunilada que a distorção do espaço em volta de meu corpo começa a me achatar e apesar de não ver isso acontecer, tenho consciência que meu corpo está se transformando em um fio do diâmetro de átomos, portanto, sei que estou atingindo um comprimento em dias solares de luz, de uma fila de átomos. Sinto que todo meu corpo está ordenado, um átomo atrás do outro, chegando ao limite permitido de todas as ligações possíveis quânticas.

Agora, sou como um fluido dentro de um cano, viajando em uma dobra de espaço/tempo.

Após alguns instantes, alcanço a outra parte do percurso que está dilatada. Alcancei a outra fenda e não só minha consciência, mas também meu corpo, estão intactos.

A luz que há alguns instantes era intensa, agora dá lugar a uma mais branda, vejo Maela e os outros Símbios há poucos passos de mim.

O ambiente que reconheço como o interior da Semente Universal está no tamanho normal. Encaminho-me para o limiar entre o interior e o exterior.

Um estrondo se faz assim que saio. Olho para trás e vejo uma Semente Universal idêntica a que estava no CCS, porém, fendida ao meio e sem pulsos de luz.

Olho para Maela que com um grande sorriso me faz sentir que estou em casa. Todos olham para a Semente fendida.

Viro meu rosto na mesma direção.

Uma bola peluda, mais ou menos do tamanho de uma cabeça humana, girando e vindo em minha direção, conforme pega velocidade, percebo uma parte alongada se desprender violentamente, meu primeiro instinto é de uma saída evasiva para que não pegue em mim, mas olho para Maela, está por sua vez, esboça preocupação e vira o rosto para não ver o que decidi.

Então me lembro de suas palavras e sem nenhuma reação espero pelo ataque.

Olho para a pequena fera que se aproxima e digo para mim mesmo no intuito de encorajar-me.

"Olá criatura, cumpra com sua parte e eu cumprirei a minha."

Girando mais rápido, se lança sobre mim.

Abro os braços e espero seu ataque, desvio o olhar da bola peluda e olho para Maela, que está muito aflita, quando nossos olhos se cruzam, sorrio para ela tentando acalmá-la e por um instante vejo sua feição se alegrar, sinto o orgulho de uma mentora, uma guerreira que cumpriu seu propósito, uma amiga.

Esse momento é quebrado em um impacto.

Um aguilhão atravessando violentamente meu antebraço, pelo que posso sentir fui estraçalhado, a dor é como fogo em minha carne e se intensifica por todo meu braço.

O que sinto é a certeza da união do meu corpo com o Nascido Preso, que, após o ataque, se enrola com sua cauda sobre meu ferimento, apertando-o firmemente.

Tudo escurece, lentamente vou caindo ao chão, posso ver Maela se aproximando junto com os outros Símbios.

Continua...

POSFÁCIO

APÓS SUA MORTE ACREDITEI QUE TAMBÉM HAVIA MORRIDO. Nunca me imaginei nessa situação, mesmo porque sua morte não era algo provável para se pensar, mas nem por isso deixou de acontecer.

Todos os outros sofrimentos somados não representam o meu sofrimento por ti. Quando eu não o tinha, não fazia questão de criá-lo, mas, após sua criação, perco o fôlego só de ser confrontado com a realidade da sua ausência.

Com certeza você representava o melhor de mim e agora que sei que somos um, me sinto aliviado por ser parte sua também, saber que na sua morte não me abandonou, muito pelo contrário, o tempo todo estava comigo foi confortador.

Agora que estou aqui, longe de todos os humanos, seguindo com o legado que me deu, digo que encaro até a morte por qualquer um deles. Mas, nesse instante, longe de tudo e de todos os que eu conheci, não lamento nem me indigno pela decisão que você tomou alheio a mim por nós. Obrigado Thomas.

Mathias Aldebaran

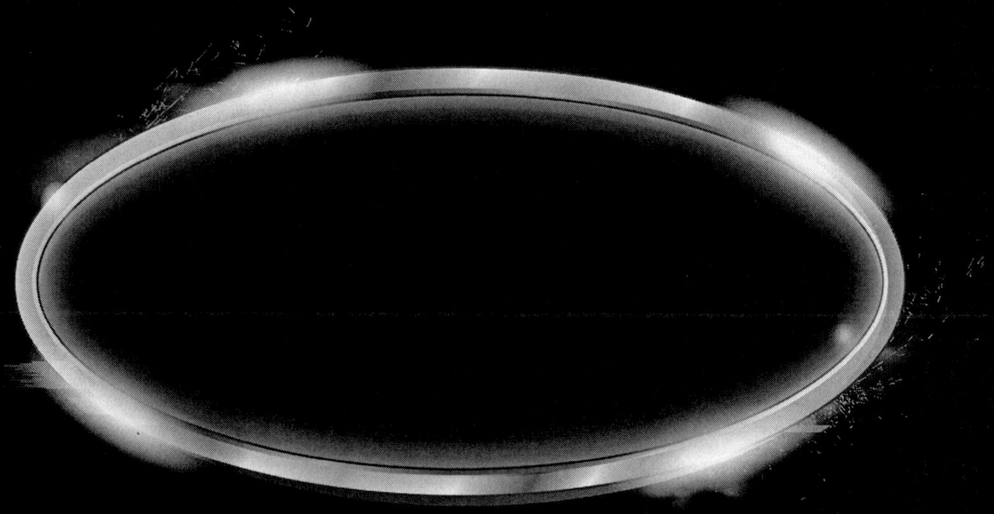